追寻

ZHUI XUN

时代出版传媒股份有限公司
安 徽 文 艺 出 版 社

吴兰波 1941 年出生于安徽省无为县陡沟镇长坝吴村。中国戏剧家协会会员、中国作家协会会员，曾担任中学教师、文化馆员、文学刊物编辑和芜湖市文联的业务工作。出版长篇历史小说《戴安澜》、长篇现代小说《女人河》、小说散文集《将军与红颜》及戏剧集《韩珠娘》《海鸥颂》等。曾荣获安徽省“五个一工程”优秀作品奖、安徽省老作家文学贡献奖等奖项。

吴兰波现实题材长篇小说

追寻

ZHUI XUN

吴兰波◎著

时代出版传媒股份有限公司
安 徽 文 艺 出 版 社

图书在版编目（CIP）数据

追寻/吴兰波著.—合肥：安徽文艺出版社，2019.8
（2024.7 重印）
ISBN 978-7-5396-6552-8

Ⅰ.①追… Ⅱ.①吴… Ⅲ.①长篇小说—中国—当代
Ⅳ.①I247.5

中国版本图书馆 CIP 数据核字(2019)第 017636 号

出 版 人：姚 巍
责任编辑：周 康 周 丽 装帧设计：徐 睿

出版发行：安徽文艺出版社 www.awpub.com
地 址：合肥市翡翠路 1118 号 邮政编码：230071
营 销 部：(0551)63533889
印 制：安徽芜湖新华印务有限责任公司 (0553)3916126

开本：700×1000 1/16 印张：14.5 字数：270 千字
版次：2019 年 8 月第 1 版
印次：2024 年 7 月第 2 次印刷
定价：58.00 元

目录 MU LU

代 序

太平洋再宽，也割不断乡愁

郭 青

隆冬腊月，一个久违的晴好天气里，我有幸采访到吴兰波先生。在芜湖文学界，吴兰波这个名字，恐怕不知道的人为数不多。在位于城东吴老的家中，就着先生煮好的咖啡，我当面聆听吴兰波先生谈文学、谈创作、谈乡愁、谈人生。

爱文学　痴迷终生

说起自己的文学梦，吴兰波先生告诉记者，自己从上小学起就爱读书，爱文学。常有写得好一点的小作文，被语文老师贴在教室墙上，做范文，让同学们去读。在新华书店看到《普希金诗选》，一元六角一本，翻看几页，爱不释手。但家里很穷，不好意思找父母要钱买，就把每天上学妈妈给他买早餐的一角钱，悄悄地省下来，十六天不吃早餐，饿着肚子上学，买了这本书。小时候的一件小事，让他一辈子感到很得意，所以一直不忘。

在芜湖一中上学时，读的是文科班，在《芜湖报》上发表过小文章，编写过小话剧，同学们自己演。后来他考进芜湖师专(现皖江学院)，学的是数学专业，但依然喜爱文学。他回忆说，老师在台上讲微积分，他趴在课桌上偷偷写剧本。课余组织爱好文艺的男女同学排演,参加市里的会演,获了创作奖。

师专毕业后他只当了两年中学数学教师,就被文化部门看中,先后调到芜湖县文化馆和芜湖市文联搞文学创作和做《大江文艺》的小说编辑,直至担任负责业务的副秘书长。

吴老在文学道路上的起步比较早,如今算得上是我市文学界的前辈了。早在1960年,年仅十九岁的吴兰波创作的《我们的城》在当时芜湖市文化局主办的市第二届业余话剧(朗诵)观摩会演中获创作奖。1975年,由他编创的芭蕾小舞剧《饲养场的早晨》、独幕话剧《春耕时节》,参加芜湖地区会演,荣获优秀奖。当年演出的剧照,至今仍被吴老精心保存着。采访过程中,吴老先后搬出厚厚几大摞相册,这些照片,记载着吴老在文学道路上一处处孜孜以求的痕迹。当问及在文学上有何值得回顾的往事时,吴老感慨万千,他说:“讲到文坛往事,恐怕三天三夜也说不完。这里面涉及的人和事都很多。”他随手翻开一本相册,指着一张老照片告诉记者:“这是一张1982年曹禺先生主持‘全国中青年话剧作者读书会’时的合影。”记者一眼就看到,当时还很年轻的吴兰波,就站在曹禺先生的背后。实在是一幅珍贵的留影啊!

吴老说:“名为读书会,实为培训班,在一个多月的时间内,戏剧大师曹禺跟我们学员讲戏剧理论,谈创作实践,受益匪浅啊。此外,文化部原副部长、剧作家陈荒煤,《剧本》月刊当年的主编凤子,著名剧作家胡可、吴祖光等也为我们讲了课。这样的机会真的很难得啊!”吴老还告诉记者,吴祖光的讲课很生动,还是他帮着将吴祖光的报告录音整理成文章发表的。

在吴兰波先生家中,四壁都是高高的书橱。在采访之前,我就已经听说过吴老除了喜爱文学,还喜爱藏书。在吴老家中,我终于领教了什么叫坐拥书城了。书橱里,除了一些名著和杂志外,还有不少吴老自己创作的书。其中,《戴安澜》《女人河》《韩珠娘》等赫然在列。这些书,可谓是吴老一生心血的结晶。它们既是吴老文学创作的成果，也是我市文学繁荣的一个缩影。吴老抽出一册《女人河》，双手不停地在书上摩挲着。他说："这本书中绝大部分的情节都有我自己的影子，从某种意义上讲，算得上是我的八成自传。"

爱孩子　远赴重洋

熟悉吴老的人都知道，他早年离开芜湖，远赴重洋去了美国。问其中的缘由，吴老坦言，完全是因为舍不得儿子。他说，当时儿子在休斯敦大学读研，并在美国有了自己的小家庭。小两口毕业后工作非常繁忙，又先后添了两个女儿。吴老爱子心切，退休后便到美国帮着儿子和儿媳料理家务，照看孩子。吴老风趣地说："在美国的这二十年，我就是个保姆。"说完，他爽朗地大笑起来。看来，吴老的这个"保姆"不仅当得称职，而且当得开心。

谈到这两个孙女，吴老的话匣子一下就打开了："两个孙女好可爱，平时在家跟我讲中文，但跟她们的父母却以英文交流为多。大孙女因为我带的时间长些，所以中文水平比较好，小孙女就要差些了。"吴老不无遗憾地叹了一口气，"要是我在美国再待长些，也许小孙女的中文水平还可以提高一些。"

吴老对这两个孙女倾注了极大的心血，也换来了两个孙女对他的深厚感情。吴老说，小孙女曾经把家人按亲疏列了个排行榜，排在第一位的就是爷爷，而她的父母亲却只能排在后面。吴老在说到这些的时候，舐犊之情中又明显夹杂着得意之心。

作为一名对故乡、对文学有着极深感情之人，吴老虽身在异国他乡，但手中的笔一直没有停下对故土的描写。吴老说："乡愁，是文学人内心深藏的无法排遣的情愫。面对高楼大厦，思念的还是故乡的小桥流水。"

他告诉记者，平时除了做家务、带孩子，每每得空，就会写点东西。当地的华文报纸也时常向他约稿，吴老写得最多的是中国的改革开放和经济发展。几次短暂回国期间，他发表了几部中短篇小说，并获奖，编创的剧本《山月》也获得省级奖项。而在多年旅美期间，吴老认为自己在文学上最大的收获就是《女人河》。这部长篇小说从构思到创作，乃至最终的定稿，全都是在美国的休斯敦家中完成的。

吴老说："这部书的电子稿传给中国华侨出版社后，不到一个月就得知审批通过。世界华文出版中心主任，也是这部书的责任编辑崔卓力女士，两次从北京打电话到休斯敦，约我付梓前回国，到北京一同审阅付印稿，并签订出版合同。可见该出版社对纸质书的出版极其认真负责，为华文文学走向世界，做出了实实在在的贡献。她后来应邀赴美国哈佛大学演讲，还特地推介了她编辑的《女人河》等系列长篇。我虽已年逾古稀，没有停止过写作，但《女人河》的出版，并在国内外发行，才真正打开了我文学路上的一道大门。我一直把这位比我年轻二十岁的文坛才女，称作'恩师'！为了写好手头上的两部长篇书稿，我还特地去北京向她请教。"

吴老感慨之余，唏嘘良久。

爱故园　叶落归根

在美国居住久了，随着两个孙女渐渐长大，吴老觉得她们已经不用爷爷照料了，这使他的乡愁更浓。于是他打点行囊，回到朝思暮想的故乡——芜湖。暌违二十年之久，吴老再次踏上这片热土，对眼前的一切感到是那样的陌生，皆因家乡的变化实在太大了。

吴老于 1964 年调到芜湖县文化馆工作，起先馆址在清水河边。他二十三岁到这青弋江畔，那时河边有吊脚楼，小街铺着青石板，一住就是十年。在小镇上办展览，辅导农村群众文娱活动，工作快快乐乐。在小镇上找个姑娘谈恋爱，结婚，生孩子，更是快快乐乐。这孩子在清水河边长大，留学美国，吴老对小镇的感情有多深，别人无法想象，只有去看他的《女人河》。书里的《弋河情缘》等三个章节写的就是当年小镇的爱情绝唱。好些读者说，看这部书忍不住流眼泪。所以说，最感人的文学就是乡愁，最深沉表达乡愁的只有文学！

回国之后，他再次来到芜湖县，来到清水河边，竟连路都找不到了。面对家乡的变化，吴老的心情是欣喜的。但更让吴老欣喜的，还是芜湖文学界的巨大进步、文学新人的成绩斐然、文学作品的层出不穷。他说，真羡慕现在年轻人的文学创作环境，有宣传文化部门的大力支持，还有便捷的网络、热心的媒体……这么好的创作环境，真该好好珍惜。

对于文学创作，今年已七十六岁高龄的吴兰波先生依然保持着旺盛的热情。近年来，他所创作的作品也屡屡获奖。长篇历史小说《戴安澜》获得省委宣传部颁发的“五个一”工程优秀作品奖，中篇小说《将军与红颜》获省级奖项，文学剧本《生命的琴声》在省文联“我们的沃土我们的梦”评选中获奖，黄梅戏折子戏剧本《抗日英雄戴安澜》在安徽省文联“我们的沃土我们的梦”评选中荣获表演艺术类二等奖。该剧在芜湖市成功演出，被安徽省委宣传部和安徽省文化厅列为2016年度重点扶持的剧目。他本人获得了被称为终身殊荣的“安徽省老作家文学贡献奖”。面对这些荣誉和成绩，吴老表现得很坦然，他在接受采访的过程中，数次说到要感谢芜湖市委宣传部、市文委、市文联领导的大力扶持，感谢媒体和广大读者的厚爱。

吴老还说，他十分感谢安徽文艺出版社。他走上文学之路的第一个短篇小说《水牛》，就被该社选入1980年5月出版的作品集中；时过三十多年，又出版了他创作的长篇历史小说《戴安澜》。他对安徽文艺出版社满怀感恩之情，是理所当然的。

当问及他是否还会到美国去，吴老又摆出他那标志性的动作：双手合十，然后笑着说，估计不会再去了。他告诉记者，现在儿子儿媳为了让两个孩子不忘中华传统文化,已经把她们送到当地华人开办的一家中文学校去接受汉语教育。吴老现在对这两个生活在美国的孙女,最念叨的就是她们的中文学习。如今,吴老居住在城东的一处小区里,每日笔耕不辍。而让他时常牵挂的两个可爱小孙女,也每隔一两年就会跟着她们的父母一起回国探亲、团聚。

太平洋再宽,也割不断彼此的亲情。无处不在的乡愁,让吴兰波先生和他的家人走得很近很近……

(郭青,青年作家,现供职于一家媒体)

第一章　舒雯雯　怒拒“潜规则”

一

问题出在哪儿呢？

第一，做女儿的不该半夜赶回家。

第二，我在外一两个月，时时刻刻都想家，半夜赶回家就半夜赶回家呗，乘坐哪个班次的火车到达江城，出了站打个的，几时几点到家，就这么三言两语，怎么不提前高高兴兴地打个电话，跟爸爸妈妈说一声呢？

我半夜赶回家又不先打电话，好，一进门，给家里带来的不是什么惊喜，而是出事了。

这事还得从当天下午说起……

其实，我也不是念家心切，好不容易得了个空，说走就走，更不是故意不先给家里打个电话，想给爸爸妈妈一个惊喜。我是被影视娱乐投资公司的李老板气的。

电视剧还没正式开拍呢，剧组贾导演接到投资公司电话，说是李总裁要我到他公司去一趟，有话和我面谈。我觉得有点奇怪。这部电视剧的开拍时间已经拖了十几天了，肯定有不小的经济损失，可我只是个见习导演，找我谈话有什么用？是不是李总裁要找剧组负责人问责，贾导演就支派我去了。

我进这个剧组有一个多月了，情况当然是知道的，可我去后又能和李总裁说些什么呢？从剧目组讨论剧本、修改加工，演员组选定男女演员、分段排练，到摄像组做分镜头大纲，我都配合贾导全程参与了，可李总裁问起具体情况，我怎么回答呢？

我只能给李总裁送上四个字：一塌糊涂！

一塌糊涂的剧本，一塌糊涂的导演，一塌糊涂的演员，一塌糊涂的美工、音响，等等。

记得那天我来剧组报到，贾艺谋导演握着我的手说："欢迎，欢迎！听说舒局长的千金来我这里做见习导演，太好了！把你在大学里学了四年的影视戏剧理论及各种技巧和手法都施展出来吧，你一定能配合我指导这个剧组拍摄出有思想深度、有艺术感染力的高质量的电视剧！"

贾导演说话很有风度，那表情、那眼神很真挚。我笑笑。刚踏进影视圈就遇上这么有水平的导演，我开心了好几天，抓紧读一下本子吧！

剧本没看完，我的心就凉了。这种读不下去的本子，把张艺谋导演请来也没用。

一个多月下来，各部门工作拖沓的状态告诉我，在这儿我毫无发挥的余地。贾导说得好听有什么用？

现如今各地拉班子拍电视剧都是一样，到处拉广告，拉赞助，都是为了钱！但还没正式开拍，经费就已花光了。若李总裁问起为什么一拖再拖，迟迟不能开机，我倒要反问他一句：一剧之本都定不下来，请问怎么开机？

我坦然一笑，问贾导："约我面谈，谈什么事？"

贾导说："没说。"

"如果问起至今未开拍的事，我该怎么说？"

贾导一本正经地说："那当然是缺钱啰！"

"如果问我这部连续剧的本子怎么样，我该怎么说？"

贾导还是一本正经地说："好本子，好本子！"

还好本子呢！我说不出口。我低下头悄悄地说："啥越南姑娘在芭蕉林里和美国鬼子斗智斗勇，本子读了就恶心，还能拍吗？那位姓曹的编剧还美其名曰援越抗美纪实原创剧，本子一丢，拿几十万稿酬就走人了。我从来也没听说过有这种题材的影视剧！"

我索性撂下一句："贾导，给李总裁做汇报，还是你去吧。"

"是汇报工作，还是另有别的事，电话里没说呀！"贾导小有遗憾地说，"他说他是李总裁助理，也是随身的秘书，姓张，是个男的，听声音年纪很轻，在电话里明确说，请舒雯雯见习导演一定要来公司一趟！"

"一定要我去？要我什么时候去？"

"约你今天下午5点。"

"5点。"我接着追问道，"下午5点？"

"是的。请你准时到达！"贾导强调说。

李总裁约我这个时间见面，有点耐人寻味。5点钟面谈之后，是要留我共进晚餐吗？

接下来呢？吃了晚餐之后呢？

剧组驻地离市里远得很，无论乘汽车还是赶火车，都得两个多小时。是让我回剧组，还是安排我住宾馆呢？……

到底该不该去，去了如何应对？

我留了个心眼儿。

二

吃午饭时，我和"跟屁虫"说了这件事。

"跟屁虫"名叫杨远帆，我喊他"跟屁虫"。

杨远帆是我大学四年的校友。他学的是文学专业，有点儿才气，在校刊上发表过独幕话剧本，毕业作品是一个小品，表演专业的几个男女同学排演效果很好，让省卫视选中了，参加了省春晚，火了一把。毕业后跟我一同进了李总裁公司投资的电视剧组。是我父亲先托人帮我联系上的，他得知后求我无论如何要把他带上。后来也给他办成了，跟我一道来剧组上班。所以，也只有我喊他"跟屁虫"，没有别人喊。

杨远帆长得也还帅气，要身高有身高，看姿态也挺拔，几个演他小品的表演专业女生，喊他"小鲜肉"，他从不应答。他说，这网络流行语是对男青年的侮辱，她们怎么好意思喊出口的！

我吃了两口饭，放下筷子，说："远帆，我下午不想去见李总裁。贾导接的电话，请贾导自己去。"

"谁接的电话都一样，人家点名通知你去嘛，不好让贾导演去的。"杨远帆问道，"你为什么不愿去呢？"

"在这剧组做了一个多月，实在提不起劲头来。"我说，"我都不想在这儿干了，还去和他面谈什么？"

杨远帆说："不想在这儿干，又上哪儿去呢？我们学的专业求职的门路很窄，找一个如意的工作太难了。"

"求职，求职！求一个职业，挣点工资，不就是为了吃碗饭吗？做这样不称心的工作，我连饭都不想吃了。"我噘着嘴说。

"雯雯，不管工作不工作，饭还是要吃的。"杨远帆指指我丢下的筷子，劝我说，"要不是你爸爸找了人，就这李总裁拉起来的这个电视剧组，我们还进不来呢！你性子不要太急，如果这里实在做不下去，我们就走，另找门路求职吧！"

"职业为什么一定要求呢？"我说。

杨远帆说："大学生毕业，都要求职。不求，谁给你工作呢？得上班挣钱吃饭呀！否则还得靠父母养，你好意思吗？"

"那当然不行。我们不能自谋职业吗？"我说。

杨远帆说："自谋，也就是自己谋求的意思。你想的大概是另一种，不去求人而获得工作岗位，那叫创业。"

"对！文学家！咬词嚼字你真行。不求，就是要创！"我的劲来了，我说，"我早就有这个愿望了。"

"雯雯，我们想到一起了！"杨远帆说，"但我还是要劝你，性子不要急。抓紧吃饭，休息一会儿，去公司吧！谈得好，我们就继续在这儿做；谈得不好，拉倒。如果有戏剧性的情节发生，回来一定要告诉我，给我做编写剧本的素材。"

他的最后一句话，听出有点言外之意。我俩都笑了笑。

和杨远帆交往长了，觉得他拿主意还是比较果断的，有点男子汉的感觉，我一般是愿意听的。

"好，这回听你的。"我说，"那下午我就去公司了。"

“我支持你去!”杨远帆最后又对我悄悄地说了句,“有什么意外,给我来个电话!”

嘻嘻……我在心里笑了笑,有点酸味儿了……

三

下午,我按约定的时间去了。

2 点离开剧组,乘大巴到了市里,再打的,准 5 点到了定发影视投资公司。一位西装革履的男青年站在大门外等着我,他自称姓张,是总裁助理兼秘书,然后彬彬有礼地把我带到公司大楼六层,总共要过三道安保的李总裁的办公室。

我们刚走到门口,办公室的玻璃门就自动地双向拉开了,李总裁坐在写字台后面的黑皮沙发椅子上。那位总裁助理微笑着做了个请进的手势,自己退出去,转身就走了。

李老板站起身指着对面的沙发,十分客气地连声说:“舒雯雯导演,坐,坐,坐。请坐!”

我见过李总裁两次,印象还好,见人总是笑眯眯的。

我说声谢谢,点点头坐下。

李总裁偏着头问道:“喝点什么?喜欢喝咖啡,还是喝点儿茶?”

我真的什么也不想喝,可李总裁话未落音,一位年轻的小姐托着茶盘轻手轻脚地进了门,走到我面前。盘子上一杯咖啡、一杯茶。我只好说:“喝一杯茶吧。谢谢!”

我刚要起身,那小姐将一杯茶放到我面前的茶几上,侧身向我点了个头,微笑着说:“不用谢!”便轻手轻脚地走了。

小姐一走,李总裁这就正儿八经地和我谈起话来。

李总裁的大名叫李定发,广东人。他的公司全称是“广东定发影视娱乐有限公司”。

李总裁说:“你们连续奋战了一个月了,辛苦啦!”

我说:“不辛苦,不辛苦。到现在还没开拍呢,按原计划现在已经拖了十几天了,肯定给公司造成不小的经济损失。”

李总裁说："没关系，没关系。我定发公司啊，什么都缺，就是不缺钱！"他接着畅快地笑起来，"哈哈哈哈……"

什么叫声如洪钟，这回我算听到了。

我说："可电视剧总得抓紧拍起来才行啊！"

"那是。"李总裁回到自己的办公桌后面坐下，问起我来，"有些什么具体问题吗？"

"噢，李总裁今天约我来，还真是谈工作嘛，我也就从工作出发，实话实说吧。"

"噢！你只是见习导演，要你说具体情况，有些不便，那就不说了。"他起身绕过办公桌，走到我面前说，"舒雯雯导演，你们的执行导演和剧组的人员都说你很有艺术才华。我亲自去排练场观看了几次，发觉你果然是一位才女啊！"

进剧组工作还不到一个月，就得到李总裁如此夸奖，我心里自然是乐滋滋的。可我也没做什么，怎么就成了才女了呢？心里虽然搁了个问号，但我站了起来，感激地说："谢谢李总夸奖！"

李总裁很潇洒地将头一仰，说："既是才女，要你做什么见习导演哦，太委屈你啦，你来当总导吧！"

我一直以为李总裁找我面谈剧组延误开拍的事，一路上还在考虑对策。可到了这儿，李总裁一开口就夸我是才女，这又突然说要让我当总导，太出乎我的预料了。我这大学刚毕业，见习导演才做个把月就能当总导？我十分惊诧，便轻声地问："什么？您要我当什么？李总……"

"当总导啊！"他把手一挥，铿锵有力地又说了一句，"当这部电视连续剧的总导演嘛！"

我问道："啊？真的?!"

"当然是真的。"李总裁在桌边走了两步，说道，"我李定发历来就是个说话算话的男子汉，才能把一手创建的投资公司，打造成如此辉煌的局面！安排你当总导演，对你刚刚起步的事业，肯定是个十分难得的机遇，而对我来说，则是小事一桩啊！"

李总裁说话的语气诚恳而坚定，不容置疑，可我怎么还是不敢相信呢？道理很简单，我学了四年影视戏剧，总导演一职意味着什么还能不知道吗？

我的能力真能当总导演吗？

李总裁可能也意识到我不相信他会做这样重大的决定，说道："我既然当面对你说出口了，你还不信？"

我没有说信，也没有说不信。我不知道怎么回答他才好。

真的要我当总导，我要先从剧本推敲起，再调整主要演员，接下来分镜头剧本……

机会来了！

但是我心里还是有所顾虑。如今拉班子拍电视剧一窝蜂，拍的片子成堆，很难上电视台播出。没有好的本子，没有明星演员上阵，导演再能干，也是白忙乎。我说："李总，根据我们目前尚未开拍的具体情况，比如剧本啊、演员啊，我怕这部电视连续剧就是拍好了，上银屏也难。"

"舒导演，这你就别担心啰，我早已成竹在胸了！"李总裁接下来说话的口气也确实是胸有成竹，他说，"你把片子拍好，接下来找省市一级的卫视。也别大声嚷嚷，悄悄地报个剧名、集数，告诉他们主演请的是某某大明星，最好是女明星。跟电视台讲好，黄金档上不了，就搁在深夜或是大白天播放也行。准成！"

李总裁慷慨陈词一番，走到我身边，轻声地问道："那你愿意吗？当总导演……"

话说到这种地步，我能不信吗？我心里很兴奋，却用一种淡定的口吻说道："李总，我愿意……"

还没等我把话说完，更加出乎我意料的事发生了！

没有铺垫，没有前戏，直截了当，李总裁竟然说出了这样一句话……我真的大吃一惊，如今的影视界怎么啦？

这就是我在一位从事影视文化产业投资的大老板面前，亲身体验到的真实生活！

李总裁说了一句什么话呢？

李总裁走到门口，向玻璃门外望了一眼，然后转身缓步走到我身边，有点神秘兮兮地轻声问我："雯雯总导，知道影视界有'潜规则'吗？"

我听了一愣。

怎么从安排我当总导演突然又说到潜规则了呢？

"潜规则"这个词谁都听说过,那含义不就是……

这类事早就不新鲜了,可我真没料到刚跨进影视圈的门,就让我这个在影视大学被称为美女高才生的舒雯雯撞上了!

仔细一想,李总裁约我在这个时间来公司谈话,说让我当总导演,也只是个诱饵罢了,要来潜规则,才是他的目的!

我笑了笑说:"李总,潜规则我听说过。您安排我当总导演,是个好主意,有利于我们青年人才的超常规发展。我马上回去仔细研究一下剧本,三天内拿出总导演计划,送到您这儿来,请您过目,好吗?"

李总裁听我如此表态,脸上露出喜出望外的样子,连声说:"好,好!我这就正式称呼你,舒雯雯总导演!"

我说:"李总,您正式称呼我总导演,那我就正式进入总导演这个角色了!"

"好,好!一言为定!"他走到放置电话机的桌边,对我说,"我来叫小张好好安排一下。你放心,他是我的贴身助理,他安排的,你一定会满意。"

我没问他安排什么,也无须问。我倒要看看他们怎么安排?!

李老板拿起话筒,按了一下内线按钮,说道:"张助理啊,晚餐,还有宾馆,就照我上午说的去安排吧!接待舒雯雯导演,一定要上档次,做好一些!"

李大总裁早已安排好的后戏,还让他演吗?

我说:"李总,您约我今天来面谈,就是为了要安排我当这部电视剧的总导演这件事吗?"

他说:"就这一件特别重要的事!请你当总导演!"

"知道了。"我说。

"知道就好!知道就好!"他说。

等他得意地向办公桌后面的黑皮沙发椅走去时,我趁机转身向门口甩开步子。我眯眯笑着与他道别说:"没有别的事,那我就回去了。晚餐,还有宾馆,就不用麻烦了。谢谢李总!再见!"

我走到门边,自动玻璃门轻轻地自动滑开。我信步走了出去,只听他在里面急忙喊道:"哎!舒、舒雯雯,总导,总导!你别走!晚餐安排好了,宾馆也安排好了!我还有话对你说呢……"

我装作没听见一样,快步离去。

我当时脑海里唯一的想法是:就凭他那熊样儿,还要潜规则我,去他的吧。

我家就住在市里,打个的十几分钟就到了。可我坚决不愿在这剧组做了,立马要回驻地取行李!

我赶到汽车站,搭上了回剧组的班车。

四

我回到驻地已是晚上10点多了。

我没去见贾导演,太晚了,我不想去打搅他。我既决定不在这儿做了,就一夜也不想在这儿歇,这是我的性格。我进了卧室立刻把衣服、毛毯往几个包里一塞,背起大包小包,就去找杨远帆。

杨远帆每天晚上躺床上看书到很晚,他自己说是上大学四年养成的坏习惯。我看他的卧室拉了窗帘,灯是亮的。我敲敲窗户喊了一声:"杨远帆!"他听出是我喊他,马上开门出来了。

杨远帆说:"你回来啦?我还以为你要在那儿住宾馆呢。"

我说:"住什么宾馆,我要回家了。"

杨远帆问我:"怎么啦?回家?你和老总请假啦?"

我说:"请什么假?我不做啦!"

杨远帆说:"不做啦?和李总谈崩了,是吗?"

我说:"什么谈崩了?去公司之前不是和你说了吗,这里一塌糊涂,我不想做,立马回家。"

杨远帆:"说走就走?天这么晚了……"

我说:"我就这性子。说走就走,废话少说。衣服、毛毯都放在这几个包里,你送不送我?"

杨远帆连声说:"送,送,送!"

杨远帆对我就这么忠心耿耿,在青年男女之间叫一往情深更贴切一点。听我说不做了,要回家,他也没再问缘由,从我胳膊上抢过去一个大包,背着就跟我走。

在夜班火车上坐定之后，我将李总裁的丑态表演一五一十地全跟杨远帆说了。

杨远帆笑得不可开交，说："好，好！"

我噘起嘴说："人家欺负我，你怎么还说好呢！"

杨远帆说："我是说你做得好，做得对！"

我给杨远帆一个微笑，说："谢谢夸奖喽！"

"让你当总导演，想潜规则你，你一走了之，等于给了他一记耳光啊！"杨远帆说，"不过，这情节很精彩、很真实，给我创作剧本增添了好素材。"

我说："做反面人物的素材还差不多。"

杨远帆说："这广东来的李总裁见到漂亮妹子，就想来这一套！也不照照镜子，看看他自己那熊样！"

接着，杨远帆又和我商量了下一步的事。

他说，我走了，他也不在这剧组做了。把我送到家，他也回家去歇几天，然后陪我一同找工作，抽空去剧组驻地取一下行李就是了。我说，也好。

对杨远帆这个"跟屁虫"，我心里还是默认的。

到站了。

下了火车，打个的，这就到家了。

五

我家住四楼，没电梯，好在楼梯间的电灯是亮的。杨远帆帮我背着大包小包噔噔噔上了四楼。我虽然空着手，爬到四楼却是气喘吁吁。我说："把包放下，你回吧。"

杨远帆说："好哩。"

他放下包，但是没转身，只是呆呆地望着我。

我又说了声："你回吧！"

杨远帆说："我、我、我……"

"你、你、你……你到底怎么啦？"我轻声地问他。

"没怎么，我这就回去了……"杨远帆还是没转身。他故意噘着嘴埋怨道，“我这么热心给你背着几个包，陪你赶火车，把你送到家，也不感谢我一声？”

我笑了笑，立刻向他鞠了个躬，说道：“噢，远帆同学，非常感谢你！行了吧？”

杨远帆还是没有转身离去的意思，他把头一仰，说：“空口说白话，总得给点儿奖励吧？”

我说：“这么晚了，给你什么奖励？请你上餐馆？”

他说：“真心感谢我，也不用上餐馆……简单得很，让我拥抱一下就得了……”

“你真会抓机会！”我抿嘴一笑，说，“好吧。只准一下！”

他高兴地点点头，答应说：“只一下。”

我强调说：“不准有其他的动作！”

“绝不！”他说，“保证！”

我听出杨远帆故意将这两个词既像分开来说，又像连着说，可这两个词分开说和连着说的含义差别就大了。

我还没来得及提防，这小子就扑过来将我拥抱着转了一个圈，趁我不注意，在我嘴唇上亲了一口。

我生气了，我说：“你说话不算数！”

杨远帆嬉皮笑脸地说：“我说的是——绝不保证！”

我轻轻地骂了他一声：“讨厌！”

他毫不害羞，眯眯笑着，迅速转身下了楼。

当然，我也不是真的生气，男女生亲嘴，如今大学里常见。有时甚至是公开的，在教室，在校园的树丛里，在路边。

看他就这么走了，我还真有点舍不得呢，就用双手拢在嘴边，朝楼下轻轻喊了声：“杨远帆，谢谢你了！你走好！”

这小子大约是听见了，又转身噔噔噔上了几步楼梯，对着我做了个鬼脸，说：“我应该谢你啦！”

我笑了笑，向他挥挥手，他就转身下楼了。

杨远帆忠心耿耿连夜把我送到家，然后他再回家去。过几天他还要回剧组的驻地。

他家也住在江城，是离我家很远的一个小区。他平时很节省，一人回去基本坐出租车，好在江城这几年公共交通发展得很快，主要的线路夜晚都有车。

第二章　卧室里　蹿出一只猫

一

半夜赶回家,又没提前打个电话,这就出事了。

出事的不是我,也不是别人,是身为文化局局长的我的父亲。半夜里出事,还能有什么好事?我都不好意思说。

我刚刚在影视娱乐投资公司那边,怒拒了李总裁妄想“潜规则”我的可耻意图,回到家却撞上这真实版《金屋藏娇》竟然演到我家里来了,而男主角竟然是我爸爸!

我爸叫舒亦展。他原本是歌唱演员,歌剧、话剧也能演。他高中毕业后在省内艺术学院学声乐,只读了两年,是大专学历。那个艺术学院的教学水平估计不高,没听说培养出知名的歌唱家和演艺人才。

爸爸年轻时就表现出较好的艺术素养,他的成绩在班上是最好的。毕业后他被分配在江城话剧团做演员,因为能演能唱会跳舞,吃香得很,是团里公认的男一号。

后来话剧团没戏演,费好大劲排一个话剧,却很少有人买票看,就改为歌舞团。唱歌跳舞还是没人看,再改成文工团,演戏、歌舞、曲艺、相声啥都来,还是不行。

剧团不景气,无戏可演了,爸爸从剧团调到市文化局当干部,起先是艺术科科长，后来升了副局长，没几年升为正局长。我也不知道爸爸怎么升上去的，觉得他还真有两下子。但他唱歌我听过，确实好听。

我小时候很少去看爸爸演出。看过几次也只是男声独唱、男女声二重唱，或是表演唱之类。大型的歌剧、话剧听说他演过，我没去看过。

我印象最深的是有一次晚会，他和一位比他年轻的女歌手唱《草原之夜》和《敖包相会》。我回家就学唱，很快就会唱了。那歌词是：

十五的月亮升上了天空哟，
为什么旁边没有云彩？
我等待着美丽的姑娘哟，
你为什么还不到来哟？

那女歌手接上唱道：

如果没有天上的雨水哟，
海棠花儿不会自己开。
只要哥哥你耐心地等待哟，
你心上的人儿就会跑过来哟嗬！

《草原之夜》和《敖包相会》算不得新歌，但爸爸和那名女歌手都唱得很投入，配合默契，音色圆润动听，适时地做两个小动作，互相眉来眼去，舞台效果不错，赢得一些稀稀落落的掌声。

我看得特别高兴，笑眯眯地给他俩鼓掌。但我侧脸一看，妈妈没有鼓掌，脸上也没什么表情。

那时我十一二岁，年纪虽小，但已开始懂点大人的事了。看爸爸和那位女歌手的有些亲昵的表演，妈妈的反应算是个小疙瘩一直留在我心里，我却从未和妈妈谈起过。以后我就很少跟妈妈去看爸爸的演出了。

那时，妈妈在医院工作很忙，我和弟弟只顾上学，家里也没发生什么事。过两年，爸爸在歌舞团当上了副团长，再过两年爸爸又升迁了，当上市文化局的科长、局长，我很为爸爸高兴，可家里的气氛却越来越不和谐了。

有时我和弟弟在家，爸妈争吵起来也一点不避讳，我和弟弟就躲到各自的卧室做作业，随他们吵去。

今天我半夜回到家，出了事，可能是偶然的，也许是必然的，是迟早会发生的。既然无法避免，就让它早点来吧！

二

杨远帆下楼了。我转身敲自家的门。我不停地敲着，喊着："黎阿姨，开门！开门！"可是没有人答应。

黎阿姨五十多岁了，是我们家保姆。平常我回家晚了总是喊她开门的，不用揿门铃，只要轻轻喊一声她就会开门。她说晚上我不到家她心就提着，就睡不着，可见黎阿姨对我有多好。

我连续喊了几声，不见黎阿姨开门，只好把身上背的大包小包放下来举手按门铃了。

铃声响了，没有反应。

我接着再按，还是没反应。

怎么一家人都睡得这么沉呢？我真急了，立即蹲下来翻找我带的钥匙。但一想不行，这防盗门从里面扣上，外面用钥匙是打不开的。

正在我急得额头上渗出汗水的时候，门开了。

"雯雯！是你？"开门的是爸爸，他边穿外衣边惊讶地问。

"不是我是谁？门铃揿了好长时间不开门！"我没好气地说。

"我这不是来开门了嘛。"他反过来问我，"怎么天还没亮就赶回家来啦？"

"乘的是夜班车。"我说，"爸爸，快帮我一下，累死我了。"

爸爸帮我把大包小包拎进了屋，我跟着进了门就问："黎阿姨呢？她怎么不起来给我开门？"

"黎嫂回乡下去了。为了一只猫，不知道跑哪儿了，你妈妈发了脾气，她和你妈妈顶了几句，心里一直不舒服。过了几天乡下来了人，说她女儿芸芸出事了，她就回去了。"

爸爸说着，不慎将怀中的大包掉了下来，我听到内室好像有人，就说：

"轻点儿,爸爸,别把妈妈给弄醒了。"

"你妈妈出门好多天了。"爸爸脱口而出。

我警觉起来,问道:"咦?那是弟弟回来了?他怎么睡到你们房里去了呢?"

爸爸愣了一下,有点不自然了。

他说:"……不,你弟弟他没回来。"

我惊诧地问:"那你房里怎么好像有人呢?"

我径直向他的卧室走去。

我无意中看到爸爸的表情有点紧张,但他并没有阻拦我,只是轻轻地喊了一声:"雯雯!"

我走到卧室门口停下脚步,没有进去,只是向里面探头看了一眼,没发现什么,就回到客厅的沙发上一躺。我感叹地喊了一声:"爸爸呀,爸爸!"

爸爸应该听得出我这一声叹息意味着什么,可他装出不以为然的样子说:"看你,刚回来就问这问那的,像来了个小警察似的。快去洗个脸,我给你烧点吃的。"

我说:"对,是得洗个脸。这后半夜了,好困,在火车上熬了两个多小时,这脸蛋像只小花猫似的。"

我走到卫生间门口,又折回来。我好像悟出了家里还是有点什么问题,就故意说:"这次我不急着走了。"

"那好,那好。累了,多歇几天再去,只要不影响你们电视剧拍摄的进度。"爸爸说得有点勉强,想了想又补问一句,"那电视剧拍得怎么样啦?"

怎么样?还没开拍呢那李总裁就要潜规则我了,还拍什么电视剧哟!是爸爸找人将我安插进剧组的,暂时别跟他说吧。我做了个手势,就说:"暂停。"

爸爸立即问道:"为什么?又闹别扭啦?"

我就说了另外一些事,其实也是实情。我说:"还没正式开拍,投资公司给的经费就花光了,李总裁叫我们剧组人员到处拉广告,求赞助,好丢人喽!"

爸爸问:"那怎么办?就这么散了?"

我说:"反正我是不干了。我有我的追求!我是戏剧导演,我的艺术生命只能在舞台上。”

说到舞台，爸爸有话说了，他说：“上舞台排戏？你拿不出好的剧本，还有钱。现在立一个戏，少说得几十万！”

又是钱钱钱！看来没有钱什么事也办不成！看来我得先去赚一笔钱再说！我说：“好了，在家里我们不谈工作好吗？”我直截了当地说，“爸爸，你是不是想岔开我们刚才正提到的一个很敏感的家庭问题呢？”

爸爸警觉而又无奈地说：“雯雯，你呀！我去给你热牛奶，还有包子，微波炉里热一下就行了。”

我把他拖住说：“不用急嘛，你还没有回答我的问题呢！”

他有意装糊涂地问：“什么问题？”

我问他：“妈妈呢？上哪儿去了？出门几天了？”

他回答我说：“你妈出门十几天了，上哪儿去了她没告诉我，我也没问她。”

我说：“噢，那我这次离开家她就走了……爸爸，家里发生什么事了吗？”

爸爸说：“你是小孩子，别问这些。”

“我不是小孩子啦！爸爸！”我气嘟嘟地说，“别老让我蒙在鼓里，这办不到！”

爸爸说：“我用不着瞒你。”

我说：“你瞒也瞒不住，我很敏感。比如说，我刚才进门的时候，你的表情就不太自然。”

爸爸埋怨道：“瞧你瞎说。”

“我瞎说？哼！”我毫不留情地用眼瞅着他说，“妈妈出门了，黎阿姨走了两天了，弟弟又没回来，只有你一人在家。那么你的卧室里……为什么有动静？”

真巧，我话还没落音，这时卧室里好像又传出点声音来。爸爸神色似乎有点紧张，却故作凶狠的样子以攻为守地对着我说：“女儿不能用这种口吻责问爸爸！”

我笑了，说：“爸爸您用这种口吻对自己的女儿说话像是20世纪30年代中国农村的封建家长。”

他软下来了，说：“你刚才不是进房间看了吗？”

我说："正因为我不是个孩子了，所以我没有进你的卧室，只不过是站在房门口向里面探头望了一眼……"

"那你看见了什么？"没等我回答，他就急于表白地说，"房间里什么人也没有呀！"

我诚恳地说："即使看见了什么，我也会说什么都没看见。爸爸，你还是开诚布公地和我谈谈吧！难道对你最喜爱的宝贝女儿还要有所隐瞒吗？"

爸爸好像松了一口气似的一声叹息："唉！告诉你有什么用呢？"

我说："沟通，理解呗！我是你们的女儿，我能起到一种特殊的作用，使局势向好的方面转化。"

爸爸说："你不可能理解我，更不会同情我。"

我说："你以为我特别喜欢妈妈就一定偏着她吗？可别忘了你女儿是个具有现代意识的青年导演！"

他无可奈何地说："雯雯，顺其自然吧。"

我说："可总不能闹出事情来。爸爸，风言风语我听说了。"

"什么风言风语？"他问道。

我说："文艺界早传开了，还用问我吗？人家说你当了局长，就成了当代陈世美！"

爸爸不以为然地哼了一声说："是吗？"

我说："还说得有鼻子有眼儿，什么一个比你年轻得多的女演员，你把她提拔成了副团长，还说……"

作为女儿我真不好意思再说下去了，爸爸干脆来了个小结："他们喜欢怎么说，那就让他们说吧。"

我还是想劝劝他，我说："在我们中国，要想搞垮一个人，在这方面有点风言风语不就够了吗？我看你还是和妈妈好好谈谈，把问题解决，要么好，要么散！"

爸爸皱了皱眉头说："不知怎么和她就是谈不到一块。"

我说："可是，艰难的岁月你们是共同度过来的。"

没想到，爸爸深沉地说："夫妻之间，艰难岁月好过，太平时光不好打发。"

我问爸爸："已经到了无法挽回的地步了吗？"

他点起一支烟,深深地抽了一口,然后慢吞吞地吐出来,还是以那种无可奈何的语气说:“顺其自然吧……”

我说:“何必呢?爸爸,这样下去,你痛苦,妈妈痛苦,我和弟弟也同样不好受,他在大学里连放假都不愿意回家了,这个家还有一点温暖吗?”

爸爸说:“这些我都知道,可我没有办法。”

我停了一下说:“看来你是什么也不愿告诉我了?好吧,我进卫生间去洗个脸,你就请你那位‘柜中人’赶快撤吧!”

他把烟蒂往痰盂里一扔,语气强硬地说:“什么‘柜中人’?舒雯雯,连你也这么说我!”

爸爸连名带姓地喊我“舒雯雯”,表明他生气了。

对于爸爸的指责,我没有退缩,他这是色厉内荏。不过,我倒不光是嘴上说说,我还真想见见那位“柜中人”,当然,仅仅出于好奇而已。影视剧中常见的第三者在真实的生活中不知是什么模样?可在这种场合我怎么能见呢?

还是赶快让她撤吧!

爸爸无可奈何地摇摇头,然后转身向卧室走去。

丁零零……

突然,门铃响了!

这下坏了!

不管是妈妈回来了,还是黎阿姨回来了,都不好办!

三

门铃响了,我一下愣住了,爸爸不得已转身去开门。

我听到来人进门的脚步声,接着听到爸爸那口气有点复杂的问话。

“你回来啦!”

来人却语气生硬地说:“怎么,我不能回来吗?”

爸爸的语气有点疲软:“怎么不能回来?这是你的家,当然来去自由。”

来人并不领情,甚至更加强硬地说道:“别打官腔了,今天是我最后一次进这道门。”

我听出来人是妈妈，赶紧推开卫生间的门，嘴里还冒了一句："不好，妈妈回来了。"

妈妈转过身来看到了我，就问："雯雯，你在家里？"

我从卫生间走出来说："是的，妈妈，我回家了。"

她问我："你刚才说什么来着？"

我刚才嘴里真不该冒出那句话来，只好嘻嘻一笑，说："我没说什么，妈妈。"

妈妈没有放过我，她说："我听见你说了！你说，'不好，妈妈回来了'，这是什么意思？"

我无法抵赖，就顺着往下说："我、我……是这样的，妈妈，我和电视剧组的人吵翻了，溜号回来的，我怕妈妈会骂我。"

妈妈没好气地说："骂你？骂你有什么用！这么大人了，还用我骂？你是什么时候回来的？"

妈妈把话题一转，我的一句失言算是糊弄过去了，可接下来还有一个大活人在他们的卧室里藏着呢，要是不稳住她，家里立马就要出大事了！

我心慌意乱地说："天还没亮，我就回来了……"

妈妈问："黎阿姨呢？"

爸爸搭上话："回家去了。她女儿出了事，赶回家去看看。"

妈妈面对着爸爸说："那你一人在家不觉得寂寞吗？"

正当妈妈弦外有音地说这句话的时候，卧室里又好像有点动静。我听见了，妈妈不可能没听见。

爸爸肯定也听见了房里的响声，他转身向卧室走去。妈妈突然喊了一声爸爸的名字："舒亦展！"

妈妈平时喊爸爸"老舒"，这会儿一声"舒亦展"喊着，我顿时觉得妈妈简直像个正在破案的神探，对犯罪嫌疑人一声吆喝那样极具威慑力，我的心唰地一下提了起来。

爸爸止住脚步，未应声，也未转身，只是静候事态的发展。就这样僵持了片刻之后，妈妈说："我想和你谈谈。"

爸爸听到这句话，大约心里有点放松了，我也稍稍舒了口气。爸爸说："你刚回家，有什么好谈的？"

"那你先坐下!"妈妈指着沙发说,"我要进房间换衣服。"

爸爸原地未动,而我紧张极了。眼看着妈妈要进卧室,而且是换衣服,那肯定是要打开衣橱的,那里面的"柜中人"……怎么办?

我急了,赶紧喊了一声:"妈妈!"

我上前拦住她,有点撒娇地说:"妈妈!你是怎么搞的呀,一回家就和爸爸怄气!你俩一拌嘴,我这心就怦怦怦地直跳,也不知劝哪个好。你先坐下歇一歇嘛!"

我硬拉着妈妈把她按到沙发上,然后对爸爸使眼色,说:"妈妈回来了,你怎么不去烧早点煮牛奶?爸,快去呀!"

爸爸还是不说话,他进了厨房。

我转身搂住妈妈,很有感情地问:"妈妈,这些天你上哪儿去啦?在外面跑来跑去的,累吗?"

我不是在演戏,我是真心地爱妈妈,我这么一问,妈妈的情绪就稳住了。

妈妈说:"雯雯,长这么大了,像这样关心妈妈恐怕还是第一次吧?"

我说:"妈妈,不管怎么说,我的心中只有你!……你说呀,妈妈,你上哪儿啦?"

"唉!"妈妈只是一声叹息,说,"在家待着要憋死我了,我想出去旅游!上黄山!我就一个人出发了。"

我惊讶地问:"一个人去的?"

妈妈说:"旅游公司的包车,一车三十多人,上车不相识,回来都成朋友喽。"

妈妈的注意力刚刚转移过来,房间里又有了响声,而且被妈妈清清楚楚地听见了。

她惊奇地问:"哎,房间里怎么有动静?"

我急忙说:"没什么,没什么,房间里什么也没有。"

一定得将妈妈稳住,否则立马就要出事。我立刻接着前面的话头说:"那真有意思。妈妈,一路上受苦了?"

妈妈说:"没受什么苦,就是挺累的。"

我说:"对,一定很累。妈妈,是腿疼吗?腰酸不酸?"

妈妈说:"又疼又酸。"

“肯定又疼又酸的。去年我爬黄山下来,真不是滋味!这样,我给你按摩按摩。”我说着就动手给妈妈按摩。

“雯雯,你今天怎么啦?”妈妈问我。

我赶紧说:“我没什么,妈妈。对,把腿伸直。”

我一边不停地给妈妈按摩,一边问她:“好些了吗?妈妈,黄山美吗?你上了天都峰吗?鲫鱼背过去了吗?那儿太危险。”

妈妈说道:“黄山美极了!鲫鱼背我也过去了!”

我兴高采烈地说:“是吗?妈妈,你太伟大了!”

我的过于热情,反而引起了妈妈的怀疑。她一皱眉问道:“雯雯,今天你是怎么啦?”

我微微一笑说:“妈妈回来了,我有些激动吧。”

忽然房里又有响声,我和妈妈同时愣了一下。

这一下真的坏事了!

妈妈却表现出若无其事的样子。

妈妈说:“你按摩的手艺还真不赖呢!好了,好了。爬了山我身上挺脏的,让我进房去换换衣服。”

妈妈站起身,顺手将我按到沙发上。她说:“雯雯好女儿,你也该歇一歇了。”

妈妈站起身,我看她正要转身进房,就急中生智地跳起来,叫了一声:“哎哟,妈妈,你爬山累了,身上也很脏吧,现在你听我的,我让你解除疲劳,又清洁卫生!”

妈妈笑了,她说:“哦?雯雯今天在妈妈身上真是尽心尽意了。好,我听你的。”

我说:“妈妈请进卫生间……多放点热水泡一泡身子,包你解除疲劳。那换洗衣服嘛,我这就进房给你取。”

好不容易让妈妈进了卫生间。我赶紧进了厨房,悄声说:“爸爸,你什么都放下,快进卧室把妈妈的换洗衣服拿出来,顺便叫那位‘柜中人’快撤!”

爸爸故作镇静地说:“拿衣服就拿衣服呗!又是什么‘柜中人’!你这孩子!”

他倒怪起我来！我无可奈何地摇头，只好一声叹息："唉！爸爸呀，爸爸……"

爸爸很快从卧室拿出妈妈的衣服给我，我接过衣服，悄声对他说："我进卫生间给妈妈送衣服，你叫'柜中人'快撤！听见了吗，叫她——快撤！"

我进了卫生间，爸爸正转身向卧室走去，门铃又响了。

丁零零……

爸爸猛地止住步子。

我一听到门铃声，赶紧把衣服递给妈妈，从卫生间出来，无可奈何地摊开双手，心里叹道："又来人了！"

这一下爸爸完了！

完了！

四

是我去开的门。

来的是黎阿姨。还有一个衣裳不整，但看上去很漂亮的农村姑娘跟在她后面。不用问，肯定是黎阿姨的女儿芸芸。

这姑娘站在门外没动，朝我望了一眼，笑了笑，给我感觉特别好。我只不过刚刚有一点导演意识，怎么就突然想到，如果有一天我要执导一部戏，戏中有一个清纯美丽的农村姑娘的角色，她是多么好的人选啊！

黎阿姨见到我很高兴，没进门就欢喜地叫了起来："雯雯！你回家啦！"

我说："黎阿姨，是你回来了，我还以为是谁呢！"

爸爸走过来问："是黎嫂回来啦！你女儿怎样啦？"

黎阿姨说："找到了！这丫头长大了真淘气！一个村子的人都帮着找，谁知她却跑到城里来了，就是跟李春牛那浑小子。"

她转身向门外喊："芸芸，还不快进来！"

谁知说话间，黎芸芸却已经溜之大吉了。

黎阿姨听不到芸芸搭腔，赶紧向门外一看，便惊叫起来："哎呀，人呢？这小丫头又溜啦！"

我赶紧扶住黎阿姨安慰道："别着急，你把事情从头说一遍，今儿个你是在哪儿找到芸芸的？我们再设法帮你找。”

黎阿姨说：“一村人找了三天也没个人影，大伙儿都说村上少了两个人，一个李春牛，一个黎芸芸，还不是一对相好的私奔了呗。真丢人喽！这都怪我那老头子，趁我不在家，财迷心窍，要芸芸嫁给村上一个在外地做生意发了财砌了小洋楼的光棍汉，答应订婚先给二十万，带她到城里过日子。谁知芸芸早就和李春牛那浑小子相好，他俩私下里一商量，就跑得无影无踪了，丢了一句话，不挣一套房产钱，不回来。”

爸爸说：“黎嫂，芸芸和男朋友一道出来，到城里打工，也算有志气，不会出什么事的，你就不要难过了。女儿大了，守在父母身边也不是个办法。”

“可我总是不放心。”黎阿姨擦擦眼泪说，“今天我赶回来，谁知在车站碰上了芸芸，那浑小子李春牛不在，许是上厕所去了，我拽着芸芸就到这儿来了。现在冷不防，她又溜了。这么大个江城，我上哪儿找去啊！”

黎阿姨一来，刚才家里的紧张局势好像一下就缓解了，可是，妈妈洗浴后从卫生间更衣出来了，我的心又悬起来……

“夏医生，你也回家啦？”黎阿姨看见我妈，就委屈地说，“你说我这怎么办呢？真丢人喽！”

妈妈说：“黎嫂，我全听见了，你别难过。只要芸芸在这个城里，早晚总能碰上的。也许过几天，芸芸自己就会到这儿来的。”

我也跟着劝了几句：“人是有感情的，谁都离不开自己的亲人。黎阿姨，芸芸一定会回来找你的！”

黎阿姨接着我的话说：“芸芸自己会到这儿来找我？那倒好了……是的，连一只猫跑出去几天也会回来，芸芸不能不如一只猫……”

一提到猫，妈妈兴奋了，她急不可待地问道：“猫？猫回来啦……是我那只波斯猫？……回来了？那猫呢？”

爸爸怕她俩为一只猫又闹起来，就说：“别提那只猫了！跑了就算了。现在谈的是人，是芸芸。”

黎阿姨却说：“我说的是猫。不是为猫，我今天也想不起来回城呢。夏医生，你走那天，那只波斯猫也不知从哪儿悄悄回来了。正好乡下来人送信，说芸芸出了事，我要走，怕猫又跑了，就把它关在你们房里书橱下层的空柜子里，放了几条小鱼，还有米饭。昨晚想起来，猫食准吃完了，可别把猫给饿坏了，今儿一大早，我就赶回来了。”

黎阿姨这么一说，妈妈连声问黎阿姨：“关在哪儿？你把猫关在哪儿？”

黎阿姨说：“就在空柜子里。”

爸爸这时若无其事地对我说：“雯雯，你说的‘柜中人’应该是‘柜中猫’吧！”

我横眉冷对着爸爸，语气强硬地说道：“爸爸，今天真要是有个‘柜中人’走出来，也没什么大不了，事情当场暴露，也好当场解决。可是我们的家庭危机，已经让女儿惊慌失措到如此地步，还不值得你深思吗？现在不仅在文化影视界有潜规则，商界有潜规则，在官场，年轻的女人想攀升，也有潜规则！我虽然刚刚步入社会，就触及了这些丑陋的社会现象！而今天，我又亲身感受到，婚外情、养‘二奶’，给家庭、给子女在生活上精神上，带来多么大的伤害！这是社会道德的沦丧！”

爸爸听了我的义正词严的一番话之后，板着脸，一句话也没说。想必他内心是有所触动了。

没一会儿，妈妈和黎阿姨从卧室里出来，妈妈还气嘟嘟地絮叨：“跑了，早跑了！柜子里怎么能关猫？再不跑掉，不闷死才怪呢！”

黎阿姨却说：“不会跑的。跑了也会回来。”

我对着爸爸说了一番话之后，我心中的气愤仍然未消，我背起放在沙发拐角的大包小包，转身就走。

突然，一只猫从爸爸的卧室里蹿了出来！

猫！真的只是一只猫！

妈妈反应极快，一把将猫抓住，抱起来。她无比欣喜地喃喃道：“猫，猫！亲爱的猫！害人的猫！……”

真奇怪！妈妈和黎阿姨刚才进卧室打开柜子怎么没找到猫呢？这猫是躲在哪儿呢？

看我已背起包裹，拉开大门，奔出门外，妈妈慌忙放下猫，和爸爸、黎阿姨，都追着我喊。

“雯雯，你上哪儿去？你回来！”

我没有应声。我已经下楼了，我不能回头……

我就这样离开家了？

一个好端端的家被搅乱了，只是因为一只猫吗？

当然不是。

是被第三者搅乱的吗？

或是这个家本来就日趋严重地动乱着，正需要一个第三者来给予重新配置呢？

我放慢了下楼的步子。我太累了。

我身体累了，精神更累，脑海里一塌糊涂，也不知要到哪儿去。而且，我好像听到了什么，是幻听吗？

不是幻听。

下楼刚转弯，还没到三楼，我停下了脚步……

“舒雯雯！舒雯雯！”

我听到了楼上有人在喊我。

不是爸爸在喊，不是妈妈在喊，也不是黎阿姨。是一个约莫四十岁的女人在喊我！正是绯闻传说中的那个女人的年纪。声音不大，也不急迫，是持重而平和的声调。

“舒雯雯！请你回来，我有话要说……”

只是轻声的一句，却像听到一声雷鸣，令我大吃一惊！我停下脚步，转过身来，仰起头向上冷眼一瞟——我终于见到了那位虽不年轻却貌美的“柜中人”！

学了四年戏剧，我常说的口头禅是：“人生如戏，戏如人生。”真没错。可怎么也料想不到，今天这出无比离奇的闹剧，却演到我自己家里来了！

怎么办？我回吗？

回去“欣赏”这戏剧冲突最激烈、最精彩的一幕吗？

这也许是我们全家最难以接受的一幕！而我一回去，自己也得参与演这一幕戏！

但今天我是非进戏不可了！

我站在哪一边？

我演什么角色？

台词琢磨好了吗？

考虑什么也来不及了。

突然出现这种场面，这位美女居然敢挺身而出，想必是一位女汉子了！

我真的该领教领教！

回！

五

我转过身，背着大包小包气嘟嘟地往楼上走。几个人都来接我的包。他们中间站着一个女人，那肯定就是我特别想见一见的“柜中人”啰！

我进了家门，家里并没有爆发与一些电视剧类似的悲情闹剧。什么争吵谩骂哭喊流泪，甚至动手动脚推拉打斗，都没有。而事情到了这一步，激烈和精彩都荡漾在各人的心中。

我两眼直视“柜中人”。她也望着我。

很奇怪，我的第一感觉她既不像个女汉子，也不像所谓的文艺界的风流女人，看上去倒是文化层次较高，很知性的样子。我没有作声，她便开口了。

她说的话更让我震惊了。

她说：“雯雯！你刚才强硬地指出，更值得舒局长深思的不是猫，而是人！昨晚，是我自己主动来你家的，主要责任在我。你刚才说真要是有个‘柜中人’也没什么大不了，什么问题都可以解决。你说得太好了！听到你这句话，我才鼓起勇气走出来，把什么都说清楚！你的父亲是一位很能干的局长，我确实对他有感情的成分，文化局在提拔我当剧团副团长这件事上，他是起了作用。我诚实地说，我是与他多年相处，才喜欢上他的！我们不仅在感情上，在行为上也超越了底线。今天，我终于亲身感受到了，婚外情给别人和自己的家庭、子女带来多么大的伤害！我一定痛改前非，并等着接受组织上的处理，也愿意接受你们全家对我的任何惩罚！非常抱歉，我……我走了！”

这女人能当着我们家人的面说出这番话来，说明她是真正觉悟了。讲完这一番话，没等我们家人说一句、问一句，她转过身，挺着胸膛向门外走去。

没有人呵斥她，也没有人阻拦她。我们几个人都伫立无语。

只见爸爸低下了头。

六

没有。刚才那一幕完全没有。除了卧室里蹿出一只猫，什么事也没有发生。当然更没有走出一位“柜中人”，说出一番惊世骇俗的话来。这是我想象的，学了四年戏剧，我满脑子都是戏剧性情节。

我转过身，背着大包小包继续往楼下走……

我肩上背的，胳膊上挽的，总共三个包，实在太重了。但我决不愿回头！可再想一想，我这背着沉重的行李上哪儿去呢？

回剧组？不可能！

回学校？哪有毕业后工作几个月又返回学校的道理！除非要考研。去找林一清教授……

上四年级的时候，我和班上的同学都在忙着找工作，但非常难找。这当然是指专业对口、心里满意的工作难找。林一清教授曾多次和我谈过，别忙着找工作了，要我考他的研究生。其实，我是非常想做他的研究生，所以一直在做两手准备。毕业前，当上文化局局长的爸爸，给我找了个电视剧组，做见习导演的工作，这机会太难得了，我才放弃了考研。事到如今，工作和家里都遇上这么尴尬的局面，我只有回学校去找林教授了！请他安排我在学校住下来，补习功课，准备考研。

如果找不到合适的工作，这是我唯一能去的地方了。

林教授要是不收我，无处可去，我就到处流浪，做一个不回家的人……

我气嘟嘟背着大包小包跑下楼，到了街口，正招手打出租车想去火车站，家里人却赶过来了。

爸爸和妈妈都说：“雯雯，你不能走！商量商量再说。”

我说：“是你们俩的事，和我有什么好商量的？”

妈妈说:“那你就更不能走啊!”

我说:“这样的家,我没办法待下去!”

爸爸接着问道:“你这要上哪儿?回剧组吗?”

“我不是和你们说了吗,剧组那活儿我不做了,回去干什么?”我坚定地说。

黎阿姨帮着焦急地追问我:“那你这上哪儿去?”

我毫不迟疑地回答:“回学校。我决定考研。”

爸爸妈妈和黎阿姨好像都松了一口气。我没再说话了,趁机拉开出租车后座的门,放进行李,钻了进去。

“我送你去车站吧!”黎阿姨赶忙叫着,但来不及了。我对黎阿姨也是很有感情、很有礼貌的,我说了声:“不用送了,谢谢黎阿姨!”

我迅速关上了车门,车子开动了。

七

到了车站售票窗口,我拿出身份证准备买票,突然听到有人大声地喊:“舒雯雯!舒雯雯!”

这喊声太熟悉了。杨远帆从外面快步进了售票厅!怎么我这一动身他就来了,真是“跟屁虫”!

“你夜里才回家,大清早又要上哪儿去?也不给我打个电话,我好送你呀!”杨远帆说。

“我想回学校,考研。”我若无其事地说。

“考研怎么不告诉我!”杨远帆埋怨道,“我要不是赶车回驻地取行李,还碰不上你呢!你怎么突然做出回学校考研的决定了呢?和你爸妈商量了吗?”

“爸和我妈商量?”我靠近杨远帆轻声说,“就是因为他们,我在家才待不住,这一时半会又找不到工作,只好去考研,碰碰运气吧!”

杨远帆把我拉出买票的队列,急忙小声地问我:“你爸妈出什么事了吗?”

我说:“这会儿不告诉你。”

对他，我一般是无话不说的。这会儿怎么啦？杨远帆说："我不取行李了，跟你一道回学校，也考研……"

我听他这么一说，反而窃窃一笑，悄声说："你真是我的跟、跟……跟……"

杨远帆也哧哧一笑，说："你说我跟，我就跟吧！"

我说："你行李也没带，怎么回学校？"

"那、那……"杨远帆有些犹豫，"那我们还是再找找工作或是创业，暂时就不回学校了吧……"

我仔细想了想，我和杨远帆两个人突然一道跑回学校考研，考虑得还是不周到，不能仓促行动。

"好，这回听你的。我们继续找工作吧，但是不能再依靠我爸爸了！"我说。

杨远帆抖擞精神，捏起拳头说："找工作或是创业，都应该靠我们自己！"

他拎起我放在地上的两个大包，背上就走。我跟在他后面出了车站。我的心情好多了，关于一只猫的悲情闹剧，算是告一段落了吧……

第三章　采茶女　逃婚夜私奔

一

“什么年代了？还月夜私奔？”

“什么年代？你说什么年代？不就是21世纪吗！”

“21世纪还私奔？太古典了！”

“什么‘鼓点’？唱戏打鼓的‘鼓点’吗？”

“这古典，不是那鼓点。云云，你就说说私奔吧！”

“什么私奔？古装戏里的张家小姐瞒着老爷和夫人，从后院门溜出去，跟院墙外面的李家公子牵着手偷偷跑了，换洗衣服都来不及带，那才叫私奔呢！我和村里老实巴交的田阿贵，农民小二哥，一道进城来打工，叫什么私奔？是村上人七嘴八舌说我们私奔，我才不管人家怎么说呢！”

“云云，你妈妈好不容易才找到你，把你带到舒雯雯家，你怎么没进门，不打个招呼就溜走了呢？”

“哎哎哎，你在说什么鬼话？什么我妈找到我，把我带到那个舒雯雯家，我又溜掉了？”

“舒雯雯说你妈是她家保姆，她喊黎阿姨，女儿和相好的一同私奔进了城。女儿找到了，但带到舒雯雯家又溜掉了。”

“我爸妈都不在世了，哪有妈妈来找我？”

“舒雯雯说见到的姑娘，清纯又美丽，和你长得一模一样，不是你是谁？”

“那姑娘叫什么？”

“那姑娘叫芸芸，草头芸。”

“我是天上云，她是草头云。这云云，不是那芸芸！”

“就算你这云云不是那芸芸，可你们都是和相好的月夜私奔进的江城，黎阿姨说丢人呢！”

“丢什么人？现如今农村人跟城里人一样，家家户户都要脱贫致富，都想过好日子。我们韩桥村党支部的刘支书到各家各户说，村委会没钱办工厂，有钱办厂也没能耐办。你们外出打工吧！愿意外出的，你们去‘长三角’‘短三角’都不管，照去好了。”

“有‘长三角’，没听说什么‘短三角’。南方还有个‘珠三角’，哪有什么‘短三角’？”

“‘长三角’就得配个‘短三角’！我们山里人说话，比你城里大学生还风趣。”

“那也是。”

“不管怎么说，只要出去打工，到哪儿都不问，每人发100块钱的盘缠。在外面赚多少钱也不要交管理费，还不好吗？赚不到钱，回来，再给你报销100块钱的车船费，哪朝哪代有这么好的政策？”

“村上出去的人多吗？”

“村上进城打工挣钱的青年多着呢！还有那些上年纪的也往外跑。好几个十八九岁的小妮子，背着大包小包，叽叽喳喳笑眯眯地跟在汉子们后面走，到什么‘长三角’‘短三角’做打工妹，快活得不得了！丢人吗？”

“不丢人，不丢人！”

“还有的跑得比‘长三角’更长呢！”

“跑得比‘长三角’还长？到哪儿？”

“什么瘟咒(温州)、瞎闷(厦门)、东管(东莞)西不管，照去不误！”

“那跑得很远了。”

“有多远我也不晓得，我没出去过。”

“你说话真搞笑。你什么文化程度？”

“我什么文化程度？我韩云云文化程度高得很！”

“多高？中学？还是大学？”

“小学!”

“小学文化程度还高得很?”杨远帆笑了笑。

“村里还有不少文盲呢！你笑什么笑?”

“我不笑,我不笑。你几岁上的小学?”

“我八九岁的时候上的韩桥村的村小,我就喜欢上小学。”

“那好啊!”

“学校孩子多,好玩。但我不喜欢读书,上课打瞌睡。老师是男的,外地来的,好凶,动不动就叫学生罚站,我噘着嘴站过无数次。我只读到十一二岁,三年级,就不上了。”

“小学三年级?不喜欢读书,那你喜欢什么?”

“我喜欢跟村上的姐妹们上茶山,采茶,唱山歌。”

“云云,你唱两句山歌给我听听。”

云云抿嘴一笑,数起板来:

要我唱,我就唱,
唱支山歌润润嗓。
小郎站在田埂上,
听我妹子一声唱,
撒了秧把子忘栽秧。
娘儿们听了妹子唱,
忘了回家煮饭烧菜汤,
急了摸不到马桶缸。
妹唱山歌你听不厌,
不信我就给你唱。

云云接下来用当地的民歌调,唱起了茶山民歌:

春风吹绿茶山乡,
春雨滋润溢芬芳。
天晴忙把新茶采,

欢声笑语满山冈。
采茶忙，采茶忙。
忍苦受累抢时光。
清明谷雨茶一季，
雨前新茶嫩又香。

“云云，你唱得真好听！这唱词文绉绉的，是谁写的？”

“文化馆来的展老师，是个大学生，能编会唱，数板也是他写的。他最喜欢拨弄乡里的民歌，什么《旱里行舟》《车上轿》《划龙船》《薅田歌》《姐在田里摘豆棵》。他带我们排演，都要编新词。”

“老词怎么唱？”

“老词不准我们唱。”

“为什么不准唱老词呢？”

云云又用数板做出回答：

老词有点黄，
好比迷魂汤，
怕你听了心里痒。
我把老词的歌名跟你悄悄讲，
你就知道不能唱！

“云云，你讲一首老词的歌名吧。”

“我们山乡里最出名的一首老词，歌名叫《十八摸》。”

“什么？什么摸？”

“用手摸的摸！《十八摸》！你听这歌名，那词还能唱吗？”

“那文化馆的展老师听过老词《十八摸》吗？”

“他听过。听了后就严厉地说，民歌的曲调很好，但这老词不准唱！我给你们编新词。”

“他是做文化工作的大学生，我也是做文化工作的大学生。他能听，我也能听。他有分辨能力，我更有分辨能力。你给我唱一唱《十八摸》，没问题!”

“展老师是结过婚的男子汉,你还是个小青年,唱给你听,就怕你呀……”

“就怕我什么?”

云云还是用数板回答:

怕你晚上回家爬上床,
翻身打滚胡思又乱想,
彻夜难眠到天亮,
上班迟到做坏了工作,
老板要找你算——总——账!

“至于吗?”杨远帆哈哈一笑,“那你就别唱老词了。除了唱茶山民歌,你还会唱什么?”

“我还会唱花鼓戏小花旦,会扭腰走台步。”云云边做动作边说,“你看,这样,这样。”

“你唱得好听,动作做得也好看。都是展老师教你的吗?”

“不是。展老师拉着手风琴教唱歌,不教戏。文化馆还来了个胡老师,他俩一同上山下乡,到农村开展群众文化活动,我们茶乡的姑娘小伙子好高兴!”

“胡老师是男的还是女的?”

“胡老师是女的,四十几岁了,看着好年轻、好漂亮,会敲小碟子边唱边扭还弯腰转圈圈:

手拿碟儿敲起来,
山歌好唱口难开。

“她还教唱花鼓戏,做动作,什么手眼身法步,好听又好看。”

“难学吗,云云?”

“好多姑娘学起来很费劲,我一学就会。”

“你上台演过?”

“我上过台。每年过春节,村上搭台唱戏,正月初一唱到十五,十里八乡的男女老少都赶来看,山坡上站满了人,好热闹。”

“你唱过什么戏?”

“我唱过花鼓戏、黄梅戏,《对歌》《对花》《打猪草》《十八相送》《观灯》。都是些小段子戏,唱着好玩。”

“这些都是老掉牙的地方戏,唱过新编的剧本戏吗?”

“唱过呀!晚上,在大队部里,展老师叫我们几个男女青年站出来,每人唱几句,走两步,当晚开个夜车,剧本就写出来了,第二天晚上就排练。他写的那个剧本叫《春耕时节》,黄梅戏,到市里会演还得了奖呢!”

“这位展老师还能写剧本?”

“怎么不能?展老师好厉害,他能编能写,会拉会唱,好有才哦。我们十里八乡的青年男女都喜欢他!”

“哦?那我倒真想见见他。”

“会演过后他就回去了,我们天天想展老师,好几年都没见到啦!”

“没见到?他怎么啦?”

“不告诉你,嘻嘻!”

“他出事了吗?”

“听说他老婆生病去世了,他就调动工作,带两个孩子离开县文化馆,走了。”

“走了?到哪儿了?”

“到市里做专业戏剧工作了。”

“不就是到省城吗?那也能找到他呀!”

“后来又听说,他自动退职,不编剧本,跑美国去了。”

“噢,那就不容易见到展老师了。算了吧,我们还是说说你唱戏的事吧!你那相好的田阿贵也喜欢唱吗?”

说起田阿贵,云云就没劲了。

“那浑小子田阿贵喜欢倒七戏。他五音不全不能听他唱,听他唱起来我头皮发麻,忍不住,弯腰捂着肚子笑!但他人老实,会干农活,很勤快,要不,我怎么会和他相好呢?”

“农村小伙子勤劳就好。那你俩为什么要跑出来呢?”

“这都怪我那哥,他好吃懒做,不愿外出打工,勤劳致富,躲在赌博窝里,财迷心窍,要我嫁给后山村一个卖卤鸭子发了财砌了小洋楼的光棍汉,外号‘老黄牙’,年岁看不出是三十、四十还是五十,叫我怎么嫁?”

“你亲哥吗?”

“亲哥才不这样做呢!”

“同父异母还是同母异父?”

“不同父不同母。”

“不同父不同母,他怎么成了你哥?”

“我生父死得早,八岁那年妈妈二婚,我跟着她来到茶山韩桥村。进了继父家的门,就见到个冲头冲脑的要我喊他哥。他说自己名字叫韩鑫,家里穷得叮当响,一心想的就是钱,名字就用三条金。”

“家里还有什么人?”

“还有个妹妹叫月月,比我小三岁,我是天上云,她是天上月,我喜欢她,她也喜欢我,我俩好得像亲姊妹。过几年,我继父和我母亲相继得病死了,我俩跟着哥嫂过日子。”

“你这一走,月月妹妹怎么过?”

“她是哥的亲妹妹,大哥大嫂对她都不错。我想过些日子回去看看月月妹,私下里给她塞点钱。”

“嗯。好,好。韩云云,你这是和谁在说话?”

“不知道和谁在说话。”

“我俩说得这么亲热,你还不知道和谁在说话?”

“都知道你是总经理舒雯雯小姐的小相好,哪个敢跟你亲热?你心里有鬼,明知故问,我不理你了!”

“噢,对不起,对不起!”杨远帆说。

“谁要你对不起?!我生气也是闹着玩的,你别当回事。”

“那就好。我还有很多话要问你。”

“问了我这么多废话,你有什么用?”

“我要把你和你的相好田阿贵月夜私奔的故事编一本戏,让你俩上台唱,你敢不敢?”

"把我和田阿贵月夜私奔的真事编成剧本上台唱？那要丑死人，不行，不行！"

"俩相好在台上月夜私奔，那才有意思呢。"

"真有意思吗？那你编吧！"

这是好多天之后，韩云云和杨远帆的一段交谈。

可韩云云不相信杨远帆能编出一个"月夜私奔"的好戏来。采茶时喜欢唱歌、不采茶时喜欢唱戏的韩云云只相信那个展老师。后来韩云云最最相信的是一位老剧作家，叫张老骥。时空穿越，往后看。

二

韩云云月夜私奔的故事，还得从那天傍晚说起。

绚丽的彩霞把苍翠的远山和韩桥村近处的茶林染上一层金黄。韩云云和采茶姑娘们背着满篓子茶叶下山回村了。一路上，采茶姑娘们说说笑笑，几个姑娘边走边对韩云云唱起了调情的歌。这调情歌的歌词也是展老师写的，她们特别喜欢唱：

采茶苦，采茶忙，
苦中作乐把歌唱。
十二三岁上茶山，
如今长成大姑娘。

雨前茶，嫩又香。
姐姐快嫁男儿郎。
莫待青春空流逝，
茶枝老了烧炉膛。

韩云云追打几个采茶女，连声叫着："你们几个小妮子，嘴皮子尖，看我不打死你们！"

几个采茶姑娘躲闪着，嬉笑着说："云云姐姐，你饶了我们吧，饶了我们吧!”

韩云云板起脸说:“好,就饶你们这一回吧!”

正在此刻,村里的一个名叫田阿贵的小伙子,从西边的小路绕上茶山。

姑娘们都晓得田阿贵和韩云云是相好的一对。有个姑娘一眼看到田阿贵来了,便阿嚏一声,说起俏皮话来。

那姑娘说:“话还没落音,男儿郎就来着! 嘻嘻……云云姐,这一下可不能怪我们嘴皮子尖喽!”

茶女们嬉笑着七嘴八舌起来:“刚收工就追来了!”

“我们快走哎! 让阿贵哥和云云姐姐鹊桥相会吧! 嘻嘻……”

几个采茶女嬉笑着跑远了,韩云云迎着田阿贵,气呼呼地说道:“都怪你,让小妮子们笑话我。找我有什么事? 快说吧!”

田阿贵结结巴巴地说:“出、出事了。”

韩云云赶忙问:“出了什么事?”

田阿贵缩头缩脑地说:“听说你哥要把你嫁人了……”

一听是这事,韩云云就愣住了,问道:“听谁说的?”

田阿贵说:“听村上人风言风语说的呗!”

韩云云说:“不会的。别听人家瞎说!”

田阿贵着急地说:“你家来了好几个人呢!”

“噢,提亲的呗。怪不得把你急成这样子。”韩云云背起茶篓无所谓地说,“常有人来提亲,别大惊小怪的。”

田阿贵拦住了她,焦急得说不出话来:“云云,我……”

韩云云笑了,轻声问他:“你听说过一句话吗?”

田阿贵说:“什么话?”

韩云云说:“一家养女百家求呀!”

田阿贵说:“嗯,听说过,那是你唱的黄梅戏上说的台词。戏是假的,可你哥真的应允了人家呢,那怎么办?”

韩云云扑哧一笑说:“傻阿贵哎,哥哥嫂嫂待我不薄,真有如他们意的,也会先同我商量的。”

“他们会先同你商量?”田阿贵心存疑虑地说,“云云,一遇到人家给你提亲的事,我就心里发慌!"

韩云云说:"心里发慌有什么用?你又不想想该去做什么!"

"该去做什么呢?……"田阿贵抓抓后脑勺,说不上来。

韩云云说:"人家提亲,你就不能也到我家……傻哎!"

田阿贵这才好像醒悟了过来,脸上露出了一丝笑容,说道:"对,提亲!我也该抓紧提亲啊。云云,明天一大早,就让我娘上你家去提亲!你在家等着噢。"

韩云云扑哧一笑,说:"要我等着干吗?我家里事哥哥嫂子做主,让你娘找我哥!"

田阿贵直点头,说道:"好,好!明天一大早,我就催我娘上你家,找你哥提亲。你上山采你的茶!"

田阿贵跟云云相好了几年,总算今天才吃了颗定心丸。他赶忙笑眯眯地帮韩云云背好茶篓,一道回村。

天有不测风云,没走两步,出事了。

三

两人刚下到半山腰,韩云云突然一眼看到月月妹妹慌里慌张地跑了过来,手臂上挽着个小包袱,后面还跟着村里的两个小伙子,不知发生了什么事。她和田阿贵就止住了步子。

月月妹妹停下来,喘着气老远地喊道:"姐姐,姐姐!你不能回家!你不能回家!"

韩云云赶快走到月月妹妹面前,皱起眉头问道:"小妹,家里出什么事了吗?"

月月气喘吁吁地答道:"哥哥要把你嫁给人家啦!"

韩云云问:"家里又来人了吗?"

月月说:"来了好几个人,要接你过门!"

"还没谈婚论嫁,就接我过门?这采了一天茶,刚收工呢,就过门做新娘?嘻嘻……"韩云云想想觉得好笑,说,"小妹,他们是来提亲的吧?"

与月月同来的两个小伙子,一个叫沈旺才,一个叫赵根柱。

沈旺才表情严肃地说:“你还笑呢！我们都为你急死啦!”

韩云云说:“为我急死了,你俩也晓得?”

赵根柱接上说道:“是呀！云云,真急死啦！村上人都在说你哥要把你嫁人啦！我俩赶到你家一看,四五个男子汉,坐的坐,站的站,也不知哪个村来的。”

韩云云还是面带笑容地说:“到我家提亲的呗。”

沈旺才说:“那些人神色不对呀！人说笑脸求亲嘛,可他们一个个唬着个脸,怪吓人的!”

“我哥没应允他们呗,人家还能高兴吗?”韩云云还是不相信事情有他们说得那么严重,说道,“你们放心吧。天不早了,我要回家了。小妹,我们走吧!”

沈旺才、赵根柱他们同住一个村十来年,和韩云云关系都不错,时不时还对韩云云表露一点爱恋之情呢。

沈旺才身材高挑,面相也说得过去,在县城读到初中毕业,高中没考上,就回家种田了。他常故意在韩云云面前放话:“我沈旺才年方二十有三,也是一表人才啊,重点中学县一中初中毕业,哪一点不如田阿贵哦?”

赵根柱也在韩云云面前撂过话:“云云妹子哎！田阿贵说文化没文化,说钞票没钞票,就落个傻劲儿。我赵根柱比他文化高,我在‘长三角’‘短三角’打过几年工,挣的钞票比他多得多,见的世面他没法比！我就是个子矮点儿,好歹也比他强啊!”

韩云云每每听他俩说这些话,总是笑得直不起腰来,然后回一句:“你们真会开玩笑!”她背起茶篓子,吆喝几个姐妹上山采茶、唱山歌,快活得很。

韩云云就这性格,看上去没心数,其实有。

韩云云心里装的就是田阿贵!

她有时在心里为自己辩解,能数出一条条的理由:阿贵文化程度不高,可比我还多读两年书呢！文化不高有什么关系？又不要他进村小去当民师。再说阿贵家里是穷,钞票少,但“嫁汉嫁汉,穿衣吃饭”的时代早过去了,勤俭持家,勤劳致富,夫妻一条心,黄土变成金。茶山姑娘要嫁心里喜欢的男儿郎,不是嫁钞票。后山村卖卤鸭子发了财砌了小洋楼的那个单身汉,外号老黄牙，别说模样长得丑，就年岁也看不出是三十岁、四十岁还是五十岁，哪个姑娘愿意嫁给他？

不愿嫁也得嫁，祸害就是这个“老黄牙”。

韩云云正要回家，月月十分焦急地说：“姐姐，姐姐！你真的不能回家！”

韩云云问道：“到底是怎么啦？你说呀！”

月月轻轻地喊了声“姐姐”，便忍不住流下了眼泪，然后边哭边说道：“哥哥赌博输了许多钱，要把你抵债嫁给人家！债主就是后山的老黄牙！他带了好几个男人闯到我们家了……”

韩云云一听，这才大吃一惊！她气愤地叫了起来：“啊？……天啦，哥怎么做出这种事啊！”

沈旺才说：“你哥要拿你抵债的事，村里早传开了，你怎么还蒙在鼓里？”

站在一边憨头憨脑的田阿贵，一直没吭声，这下忍不住了，他立刻说道：“老黄牙太不像话！我们找他评理去！”

赵根柱说：“人家带来好几个人，就是打手！来者不善，还跟你讲什么理？”

田阿贵气愤地说：“什么年代啦！还抵债抢婚！”

“这跟年代有什么关系？”赵根柱说，“别说抵债抢婚，外面拐卖妇女小孩的事常有呢！我在‘长三角’打工好几年，有钱的老板买个女人做二奶，人家送上门呢，还用抢？”

“这……”田阿贵摇摇头，无话可说了。

月月已经在发抖了，她胆怯地说：“哥叫你快回去，姐，你不能回去呀！你回去，他们会把你抢走的！”

韩云云焦急起来：“不能回家，可、可我上哪儿去呢？”

月月递上小包袱，说：“姐，在村上哪家暂时躲几天吧。我已经给你拣了几件换洗衣裳带来了，茶篓子我给你背回去吧！”

韩云云放下茶篓子，接过小包袱，伤心地说道：“小妹，你真是我贴心的小妹呀！我不回家了……”

沈旺才和赵根柱也为韩云云急了起来。沈旺才说：“云云妹子，别难过，就到我家躲几天再说吧！”

赵根柱也抢着见义勇为:“到我家也行!云云妹子,我再找几个哥儿们守着,保证你的安全!”

该是田阿贵挺起胸脯当仁不让的关键时刻了!

“不,不能给你们添麻烦。”田阿贵十分沉着地说道,“我们一同下山,先到我家,商量一下再说,好吗?”

四

几个人刚进了阿贵家,韩老大和韩大嫂就过来了。

韩老大说:“云云,你大嫂站在门口,看到你们几个下山了,你怎么还不回家?跑到这儿干什么?”

韩云云也不用拐弯抹角了,气愤不已地问道:“哥,你真的把我抵债嫁人了吗?”

韩老大确实是羞愧难言,只好“唉”地叹了一声气,什么话也说不出口。韩云云又气又急,双手抓住韩老大的双臂直摇晃,伤心地叫起来:“哥,你说,你说呀!”

韩大嫂过来拉开韩云云,想用好话相劝,可老黄牙已经带人来逼债抢亲了,能有什么好话呢?她只好先转个弯,说道:“云云妹妹,不用在这儿说了,你回家去吧。你回家先和人见一面,把人家打发走,我们再商量,好吧?”

韩云云听嫂子这么一说,心里更是悲愤!她再次上去抓住韩老大,哭喊着:“不!我就要在这里说,我要你说,哥哥!”

韩老大想想,事情到了这一步,不说也不行了,于是十分愧疚地说:“我说,我说!云云呀!只怪哥哥我不争气,穷日子过得发了急,好吃懒做,又不愿外出打工挣钱,想闯闯运气,陷进了赌博窝。上个月输了六万三,这几天又输了三万七,整整十万啊!债主逼我,限期三日,今天到期。我到哪能借到呢?云云呀!只有你能搭救我了!”

韩云云止住哭泣,问道:“今天已经到期,还不了十万呢?我怎么搭救你?”

韩老大说:“债主乘机逼我……抵债。”

韩云云接着问道:“逼你怎么抵债?”

韩老大说："逼我……嫁妹。"

韩云云追问道："债主是哪个？"

韩老大说："……后山村的老黄牙。"

韩云云咬牙切齿地说道："果真如此？"

听韩老大亲口说出了要把她以身抵债，韩云云顿时觉得天旋地转，两眼发花，她松开抓住韩老大的双手，跌跌撞撞地扑到韩大嫂身边。韩大嫂将她扶住，在她背上疼惜地抚摸着，不停地轻声说："云云妹子！再商量，再商量！"

韩云云问道："嫂子，再商量？你也想让我嫁给老黄牙？"

韩大嫂结结巴巴地说："我、我不是那意思……我是个没主意的可怜人喽！我不说，我不说了……"

韩云云口气十分坚定地对嫂子说："没什么好商量的！云云我宁死也不嫁老黄牙！"

韩老大哭丧着脸又叹了一声："可老黄牙……带着几个彪形大汉，在家里等着呢！他们上门逼债气势汹汹，这些家伙心狠手辣，不还钱他们就动真的！云云呀，帮助哥哥渡过这难关吧，哥嫂一定记住你的恩情！"

韩云云看看韩老大的样子也可怜，心里气愤极了，但嘴里还是说出了软话。她问道："依哥这么说，不嫁人就得给钱，不给钱就非嫁人不可了？"

韩老大说："是，是这个理。"

田阿贵该说话了。

这傻小子关节眼上说话倒也不含糊，他说道："云云，哥哥欠了债，也该帮他还钱。可人是千万不能嫁！我去找人借钱，多跑几家，立马就去！"

田阿贵说走就走，出了门。

月月说了声："等等我！"跟着田阿贵一起走了。

沈旺才捏起拳头说："云云妹子，村上谁人不识老黄牙，活脱脱一只癞蛤蟆！要钱还钱，你千万不能嫁！"

赵根柱也紧跟着说："对！我们都去想办法，出去借钱！云云，你绝不能嫁老黄牙！"

韩云云对两人点点头，说道："旺才哥、根柱哥，你们对云云妹子有情有义，拜托你们了！"

沈旺才和赵根柱都说了声“走,去借钱!”,就转身走了。

屋里只剩下哥哥嫂嫂,韩云云思索片刻,下狠心做出了决断。既然拿定了主意,心情就平和多了。但她做了怎样的决断,一句话都没说,只放在心里。

云云对哥嫂说:“大哥、大嫂,事已至此,没有办法了。你俩先回去,晚上好酒待客。我把十万元钱凑齐了,还钱;还不了钱,嫁人!婚姻是终身大事,选个好日子,办喜事,村上人要问,就说我云云自己愿意嫁的就是了。”

韩老大和韩大嫂无话可说,点点头,先回去了。

五

天色渐渐暗了下来,东边的茶山坳里升起了一轮皎洁的明月。韩云云正在焦急地等待,田阿贵和韩月月一同回来了。

田阿贵喊了一声:“云云!”

韩云云也喊了一声:“阿贵哥!”

“我跑遍全村,连旺才和根柱借的,凑在一起,总共才五千块钱,差得远呢!”田阿贵从腰里掏出钱和一张条子,说,“哪家借一百,哪家借两百,都记在条子上。”

韩云云接过条子看了看,将条子夹在钱里面,交给田阿贵,说道:“这条子和钱你都收好。”

田阿贵接过钱,点点头,“唉”了一声。月月妹妹插上说:“姐,只有五千块钱,还差得远呢!”

“想在几天内筹借十万块,看来是不可能了。”韩云云的心中已有决断,却故作无奈地问起田阿贵,“那怎么办?阿贵。”

这叫田阿贵怎么回答呢?欠债还钱,没钱嫁人,两头总得有一头兑现。他发不出声来。

韩云云说:“阿贵,那我只好去……嫁给老黄牙了!……接亲的人在我家等着,我总得回人家一句实话,要是把事情闹大了,我们两家在韩桥村怎么待得下去呢?”

云云说得也有理,可一听她要嫁老黄牙,田阿贵简直像发了疯一样地叫起来:“不!不!你一定得嫁给我!我不能没有你!”他一把搂住韩云云,月月妹妹在旁边看着,不是羞,不是笑,是流眼泪,直至哭出声来!

韩云云倒也被田阿贵的真情感动了,她说:“没有钱,就得嫁给老黄牙,哥嫂没法子,我也没有法子……”

田阿贵说:“没法子,想法子!云云,我和他们拼了也不让你落到老黄牙手里!”

韩云云说:“老黄牙有钱有势,你拼不过他的!”

“有什么法子呢?”突然,田阿贵好像醒过来一般,喃喃道,“拼不过老黄牙,我们就跑!对!云云!我们跑!”

韩云云故意追问他:“跑?往哪儿跑?”

田阿贵攒着劲说:“跑出这山沟沟!跑到城里去!他老黄牙怎么也找不到你云云了!我们还可以打工挣钱,帮你哥还债!”

月月擦擦眼泪跟着说:“姐,阿贵哥这个主意好!你们走吧!”

韩云云却问月月:“小妹,你舍得我走吗?”

月月说:“姐,我舍不得你走。可你不走,没活路呀!老黄牙我刚才见了,又丑又凶,好怕人呢!”

韩云云转过身问阿贵:“你真有决心带我走吗?”

田阿贵坚定地说:“我决心带你走!”

韩云云又问道:“你是个男子汉,你能承担这个责任?”

这一问,田阿贵越发坚强了,近乎宣誓般地说:“云云,我愿承担一切责任!你哥嫂正在安排他们喝酒,我们趁着亮月头,马上动身!这包里五千块钱,先带了路上用。”

月月接上说:“姐,这小包袱的换洗衣裳你正好带上。茶篓我背回去就是了。”

到这会儿,韩云云才敞开心扉,将自己深思熟虑的决断说了出来:“阿贵哥,刚才哥嫂来时,把事情一讲,我就做出了决定,我们想到一起了,我就是要等你先说,走,立马就走!”

月月心里实在舍不得姐姐走,可还是催促道:“姐,你们就快点走吧!惊动了老黄牙,他们会追上你们的!”

韩云云接过月月递上的小包袱,喊了一声“小妹”,两人紧紧地抱住。无法控制的泪水,都簌然而下……

韩云云为月月擦拭泪水,然后便恋恋不舍地和小妹分手了。

田阿贵和韩云云就这样“月夜私奔”了……

姐姐就这么走了,月月哪里舍得！一直把他们送到村口。她边哭边叫,“姐！——快点走！快点走啊！老黄牙追来啦!”

山间里回响着月月的呼唤……

六

紧靠茶山的韩桥村,夜晚从来都是清凉宁静的。这天明月当空,夜色更是美不胜收。

可是这天晚上一反常态,村上太喧闹了。

卖卤鸭子发了财的老黄牙带了好几个大汉,来接韩云云回去成亲,这令人瞠目结舌的新闻下午就在村上传开了。

全村人有的窃窃私语,有的大声交谈,几乎都在议论这件事。都说韩云云是茶山一枝花,是采茶姑娘里最鲜艳的一朵,想与她攀亲的小伙子少说也有五六个,她怎么愿意嫁给老黄牙呢?

你一言,我一语,七嘴八舌,事情的真相也就人尽皆知了。原来是韩老大赌博输了钱,拿妹妹去抵债!

到了晚上,韩老大宴请老黄牙和他带来的几个汉子,也就是当地小酒坊酿的20元一斤的粮食酒,一杯又一杯,说说笑笑,气氛好得很。村民们从他家窗外亲眼看见了,都说:“完了！韩桥村的一枝鲜花注定要插在牛粪上了。”

老黄牙太有钱,不嫁也得嫁!

不服气？不服气怎么办?

月月哪想到,她的呼唤声把正在喝酒作乐的老黄牙他们惊动了!

老黄牙立刻板起脸问韩老大:“怎么回事?”

韩老大答不上话来。

“韩云云肯定是跑了!”老黄牙把酒杯一掼,带着四五个汉子冲出大门,七嘴八舌地乱叫着,“抓住韩云云！抓住韩云云！别让她跑啦！快追！快追!”

老黄牙和几个汉子分头跑了一程,没追上韩云云,转过头来,看到月月,问了她一声:“你是韩云云的妹妹?”

月月吓得不敢作声,只是点点头。

老黄牙对几个打手说:“哼！姐姐跑了,就把她妹妹带走!”几个打手什么也不说,就执行了命令,其中一个立即背起月月,又上去两个在侧面护着。

韩老大此时才算觉醒过来,可为时已晚。他手持一把篾刀冲出门,韩大嫂哭喊着跟在他后面跑出来。

韩老大大声喊叫着:“啊,该死的老黄牙！你抢我家的月月,我跟你们拼啦！月月她还是个孩子！她还不到十六岁呀!”

老黄牙把手一挥,板起脸对几个汉子吼道:“走!”

可怜的月月就这样毫无准备,突然被抢走了!

韩大嫂号啕大哭起来!

她拼命地揪着韩老大不放,叫喊道:“你赌吧！赌吧!”然后又扑通一声跪下,抱住韩老大的双腿,痛哭流涕,“你还我两个好妹妹！还我两个好妹妹!”

失去了两个妹妹,韩老大也极度震惊了！他无比悔恨地举起手来,自叹道:“就是这一双手！赌！赌！赌!”他右手执着篾刀,猛地扎向左手心。

“啊——”伴着一声凄厉的惨叫,鲜红的血从韩老大的左手向下流淌……

活该!

韩老大这是自作自受!

七

韩云云为逃婚,迫不得已跟着田阿贵月夜私奔进江城。

田阿贵背着个旅行包,韩云云拎着个小布包,两人顺着山间小道,不顾夜路难行,匆匆忙忙地下了山。

韩桥村有一条通往县城的土公路，到了县城就有通往省城的一级公路了。在县城汽车站买票上了大客车，也就无忧无虑了。

这三十几里土公路，田阿贵和韩云云不敢走，只好攀到半山腰，走小道。

月夜私奔，听起来挺浪漫的，可这几十里山路，拐弯抹角，或上或下，走起来太艰难了。田阿贵有时拉着、有时扶着韩云云，终于下了山。

到了山下，就是圩区。前面横着一条河，是山区流下来的弋河的一条支流。这儿离土公路还很远，土公路那边有桥，这里没有桥。河面虽不宽，可这深更半夜的，怎么过呢？他俩顺着小河边走了一段，发现一棵老槐树边拴了一条小船，两人撑船很快就过了河。

小船一靠岸，田阿贵先跳了上去，放下旅行包，对韩云云说："来，先把小布包递给我，我拉你一把！跳！"

韩云云跳上了岸，田阿贵叫了一声："好！"两人都禁不住笑了起来。韩云云更是欣喜地说道："阿贵，这一下我们好了！"

田阿贵兴奋地说："好了，云云！这一下老黄牙怎么追也追不上了！云云，这下我们安全了！"

"阿贵哥，我们安全喽！"韩云云也感叹着。

田阿贵在岸边找了一小块有草皮的土坡，说："云云，我们坐下来歇会儿吧。"

韩云云向他调皮地一笑，说："好，听你的！阿贵哥，从现在起，我就是你的人了！一切都听从你的！"

田阿贵一听，快活得不知怎么说才好。

田阿贵睁大眼问道："真的，云云？"

韩云云嗔怪地回了他一句："跟你跑出来，连家都不要了，难道还能是假的不成？"

田阿贵激动得直点头，连声说："真的，真的！云云，你对我好，是真的，我会一直放在心里！"

韩云云亲昵地答了一声："哎！"

听她这一声"哎"，田阿贵的胆子就大了。他故意结结巴巴地说："云云……让、让我，让我亲你一下，行吗？"

"亲一下？"韩云云迟疑地说，"嗯？那好羞……"

田阿贵说："这天还没亮……又没人。"

韩云云犹豫地问："怎么亲？"

田阿贵说："像电影电视上那样。"

韩云云想想，退让了，轻声说："只亲一次。"

田阿贵欣喜地点头："只亲一次。"

韩云云以命令的口吻说："手不准动！"

田阿贵老实巴交地说："我把手背起来。"

韩云云笑了，轻声地夸他："阿贵，你人挺老实的……"

"云云……"田阿贵将双手放到背后，小心翼翼地将脸凑过去，韩云云慢慢移动上身，将要接吻之时，只听得水中扑通一声，两人吓得慌忙分开。

韩云云惊慌地问道："阿贵，是什么声音？"

田阿贵向水边巡视一番，说："恐怕是一只青蛙……跳水。"

"是青蛙跳水？吓了我一跳。"韩云云说，"阿贵哥，我们不亲了。往后日子长呢，我天天给你亲……好吗？"

阿贵的确挺老实，顺着云云说："不亲了，不亲了。云云，那你唱支歌给我听好吗？你的歌真迷人。那天我在山上种红薯，听到你在茶山上唱歌，我连锄头都拿不动呢！"

韩云云嘻嘻地笑起来。

天上的明月高悬，月光洒在广袤的田野和小河上，圩区的夜色真的太美了。云云真想唱支歌，就唱文化馆展老师教的那首《在希望的田野上》：

> 我们的家乡，
> 在希望的田野上……

韩云云只唱了两句就不唱了。下半夜了，在外面唱歌也放不开嗓子噢。她想了想说："不唱了，阿贵，不早了，我们快走吧！"

田阿贵当然是点头。

天快亮了。圩区的凌晨有时会起雾。

田野里，淡淡的雾。朦胧。更美。

八

在街头，一条靠背长石椅上，田阿贵和韩云云偎依在石椅上酣睡。韩云云正在说梦话："别喊警察！别喊警察！……"

一位值下半夜班的警察路过他们身边，正好听到韩云云的梦话。警察轻声地喊道："同志，醒醒，醒醒！"

"啊？是警察？"韩云云惊醒，立即喊阿贵，"快醒醒！"

田阿贵惊醒，问道："啊？云云，怎么啦？"

警察问道："你俩是从哪儿来的？"

韩云云答道："是从乡……乡下。韩桥村。"

警察问："你俩什么关系？"

田阿贵吞吞吐吐地说："关系？……噢，是……是夫妻，夫妻。"

警察问韩云云："是吗？"

韩云云羞怯地回答："是……是。"

警察问："带居民身份证了吗？"

田阿贵说："身份证？……出门很急，忘了带了……"

警察问："走得急？到城里来干什么？"

田阿贵想直说，又不好意思："我们是为了……"

警察追问："为了什么？"

韩云云反应很快，说道："我们村里穷，想到城里来打工挣钱脱贫致富，'长三角''短三角'太远了，我们就来到江城好地方！"

"江浙沪有个'长三角'，哪个省有'短三角'？别瞎扯！"警察问道，"你想找什么工作？"

韩云云回答："我想当保姆。"

"唔，你这么年轻，想做保姆很容易。"警察转身问田阿贵，问道，"你呢？想打什么工？"

田阿贵说："我只想进建筑工地当工人。"

警察说："江城建筑行业已经机械化、大型化，你没有技术，只能抬抬水泥搬搬砖，累得很。"

田阿贵说："那我就给人家看大门，当保安。"

警察说："我问你们这些话，只是想为你们……"

韩云云急忙问："为我们什么？"

警察说："我这人喜欢为遇到困难的人做点好事，如有合适的工作机会，就给你们做个介绍。"

韩云云说："那太好了！谢谢你，民警同志！"

田阿贵说："你真是个好民警！"

警察问道："你怎么知道我是郝明景？"

韩云云说："我们素不相识，你就热心帮我们找工作，你这位民警太好了！"

郝明景听着笑起来。

他说："我姓郝，叫明景。光明的明，风景的景。'郝明景'与'好民警'谐音。我是不是好民警，得看我为老百姓怎么去做！"

田阿贵和韩云云都说："郝明景同志，你真是好民警！"

郝明景说："不管能不能找到工作，你们都不能露宿街头，这样很不安全！农民兄弟姐妹到城里来打工挣钱是好事，但千万不要受伤害、丢财物，知道吗？"

田阿贵和韩云云同声说："好的，我们一定不再露宿街头了！"

两人耳语一阵，就转身走了。

郝明景望着他俩远去的背影，笑了笑，突然喊起来："给我留下你们的手机号，我好联系你们！"

田阿贵和韩云云走远了，没听见。

郝明景只好无可奈何地摊开双手……

这位警察哪里知道，这一对青年还真出事了呢！

九

韩云云和田阿贵暂时没找到住宿的小旅店，过了一会儿，又回到了石椅边。

云云说："阿贵，警察走了！"

阿贵说："云云，快过来！再歇一会儿天就要亮了，你还困吗？"

云云说："不困。"

两人坐到石椅上，云云依偎在阿贵的身旁，阿贵心中感到从未有过地熨帖。到了城里怎么和乡下就是不一样呢？

阿贵告诉云云："我刚才做了一个梦。"

云云问道："做了个什么梦？"

阿贵说："我梦见……嘻嘻……"

阿贵想说又不好意思说，云云催他："说呀！"

阿贵低头笑着说："我梦见……我亲你了！"

云云用手指往他额头上一戳，道："羞，羞！……阿贵，我刚才也做了一个梦。"

阿贵问："真的吗？你做了个什么梦？"

云云说："我梦见进城后，第一件事就是去买新衣，就像电影上的城里人穿的那样式，真漂亮！"

阿贵说："天一亮，我陪你去大商场买新衣好喽。我们带了五千块钱呢，先用着。我接着打工，挣钱！"

"我穿了新衣走几步……"云云饶有兴趣地继续述说着她刚才做的那个梦，然后站起身，走模特步。云云边走边说，突然惊叫起来："阿贵！我们带的钱呢？五千块钱！"

阿贵说："临走我把钱交给你了。"

云云说："我把钱放进了小拎包！小拎包在吗？"

阿贵说："小拎包？小拎包不是一直你拿着的吗？"

云云说："小拎包就放在你的大旅行包的上面，里面有五千块钱啊！"

阿贵着急了，他说："是呀，五千块钱全在里面！"

云云说："快找！"

阿贵打开大旅行包，翻来翻去，里面哪有钱呀！阿贵急了，说："路上我没打开过这旅行包啊！"

云云说："那……那一定是进城后，让小贼给偷了！"

阿贵说："我们只有那五千块钱呀！这可怎么好哟！"

云云说："还不快找警察！报告警察！"

"对！只有报告警察！……我记得那警察叫郝明景！"田阿贵向着郝明景刚才离去的方向喊道,"郝明景！郝明景！警察同志！警察同志！……"

可是郝明景早已经走远了。

就是找到郝明景有什么用？这大街上被偷了钱,警察能帮你找到小偷吗？

田阿贵对这五千块钱当然是很慎重,也很细心的。他在石椅上睡觉之前,将小拎包从大旅行包里拿了出来,将小拎包的背带套在自己的脖子上,认为这样就谁也拿不走,万无一失。

哪知深夜里,一个城里的吊儿郎当的青年从石椅边走过,看看熟睡的田阿贵和韩云云,认定是农村来的一对土包子了,笑了笑。再一看,看到田阿贵的脖子上还套着个小拎包,眼睛一亮。那包里肯定是放了贵重物品和现金,财运来了！

他掏出一把小刀,轻轻地割断小包的带子,打开一看,果然翻出了一沓钱。他将钱揣进自己的口袋,再将小拎包往石椅底下一扔,晃晃脑袋,笑眯眯地走了……

天有些亮了。没追上警察,韩云云跟着田阿贵回到石椅旁。无意间,她看到了石椅底下有只小拎包。

韩云云惊喜地指着石椅底下叫了一声:"小拎包在！在！"

田阿贵立即蹲下身,取出空空如也的小拎包,看看被割断的背带,哀叹了一声:"怪我！怪我！是我将小拎包套在脖子上睡觉的,我以为安全……云云,这、这……这一下完了！"说着说着,他竟然急得哭了起来。

韩云云说:"哎哟喂！你这男子汉怎么像婆娘似的,还会哭？"

田阿贵抹抹眼泪,捶胸顿足地说:"都怪我没用,又粗心！这进了江城就遇到贼,我俩身无分文,这往后的日子怎么过哟？"

韩云云说:"阿贵哥,你莫伤心,哭有什么用？偷钱的又不会送回来。世上几个小贼有良心？只要不怕苦,不怕累,我俩在江城还活不下去吗？我去做保姆就是了。做不成保姆,就是沿街去讨饭,我也要天天跟你在一起,绝不回韩桥村嫁给老黄牙！"

田阿贵听了这番话,真的深受感动,立刻精神抖擞地说:"云云！你真好！有你这一片心，我找个建筑工地去打工，搬砖瓦，挑水泥，累死累活，也要在城里闯出一条路！”

韩云云说：“好！阿贵哥，我一定尽力帮衬你。”

韩云云在劳务公司一登记，老板说：“请出示身份证。”

“啊哟！”韩云云说，“我出门急，忘了带。”

老板看韩云云年轻单纯的样子，也就没有拒绝她，马上当面打电话，代她与一位东家联系。

老板说：“这姑娘是贫困山村来的，二十一岁，忘了带身份证，你看要不要？”

那边忙不迭地回答：“要要要！”

韩云云十分高兴，拿了老板给的介绍信，赶快去告诉田阿贵，让他知道自己有个落脚点了。

十

这天天已经很晚了，韩云云挽着小包袱急急忙忙来到大街边的石椅旁，正好发现田阿贵躺在那儿。

韩云云喊了一声：“阿贵！”

田阿贵答道：“云云，是你？”

“你怎么还睡在这里？要是那‘好民警’路过这儿看见你又露宿街头，你怎么说？”韩云云催促道，“快起来，要着凉的！”

田阿贵坐起来，说，“我这几天到处跑，连个临时工也没有找着，太累了，躺在这石椅上就睡着了。你坐，你坐。”

韩云云坐下，田阿贵这才很惊讶地问道：“哎，这天刚亮，你怎么找来的？出了什么事吗？”

韩云云叹了口气，说：“唉！你别提了，我……我不干了！”

田阿贵说：“好不容易当上个小保姆，有吃有住的，每月还要给你一千多，你怎么不干了啊？”

韩云云有点不好意思，只是说：“不干了就是不干了嘛！”

田阿贵着急地问:“是你闯祸了?”

韩云云摇头不语。

田阿贵又问:“打坏人家东西了?”

韩云云摇头不语。

田阿贵再问:“伤了人家孩子了?”

韩云云摇头不语。

田阿贵再问:“人家嫌你好吃懒做,把你辞退了,是吗?”

韩云云还是摇头不语。

田阿贵着急了,大声地问道:“你不在这一家做了,到底是什么原因?你说呀!”

“不!不!”韩云云哭泣起来,哽咽道,“一样也不是。是我自己偷偷跑出来的。”

田阿贵意识到一定发生了不好说的事了,他忙道:“那为什么?一定是人家欺负你了!是吗?”

韩云云点头,轻轻地“嗯”了一声。

田阿贵气愤地站了起来,说:“打你了?骂你了?……走!我带你去找他家算账!”

韩云云说:“不,不。阿贵哥,你听我说!”

韩云云说着说着就数起板来:

当保姆我进了主人家,
富丽堂皇能把眼看花。
东家是个大经理,
好大个公司归他一把抓!
白白胖胖哼哼哈哈,
手里拿个“苹果”叽叽喳喳。

田阿贵问:“吃苹果还叽叽喳喳地说话?”

韩云云说:“哪是吃的苹果啊!就是抓在手里的电话机,最好的品牌叫苹果,贵得很。”

田阿贵说:“手里拿个电话干吗?”

韩云云说:

坐在家中喂喂喂,
公司上下全听他!

田阿贵说:“这东家还真不简单呢!他对你好不好?”

韩云云说:“对我好,就是好得过头了。”

田阿贵警觉了,说:“好得过头了?什么意思?”

韩云云说:“他头天笑脸将我迎,两天问我还缺个啥,三天问我吃住可习惯,第四天……”

田阿贵更加警觉地问:“第四天,他怎么样?”

韩云云说:

他将双手往我肩上搭。
还亲滴滴地喊我一声,
小妹妹,你别害怕,
这点钱你拿去花。

田阿贵说:“还没到月就给你发工资?给多少?”

韩云云说:“不是工资,是额外补贴,一沓就是两千八。”

田阿贵说:“乖乖,他还真大方呢!你收了吗?”

韩云云说:“这额外的钱,我哪里敢收哦!”

田阿贵说:“额外的钱是不能要!”

“事情出在今晚上,十点多钟我早已上了床……”韩云云不大好意思,但还是说了,“我睡梦中被惊醒了,房门嚓嚓嚓,响声如猫抓。听他在门外轻悄悄地喊我,云云,云云!”

田阿贵说:“你都睡了,喊你干吗?”

韩云云说:“他说,快开门,快开门!我太太今晚不在家。”

田阿贵当然听出东家的来意,惊慌地问:“云云,你开门了?”

韩云云说:“东家说那种话的含意,就是有坏心思,还能听不懂?我哪敢开门呀!”

田阿贵说:“这东家一肚子坏水,绝对不能开门!”

韩云云说:“我一句话都没有搭理他,拎起包袱跳窗子逃出来的,工钱一分钱也没拿。”

田阿贵松了口气,说:“唉!没出事也就算了,吓了我一身冷汗!云云,这城里也不是容易生存的地方!”

韩云云感慨地说:“前几天才逃脱了山里的老黄牙,谁知这城市里也有不知羞耻的癞蛤蟆!”

田阿贵问道:“云云,那我们还留在城里找工作吗?”

韩云云说:“听你的!你到哪儿,我跟你到哪儿!就是不要回韩桥村,我怕老黄牙!”

田阿贵说:“不回韩桥村,只有再找工作!”

韩云云气嘟嘟地说:“那就再找呗。”

第四章 林妹妹 罢演《双玉蝶》

一

开篇说了影视戏剧学院导演专业毕业的才女舒雯雯,接着讲的是茶山歌女韩云云,她们一样的美丽善良,但是前途未卜。

这第三位少女叫林媛媛,她是市越剧团的小花旦,起步早,进步快,年纪轻轻,事业有成。而且,她学是一位单纯、活泼、开朗的快乐姑娘,在家里,在剧团,从早到晚,喜笑颜开。

林媛媛从小酷爱越剧,这与她出生在距越剧的发源地浙江嵊州不远的绍兴,父母从事文艺工作有关。

林媛媛七岁那年,父母从浙江调到毗邻的江城,林媛媛跟着过来正好上小学。这里的市民特别喜欢从浙江引进的越剧,他们叫“绍兴戏”。媛媛上小学功课不多,星期天妈妈就在家里教她唱越剧。一曲《天上掉下个林妹妹》,她唱起来腔调委婉,动作做得也像模像样,道白一口标准的浙江话,好嗲哦!

江城本地的一个女生叫王晓娟,听林媛媛唱,她也唱。林媛媛就主动教王晓娟唱宝玉。国庆学校在大操场开庆祝会,水泥铺面的露天小舞台上可以表演歌舞节目。音乐老师安排她俩上台唱一段越剧,老师和同学听了都鼓掌,高声喊着:“再来一个!再来一个!”

林媛媛拉着王晓娟朝台下鞠了个躬,说:“没有了,没有了,妈妈只教我们俩唱的这一段。”她小嘴扁着说这句话，那脸上可怜兮兮的表情，让人好心疼。

那年林媛媛和王晓娟读三年级，两人都才九岁，没有段子唱了，急得不知如何是好。音乐老师是个中年女教师，立马走过去，站在台边对她俩说："就把这一段再唱一遍吧！"

听了老师的提示，林媛媛和王晓娟拉着手，抿嘴一笑，又来了一段《天上掉下个林妹妹》。

这第二遍唱得更加流畅自如，嗓音发挥得好，台步子走得轻轻巧巧，十分好看。刚一唱完，全操场的同学起劲地鼓掌叫好，更是下不了台了。音乐老师赶紧走上台，一手牵一个，把两人牵了下来。散会后，林媛媛和王晓娟手牵着手，笑嘻嘻地回了家。

小学毕业后，林媛媛和王晓娟一同考取了江城的师大附中。学校开晚会，她俩代表中学部出节目，和音乐系的大学生们同台表演，毫不逊色。音乐系的教授对她俩说："好好读书，高中毕业保送进音乐系，我们肯定收！"

两家的父母知道后，都笑得合不拢嘴。

可过两年事情有变化了。

林媛媛十五岁初中毕业那年，正巧市越剧团招学员，她和王晓娟得到消息就不想上高中，更不想进师大音乐系了。两人瞒着父母偷偷地去越剧团报考。

进音乐系做大学生和进剧团做小演员学唱戏，都是走艺术的路，但相比起来，差距太大。学音乐，学表演，大学毕业了还是要上舞台，进摄影棚，但身份就不一样了。

两家父母知道了，"宝玉哥哥"被父亲打了一顿，后来还是上了高中；"林妹妹"被剧团录取了，父母没有揍她，但也并不满意她的选择，很勉强地让她进了剧团。而林媛媛接到录取通知书就哧哧地笑，心里真有点扬扬得意。

王晓娟进高中哪有心思读书，迟到早退逃学，没读几天书，还是进了市越剧团，学唱小生。父母也拿她没办法。

林媛媛进了市越剧团后，团长越看越喜欢。她身材苗条，嗓音也特别好，在台上随意走几步都好看，天生小花旦的料子，正好她也姓林，高团长说:“真是天上掉下的林妹妹!”

团长姓高,叫高万泉,自己不会唱戏,但做文化工作几十年,很有事业心。他觉得林媛媛这小姑娘确实是一棵难得的好苗子,一定要重点培养,好传承日渐衰退的地方戏曲。这几年高团长安排林媛媛师从越剧名家、副团长花梦婕,林媛媛进步非常快。

从一个能歌善舞的小女生,直至成为演艺名角,林媛媛一路顺风。这几年戏剧不景气,无戏可演,她也无所谓,照样是喜笑颜开。

二

舒雯雯和杨远帆一同到市越剧团求职,在那里认识了林媛媛。

那天家里出事之后,舒雯雯她母亲就走了。父亲舒亦展当天就将这件事,连带所有相关的情况,向文化局党组织主动做了交代。纪委书记对他说了八个字:“工作照做,等候处理。”

舒雯雯为自己求职的事,几次来到市文化局。市文化局根据影视戏剧学院的推荐信,量才录用,把她安排到剧团做助理导演,试用。

舒雯雯先到的是市话剧团,不行。市话剧团两三年没排戏了,改成文工团、歌舞团也不行。导演、演员、舞美都在拉广告,求赞助,拍电视剧,各顾各捞钱一身劲。偶尔排个把小戏应付应付,演不到两场,戏票送出去都没人看。

舒雯雯和杨远帆一道进了市话剧团大院。

传达室里的老头将玻璃窗拉开一条小缝,问:“你们找谁?”

杨远帆说:“找团长。”

老头说:“不在。”

舒雯雯说:“找导演。”

老头说:“不在。”

杨远帆问:“他们几时回来?”

老头说:“不知道。”

舒雯雯递上文化局的介绍信。老头从窗缝里接过去,拿起老花镜戴上,看了,笑笑,什么话也没说,把介绍信从窗缝塞出来。

舒雯雯和杨远帆对视片刻,也笑笑,转身回文化局。

文化局只好重开介绍信,要他俩去市越剧团,说那里正在排演新创剧目,去了肯定有事可做。

舒雯雯和杨远帆只好到市越剧团。

三

市越剧团正是与爸爸有绯闻的那个女演员当副团长的地方。舒雯雯如果去市越剧团,这一见面,两人都可能会十分尴尬。但为了有个合适的工作,舒雯雯左思右想,第二天还是硬着头皮,和杨远帆一同来到市越剧团。

舒雯雯和杨远帆进了剧团大门,副团长花梦婕已站在门厅里等他们了。大约是有人提前给花副团长打电话,报了信。

很出乎舒雯雯的预料,她对这位美女副团长的第一印象还挺好。花梦婕看上去还年轻,长得蛮漂亮,言谈举止也很得体,真感觉不到那种所谓的风流来。

花梦婕带他俩首先见了高万泉团长。

高团长很客气,笑嘻嘻地主动伸出手来,他说:"我们昨天就接到局里来的电话了。欢迎,欢迎。就请花梦婕副团长给你们安排工作吧!"

舒雯雯和杨远帆两人很高兴地点点头。

高团长也没再多说其他的话,看样子,这个团虽然不像市话剧团那样已经散了摊子,但情况也不乐观。文化局的人告诉他俩,越剧团正在排演一个新戏,不知排的是什么样的戏?

花梦婕接着带他们去见了赵立明导演,上海人,越剧老艺人,也是这个团的老导演,擅长排古装戏。

赵导演说的是一口浙江口音上海话。他早年带着上海的一个越剧戏班子演到这个临近的江城,有几位在江浙沪一带很有名气的小生、花旦确实演艺水平很高,场场满座,一票难求,大受江城戏迷们的追捧,走不了了。市文化部门根据当时戏剧事业发展的势头,将他们留下,成立了国营剧团,并派文化界老干部高万泉担任团长。

剧团演了《梁山伯与祝英台》,又演了《红楼梦》,有几十个古装传剧目,还组织剧目室的专业剧作家编创新剧，有古装的，也有现代题材的，到省里参加艺术节会演得过大奖，还多次进京演出，红火了十几年。

近几年怎么不行了？赵导演不服气，却也说不出个所以然来。最近他自己编了个古装戏本子叫《双玉蝶》，几经努力争取，团里同意立项。这回局里派来戏剧学院毕业的年轻编剧、导演，毫无疑问是一种实质性的支持。赵导演很高兴。

闲话少说，他拿出打印的剧本，给舒雯雯和杨远帆一人一本。

“看本子，看本子。多提宝贵意见，好哦？”赵导演说，“请杨编剧多多修改，大力斧正。舒导演嘛，更要助我一臂之力了！”

舒雯雯和杨远帆两人接过剧本，点点头。

然后花梦婕又带他们见了几位主要演员。

与花梦婕一番接触，舒雯雯难免有点尴尬，而这位美女副团长却若无其事一般，找导演，拉演员，说剧本，言谈也很得体，真感觉不到是深陷婚外情的“坏女人”。

且不管这位美女副团长与父亲有什么瓜葛，党有党纪，国有国法，舒雯雯相信他们的事，会处理好的。现在到这个剧团来工作，舒雯雯的心中，好像有点踏实的感觉了。

舒雯雯见到了林媛媛。她觉得这是到市越剧团以来最高兴的事。林媛媛说话和唱戏一样动听，台步子走起来轻飘飘的，好看极了。舒雯雯的导演意识再一次突显出来了：这是一个难得的好演员！像那天早上，第一眼见到黎阿姨的女儿黎芸芸一样，那感觉就是好！但后来见到的茶乡歌手韩云云就更好了！

舒雯雯坚信，导演识别好演员，是感性的，不是理性的。第一眼很重要，接下来才是全面的考量。

想做一台好戏，或是一部好影视剧，由符合导演心意的好演员来主演，是至关重要的！

舒雯雯想，如果能在越剧团工作下去，一定要为林媛媛量体裁衣，打造一部好戏！若不能在这儿工作，就千方百计把她拉走，与她携手做一番事业。当然，眼下还只是梦想。舒雯雯什么话都没对林媛媛说。

四

小百合演出队的演员经过近一个月读剧本、背台词,同时作曲人员作好曲,演员练唱,乐队配乐,并上台分段排演到了第六场。舒雯雯和杨远帆来到越剧团,全剧只有两场未排了,接着就可以彩排演出了,正是到了加油上劲的时候。

一大早,林媛媛和小百合演出队的姑娘们来到排演厅,准备排戏。团长和导演还没来,几个乐队人员各自将乐器调音后,嬉笑着起劲地奏起了流行舞曲,还大声喊道:“跳起来,姑娘们,跳起来!”

林媛媛立即响应,拉着几个演员跑上台,嬉笑地叫道:“姐妹们,快来跟我跳!”

“好,快来,快来!”几个姑娘叽叽喳喳地说着,然后列成一队,随着音乐,扭摆腰肢跳起了舞。

林媛媛站在姑娘们前面,像教练一样,边扭边指挥。乐队奏的乐曲和姑娘们的扭动配合得很协调,很热烈。正当大家快乐得忘乎所以时,团长、导演带着几个人从排演厅的侧门,一个跟着一个走了进来。林媛媛一见,立即打了个手势,做了个鬼脸,叫大家停下来。可乐队和跳舞的姑娘们没当回事,一个劲地继续跳着。

赵立明导演快步走上舞台,神情威严地大声喊道:“停下来,停下来!”

音乐戛然而止,女演员们装作很窘迫的样子停止了扭跳。其实她们一点也不怕。

副团长花梦婕带着舒雯雯、杨远帆等人走到了台口。花梦婕从台口边梯走上舞台,舒雯雯和杨远帆站在台下。

“小的在跳舞,”赵导演边说,边伸头向后台看看,“老的躲在后台打毛线衣,简直太自由!”

赵导演转身向后台喊道:“快出来!快出来!”

后台十几个中年演员闻声走了出来。

赵立明导演虽已近六十岁,但说着一口浙江口音上海话,显得嗲声嗲气,就是真发脾气也威严不起来。他对花梦婕很恭敬地问道:“花团长,侬看是先排戏呢，还是先介绍一下新编剧和新导演？”

花梦婕说：“我来先给大家介绍一下吧！”

赵导演轻声喊道：“杨编剧、舒导演，快一点上来！”

杨远帆说：“雯雯，我们上去吧。”

舒雯雯跟着杨远帆上了舞台。

花梦婕说：“这位是编剧杨远帆，负责剧本的加工，提高质量。”

杨远帆向演员们点点头。

花梦婕接着给大家介绍舒雯雯。

她说：“这位是新来的助理导演舒雯雯。从今天起，她和赵导演共同负责小百合演出队参加省戏剧节的创作剧目《双玉蝶》的排演工作。”

赵导演立刻接口说：“舒雯雯是一位有志于戏剧事业的年轻导演，是市文化局舒局长的千金……”

舒雯雯本不想说话，也不得不说了：“赵导演，还是排戏吧。”

“也好，也好。”赵导演对演员们一挥手，说，“排戏，排戏！”

杨远帆将剧本给舒雯雯，说：“雯雯，这是剧本。”

舒雯雯说：“剧本我在家看过了。”

赵导演对杨远帆说：“杨编剧，侬是不是要把剧本的创作意图再跟大家说一说？”

杨远帆说：“我没什么说的。赵导演，剧本是您写的，我只是看了两遍，没动一个字。”

赵导演说：“那就接着排吧。昨天排到第六场，今天接下去。主要演员穿上戏装。快一点准备，快一点！乐队做好准备！”

演员当即穿上戏装。花梦婕、舒雯雯、杨远帆和不参演的中年演员都退到右侧幕边观看排演。

赵导演对林媛媛和另一位主演王晓娟说：“第七场是高潮戏，一定要唱出感情来。特别是李玉香这个人物，林媛媛是头牌花旦，一定要演好！听到了哦？”

林媛媛点点头，说：“听到了。”

赵导演宣布说：“好，开始排演！”

林媛媛转身半开玩笑半认真地对着王晓娟说：“侬是头牌小生，一定要演好！听到了哦?”

王晓娟抿嘴一笑，拉着林媛媛钻进边幕里。

高万泉团长早上有点事，去了文化局，但很快赶回来看排演。团里每次排新戏，他都到场观看，但从不做指示。

五

《双玉蝶》是赵导演自编的一出古装戏。说的是一位美貌的富家小姐李玉香由丫鬟秀娟陪同春游，在路上被几个纨绔公子调戏，偶遇一位公子，英雄救美，两人一见钟情，相赠信物订终身，但那公子一去不回，小姐独守闺房十三载的悲情故事。

赵导演是个从事戏曲事业的老人，编写此类戏文手到擒来，但要想有所创新，恐非易事。

在赵导演的指挥下，排演开始了。

今天虽不算彩排，林媛媛还是身穿小花旦的戏装，配着轻轻的打击乐的节奏，从边幕里碎步走出。

林媛媛饰演的是娇弱的富家小姐李玉香，与刚才跳舞时的兴奋狂热判若两人。

林媛媛走到背景窗前，哀叹一声，接着凄凄切切地道白：“我好苦啊！……”

这一声道白叹得实在，有感情，反而引起众人窃笑。

林媛媛没有笑，她很快进入角色，慢慢转过身。音乐声起，林媛媛有板有眼地唱了起来：

望窗外月高悬遍地寒霜，
禁不住玉香我泪流成行。
我本是千金女绣楼深藏，
无奈何春色好春心动荡。
我与那小秀娟同游郊乡，
偶遇上三五个纨绔儿郎。

调秀娟戏玉香情急心慌，
遇英雄搭救我免受祸殃。
我见他七尺躯相貌堂堂，
我见他五官正眉浓眼亮。
我见他口才好出言成章。
我见他情切切一腔柔肠。
悔不该赠予他手帕一方，
悔不该开金口拜谢董郎。
公子他遂取出玉蝶一双，
凭玉蝶订终身永志莫忘。

林媛媛接着道白：

“啊呀，公子呀，如今你在何方？我盼你十三载盼得我好苦啊！……啊呀，董郎啊！……”

道白后，林媛媛准备接唱，赵导演上前打断了她，给她说戏。

他说道：“好了，好了，停下，停下。这一段侬唱得还是不错的，对剧中人物李玉香的体会比以往深刻得多了。这一段感人肺腑的演唱和动人的表演为下面的高潮戏，做了很好的铺垫。这个高潮呢，是一场梦。李玉香日有所思，夜里就有所梦嘛。林媛媛，侬理解弗理解？”

林媛媛莫明其妙地点点头。

赵导演说：“好咯，开始入梦！王晓娟上！”

扮演公子的王晓娟着戏装碎步上场。赵导演对后台喊话：“后台做效果！放气！快一点！快一点！”

一阵雾气喷出，制造了梦境。

“乐队起板！”赵导演向乐队喊了声，然后很是得意地回到花梦婕、舒雯雯、杨远帆等人身边。

乐队起板演奏。王晓娟饰董世良走到前台。

王晓娟道白：“玉香，玉香，我回来了！”

林媛媛道白：“相公，董郎！难道真的是你不成？”

王晓娟道白：“是我，是我！我真的回来了！”

林嫒嫒道白:“相公啊!”
她接着唱:

那一别十三载你去何方?
无音信我只好日思夜想。

王晓娟道白:“玉香啊!”
她接着唱:

遵父命上京城赶赴考场,
有志者事竟成名题金榜。

林嫒嫒道白:“那倒要给相公贺喜了!”
王晓娟道白:“贺不得的!玉香啊!小生得中状元之日——”
她接着唱:

谁知晓传圣旨叩见皇上,
金殿上招驸马强做东床。

林嫒嫒道白:“啊呀呀!…… 原来你已经娶了公主为妻?……董郎啊,你害得我好苦啊!你,你,你……”
她悲痛欲绝地接着唱:

我为你十三载独守空房,
我为你耗尽了妙龄春光,
我为你人憔悴面似花黄,
谁知你登金榜变了心肠,
甘愿做陈世美抛弃糟糠,
害得我十三年梦蝶一场!

音乐声止。李玉香气愤地一步步逼向董世良。

林媛媛厉声道白:"董世良！你好狠心啦！这玉蝶一枚,我将它归还与你了!"

李玉香怀抱玉蝶,向董世良撞去……

一阵烟雾,董世良却不见了。

林媛媛喊着:"董郎！董郎！……"

董郎出现在舞台另一角,李玉香追董郎。

"停下,停下!"赵导演打断排演,开始说戏,给演员临场启发:"这里李玉香追董世良,两人都一定要慢动作,就像电影上的慢镜头。侬晓得哦?这是梦境嘛,要给人以一种梦幻的感觉。这是我导演的全新的构思和设计。戏剧要革新,就要引进现代艺术的手法。侬晓得哦?"

林媛媛随意地点点头,有些不耐烦,但又必须按照导演的提示,将这一段再做一次。这是剧团的规矩。

林媛媛厉声道白:"董世良！你好狠心啦！这玉蝶一枚,我将它归还与你了!"

李玉香怀抱玉蝶再次向董世良撞去,喊道:"董郎！……"

两人慢动作追逐,引起台上所有人又是一阵窃笑。

"停下,停下!"赵导演再说戏,"这一段高潮戏还不行！要有感情。侬想想看,李玉香从十六岁起盼她的心上人,盼了十三年,二十九岁了,盼成大龄姑娘了,剩女！她的这个心情……林媛媛,侬能理解这种感情吗?"

"这,这……"林媛媛委屈地说,"我不能理解……"

赵导演有点生气了,把脸转过去,无可奈何地摇摇头。然后他又不得已地转过脸来,说:"什么?不能理解,你呀……要给侬说戏可真难啦!"

林媛媛倒是很诚实、很有礼貌地说:"导演哎,我是真的不能理解嘛,李玉香都二十九岁了,还等什么等……"

赵导说:"林媛媛,你今年多大啦?"

林媛媛说:"我二十一。"

"好,二十一岁,比李玉香十六岁时看上董世良,还大五岁呢!"赵导演说,"这样,林媛媛,我问问侬,侬知道什么叫男女之间的爱情吗?"

林媛媛低头笑着说："嘻嘻，我知道……"

赵导演说："那你是懂爱情的啰。"

"要说懂爱情嘛……"林媛媛想想又说，"我没和哪个男孩子谈过……还真不懂爱情……"

"你这么大的姑娘还不懂爱情？"赵导演接着说，"我这么跟你说吧。如果侬爱上了一个小青年，他也喜欢侬，可他在学业上求上进，北漂了……"

"北漂？"林媛媛扑哧一笑，说，"去北京打工挣钱啊，那在学业上，还求什么上进？"

赵导说："不是去打工。是在北京上补习班，考清华、北大，然后一去不回头，侬打算怎么办？"

林媛媛笑了，说："没有真才实学，上补习班，能考清华、北大？嘻嘻。"

赵导演说："我只是举个例子，给侬说戏啥！"

导演说戏，用这样的问题启发她，林媛媛更乐了。她大声地回答道："他一去不回头就算了，我重找一个！"

全场大笑。

林媛媛跟着大家一起笑，还用手捂着脸，悄声地补了一句："追求我的男孩子，多得很呢！"

舒雯雯走到林媛媛面前，握住她的手，按捺不住地夸赞她："爽气！不折不扣的当代青年！"

六

当天下午，在二楼会议室开了一个讨论会，高万泉团长也来了。他很想听听大家对已经开排的《双玉蝶》的意见。这个戏能不能做下去，他也不太有把握。

赵导演眯眼笑着问花梦婕："花团长，侬看看还有什么指示？"花梦婕摇摇头，什么话也没说。

赵导演接着问舒雯雯："舒导演，侬看呢？"

舒雯雯抿嘴一笑置之。

花梦婕说道："小舒，有什么意见就说嘛！"

舒雯雯本不想说。前几天，拿到剧本后读了两遍，感觉糟透了。她自言自语喃喃地说着：“打着振兴民族传统戏曲的大旗，排这样陈腐的剧作，戏剧危机永无好转之时！”两天前，她就把心里的想法和杨远帆说了。

杨远帆进剧团后被安排在剧目组，他的任务是配合赵立明导演，修改剧本，提高剧本的可演性。

杨远帆细读了几遍剧本，就和舒雯雯交换起意见来。舒雯雯说：“陈腐，陈腐！”杨远帆立即跟着说：“陈腐，陈腐！你击中要害，击中要害！”

今天看了排演，舒雯雯想，还是把自己的想法和盘说出来吧。

舒雯雯说：“谈不上有什么意见，演员的表演水平很好，配乐也是地道的越剧音乐，舞美和效果也能跟得上，关键还是在剧本。我也谈不出什么具体意见，只是觉得太陈腐了。创作这样的节目参加戏剧节，而且用‘小百合’，我……我无法助赵导演一臂之力。就这些。谢谢高团长，谢谢花团长，谢谢赵导演！”

杨远帆也简单地讲了几句，表达了类似的意思。

还是林媛媛的性格爽朗，她板着脸，只说了一句话：“这部戏，我不演了，请团长换人演吧！”

在场的人都瞪眼望着林媛媛。

林媛媛无所谓，转身就离开了会议室。

花梦婕立刻叫住了她：“媛媛，你上哪儿去？”

林媛媛站在门口转过身，若无其事地轻轻一笑，说：“我去方便一下，可以吗？”

花梦婕摇摇头，拿她没办法。

讨论会开成这样子，还讨论什么呢？

高团长想了想，对《双玉蝶》的意见也算听到了，他早上去文化局就是汇报这个戏的问题的。结合目前戏剧的总体形势，能不能用“小百合”演这个戏参加新创剧目会演，该做出决断了。他说：“会就开到这里吧。我们研究研究再说。”

散会后，舒雯雯和杨远帆商议了一番，然后一同走进了高团长的办公室，和高团长很有礼貌地交谈了片刻。两人都表示一时无戏可排，打算自愿离去。高团长很耿直，说了一点内情：“全省性的戏剧危机一时很难化解，省会演不一定搞得起来事小,越剧团离散摊子已经不远了。想留你们,可能反而对你们不利。你们另找合适的岗位吧!”

舒雯雯觉得高团长的话,既讲实际,又讲感情,真是个做戏剧工作的好领导。听着听着,她的心里生出一点舍不得离去的滋味。但无戏可排了不走怎么行呢?可这次与一个多月前离开李老板的电视剧组相比,感觉真是天壤之别!

接着他俩和花梦婕、赵导演打了招呼,握了手。

舒雯雯和杨远帆就此离开了市越剧团。

林媛媛追到大门口,喊道:“舒导演!杨编剧!你们怎么就这么走啦?”

舒雯雯故意说:“你拒演《双玉蝶》,没戏可导了,不走怎么行呢?”

林媛媛说:“那这一下,我犯大错了。我去向领导认错吧!你们留下,继续排《双玉蝶》就是了。”

杨远帆说:“舒导演和你开个玩笑,你还听不出来吗?《双玉蝶》这样陈腐的戏,你拒演是对的。你们剧团即使再排演这个戏,我们也不会留下来的。”

林媛媛说:“那我舍不得你们走,怎么办?”

舒雯雯握住林媛媛的手,说:“媛媛,我们更是舍不得你呀!一定保持联系,好吗?”

“保持联系!保持联系!”林媛媛说着又加上了一句,“你们不联系我,我会找你们的!”

舒雯雯说:“说话要算数哦!”

“一定算数!”林媛媛虽然嗔怪他们不该走,可还是对舒雯雯和杨远帆笑了起来。不管遇到什么情况,林媛媛都是个快乐的姑娘。为表示说话算数,林媛媛伸出一只小拇指,像和小孩子做游戏一样,要和舒雯雯拉钩。

二十一岁的林媛媛如此单纯、天真,舒雯雯和杨远帆都畅快地笑了。

舒雯雯伸出小拇指和林媛媛拉钩。

林媛媛笑眯眯地唱起来:

拉钩,上吊,

一百年，不准变！

舒雯雯和林媛媛两人哪用拉钩呢！没过几天，全市的戏剧团体改制，何止全市呢，全省、全国各地的戏剧团体都要改制，适应改革开放的大好形势，越剧团散伙了。听说舒雯雯正在筹办歌舞厅，林媛媛就带着王晓娟和越剧团的十几个演员和乐队的人找到了舒雯雯和杨远帆，一同走上了艰难的创业之路。

第五章 为寻梦 筹办歌舞厅

一

一天晚上，夏婉玉找到雯雯，告诉她自己已经和她爸爸离婚了，而且她要到南方一家医院去工作。那家医院聘请她去当妇产科主任，和江城这边她所在的医院协商好了，暂不办理调动，先借用。

夏婉玉说："雯雯，妈妈明天就走了，永远不会再回这个家了！"

雯雯听着心里像被刀绞了一样，眼泪禁不住流下来。爸妈之间感情不和由来已久，她也早有察觉，可真的到离婚这一步，她还是伤心透了。

雯雯哽咽着说："妈妈！你难道就这么走了吗？这到底是为什么？你和爸爸为什么一定要离婚？"

妈妈说："这还用问吗？那天你都亲眼见到了。"

雯雯说："那天家里就是一只猫，闹腾了一会儿，也没见到什么'柜中人'啊！"

妈妈说："我才不计较他有什么'柜中人'呢！雯雯，你不要难过了，父母之间的事，没法子和孩子们说得一清二楚。乖女儿，请你原谅我们好吗？"

雯雯伤心地说："那我怎么办呢？妈妈，我才二十二岁呢！"

妈妈说："二十二岁也不是小孩子了。"

雯雯说："还有弟弟呢？他才十八岁，刚刚上大学呢。妈妈，他需要照顾！需要关爱！"

妈妈说:“你们已经长大成人了,走好自己的人生路吧! 我和你爸爸协商好了,你弟弟归我,他生活方面的事,我考虑。我会把他抚养到大学毕业。”

雯雯说:“你为什么不要我呢? 我喜欢你,妈妈!”

妈妈说:“你跟你爸爸吧,他更喜欢你一些。你已经工作了,不存在抚养问题,不需要他过多地烦神,这样,你爸爸可以自由一些。跟着你爸爸过吧,他的问题还在等候处理,你要多关心他一点。”

雯雯问道:“爸爸会重娶一位阿姨吗? 如果他真有婚外情,那个女人会正式到爸爸的身边吗?”

妈妈抿嘴一笑说:“也许会。我想是这样。”

雯雯问道:“妈妈知道那女人是谁吗?”

妈妈说:“当然知道。据我所知,那女人不是一般包养性质的二奶,是婚外情越了轨。我对他们有同情的成分。”

“啊? 你还同情他们?”雯雯说,“你真宽宏大量! 妈妈,他们真要结婚,我得跟他们在一起过吗?”

妈妈说:“那当然。”

雯雯又问:“你呢? 妈妈,你会重嫁一位叔叔吗?”

妈妈说:“也许会。但我暂时还没有考虑这件事。”

雯雯说:“妈妈,我太苦闷了! 从那天离开家起,我简直不知道该怎么活下去……”

妈妈说:“你就当家里什么事也没有发生。上班,当你的见习导演就是了。”

雯雯说:“可我已经辞职了。”

妈妈说:“你这刚进越剧团,又辞职了?”

雯雯说:“是的。”

妈妈说:“赶快告诉你爸爸,再给你调个剧团呗!”

雯雯说:“哪儿都一样,戏剧危机,全省性的,全国性的……”

妈妈说:“越说越玄乎了,有那么严重吗?”

雯雯说:“谁骗你啦? 真是这样,我都哭过好几次了。妈妈,你说我该怎么办呢?”

妈妈说:“你会有办法的,雯雯,你一定会想出办法来的。你从小就很坚强,从来不服输,而且很聪明……”

“是吗?妈妈,你真好!”雯雯说,“你这么一鼓励,我的劲儿就来了。我梦想着开一家歌舞厅,不是为了盈利,而是构建一个平台,再拉一帮子人,既营业,又把歌舞厅当作剧场,排一个我们自己原创的,并由我执导的实验话剧,把戏剧和生活交织在一起,全新的构思,全新的艺术!”

“那太好了!”妈妈问道,“那你不想求职啦?”

雯雯说道:“我从电视剧组回来的事,那天没和你细说。其实是那个投资拍片的李总裁,把我叫到他们公司谈话,说是提拔我当总导演,实际上是要潜规则我!太无耻了!我一气之下,连夜赶回家。”

“啊?原来是这样的事!太可恶了!”妈妈听了很是气愤,话外有话地说,“文艺界啊,文艺界,到什么地步啦?!”

雯雯说:“我丢掉了电视剧组的工作,文化局根据学校的推荐信,量才录用,同意把我安排到剧团做助理导演,试用。先到的市话剧团,大门都没进,散摊子了。导演、演员一个劲地拍那些质量低劣的电视剧,抓钞票,拉关系,搞赞助,在金钱面前所谓的艺术家变得庸俗不堪。我真的厌烦极了!接着又要我去越剧团。我硬着头皮去了,越剧团正在赶排一个创作剧目《双玉蝶》,准备参加省戏剧会演。美其名曰要我把现代艺术手段带到传统戏曲中去,可排那种老掉牙的新编古装戏,主要演员都拒演,我当然不能干了!”

妈妈说:“你不干啦?”

雯雯说:“是的,辞了。我打算自己创业,要是遇到了困难,你愿意帮助我吗,妈妈?”

妈妈说:“会的,雯雯,你有什么困难现在就可以告诉我。”

雯雯说:“我现在是万事俱备,只欠东风。东风就是钱!我东奔西跑才集资十万多元,只够交租借歌舞厅的押金,没钱了。我向来看不起钻进钱眼里的文化人,可现在深深体会到,没有钱,是做不出文化事业来的!我再去找谁呢?想想真的没人好找了。”

妈妈问:“向你爸爸说过吗?”

雯雯说:“依照纪委的要求,他正在反省交代,也就是‘双规’吧。他为自己这个坎子怎么过,正绞尽脑汁呢!”

妈妈说:“他自作自受!”

雯雯说:“妈妈!我不能丢掉戏剧,这是我的追求!我等不得爸爸问题解决了再给我找工作。我想先开个歌舞厅,苦干两年,赚个百把万,就够排戏的了!歌舞厅地址选好了,靠近市中心的城东地段。先交了三个月的租金。三个月内不筹足资金,正式开张,房租算白交了。”

妈妈问道:“你需要多少钱?”

雯雯说:“起码五十万。”

妈妈思索了一会儿说:“好吧,我如数给你准备就是了。”

雯雯几乎是惊喜地叫了起来:“你真是我的好妈妈!”

妈妈说:“本来就是你的好妈妈嘛!”

雯雯稍稍平静了一点,说道:“妈妈,我还要问你一件事。你如果嫁人了,我还能叫你妈妈吗?”

妈妈说:“当然,妈妈走到天涯海角也永远是你的妈妈!雯雯,我走了,不要难过。就像你小时候,每天妈妈要上班,你都笑眯眯地说一声,‘妈妈,再见’,这会儿笑着说一声,行吗?”

雯雯笑不起来,她凄切地说了声:“妈妈,再见!……”

妈妈转身走了,雯雯的心里突然又那么不是滋味。

雯雯跟着妈妈后面跑过去,喊道:“妈妈,妈妈!等等我!我还有话要跟你说!”

但是妈妈已经走远了……

二

舒雯雯伏在小圆桌上睡着了,杨远帆进了门。

舒雯雯离开了越剧团,杨远帆自然也离开越剧团,跟着过来了,否则怎么叫“跟屁虫”呢?舒雯雯自己创业,开歌舞厅,杨远帆自然是她最得力的助手。

舒雯雯猛地惊醒了。她看见杨远帆穿得西装笔挺,站在门口,赶快站了起来,喊了一声:“远帆!”

杨远帆故意毕恭毕敬地走到她面前,说道:“来了!雯雯总经理,您有什么吩咐？”

“别故意用那种口气跟我说话！”舒雯雯睃了他一眼，说道，“刚才我打了个盹儿，梦见了妈妈。”

“你梦见妈妈了？”杨远帆说，“哦！你一定是想妈妈了！”

舒雯雯说：“是的，天天想她，也常常梦见她。刚才梦见她和我说了好多话，她还给我送钱来。”

杨远帆问道：“你妈妈知道你歌舞厅开业缺钱吗？”

舒雯雯说：“是我在梦里告诉她的，她问我缺多少，我说起码需要五十万，她说一准送来！……”

杨远帆听了，有点想入非非地说：“要是你妈妈真的送五十万元来……那就太有意思了……”

舒雯雯笑笑说：“我也是这么想。妈妈真给我五十万元，我就有钱请乐队，请歌星，我们这个歌舞厅就可以鸣炮开张了！”

杨远帆说：“那当然……”

舒雯雯瞅了瞅杨远帆，说：“哎，远帆，你穿这身西服倒是挺帅的，是从哪儿借来的？”

杨远帆说：“自己买的。在你这新开业的新潮歌舞厅打工，得有个好形象，马虎不得！”

舒雯雯说：“我还没给你发薪水呢，你哪儿来的钱？”

杨远帆说：“找妈妈要的呗！”

舒雯雯问道：“你妈妈也给你钱？”

杨远帆说：“是啊！不但给我钱买西装，我和她说了歌舞厅开业缺钱，她也说愿意给我们想办法。母爱伟大呀！”

“我也正在等着伟大的母亲送钱来呢！”舒雯雯向杨远帆招招手，说，“远帆你过来，坐下，谈点正经的吧。”

杨远帆说声“好呢”，坐到了桌边。

“厅堂租下来了，也算马马虎虎装饰好了。”舒雯雯说，“接下来最重要的是聘用歌星和服务员。招几个年轻的灵活一点的女孩子做服务员容易，难找的是歌星。要一流的，在台上一开口就能镇得住全场的好歌手很难找！”

“名气大的歌星有的是，可我们缺钱，请不起。”杨远帆说。

“请得起我也不请!”舒雯雯说,“他们名气大,要价高,有的人唱得并不咋样,就是靠那些演艺公司捧红的!”

听舒雯雯这么一说,杨远帆觉得舒雯雯确实有水平,与自己在演艺事业方面的认知完全一致,太好了!他竖起拇指连声夸赞道:“雯雯高见,高见!”

舒雯雯笑了笑,杨远帆接着就口无遮拦地说出自己更激进的看法。他几乎是义愤填膺地说道:“这些年,经济上去了,娱乐圈紧跟着一切向‘钱’看!演艺中介干尽了坏事!还有的卫视出高价,请来什么韩国歌星,唱的歌毫无旋律,真难听!”

舒雯雯知道杨远帆激动起来就要指名道姓了,在大学里同学和老师一议论起文艺界低俗化的现状,都是感慨万千。

舒雯雯赶紧说:“打住,打住!别再议论文艺圈了,我们得抓紧商量开业的事!招歌手,招服务员!”

杨远帆立即答道:“是,总经理!”

舒雯雯说:“远帆,先把招聘广告牌拿出去。”

“是,总经理!”杨远帆答道,随即转身将一块广告牌取出,放到大门口外。广告上写道:

本歌舞厅即将开业,现诚聘管理人员3名、服务人员8名、歌手5名,男女不限,待遇从优。

这是本厅首次招聘,根据业务发展,还将招聘一批话剧和戏曲演员以及乐队、舞美、音响效果工作人员。请有意者多多关注,及时应聘!

寻梦歌舞厅敬启

杨远帆将广告牌放出去不一会儿,就来了几名男女青年。他们挤在一起边看招聘广告,边议论,可能是早就知道这里新办的歌舞厅要招聘的事,是有备而来的。

杨远帆说:“总经理,你看,真的来人了!”

舒雯雯说:“远帆,别太性急,招不到合适的人,我们推迟开业!千万不要滥竽充数!”

"是的！我一定按您写的要求选人。"杨远帆说着从口袋里取出一张纸条，念道，"第一，要有事业心；第二，外貌端庄；第三，高中以上文化。绝不允许亲友拉关系开后门降低标准！……"

舒雯雯打断他的话："好了，好了。是我写的纸条，你还念给我听干吗？有人来了，你就接待吧。既然让你当考官，录用与否，由你决定吧。"

杨远帆将纸条收好，故意装作底气十足的样子应了一声"是"，转身又有点心虚地补了一句："您在一旁看着，好赖得给我一个暗示哦！招聘录用与否，还是总经理说了算。"

舒雯雯不置可否，只是给了他一个微笑。

三

如今城市里的招工招聘活动，五花八门。招聘的单位五花八门，应聘的人员也五花八门。这第一天前来歌舞厅应聘的十几名青年男女，也真算得上是五花八门了。

杨远帆过去拉开玻璃大门，门口的男女青年一个接着一个进来报名应聘了。

带头的是一位西装革履的长发青年，他一进门就嬉皮笑脸地说起话来："嘿嘿，听说新办歌舞厅，要招聘服务员和歌舞人才，我特地推荐几位前来应聘。你瞧，我这几位哥儿们、姐儿们，能歌善舞，都是人才啊……"

跟着，几个姑娘就叽叽喳喳地拥上来了。

杨远帆问道："你们几位是来应聘的吗？"

一位穿着很时髦的姑娘站在前面说道："我们几个唱歌不好听，就应聘服务员吧。外国电影上叫侍者，我见过，歌舞厅和酒吧，都有。笑眯眯地托着盘子给客人送饮料，挺有趣的。"

杨远帆说："欢迎啊，先请报个名吧！"

另一位姑娘不大好意思的样子，这时髦女郎就代她报起名来，说："她是我表妹，名叫刘雅琴。我叫袁丽萍，袁大头的袁，美丽的丽，水上浮萍的萍。听懂了吗？"

"不仅听懂了，而且记下了。"这时髦姑娘挺会说的，杨远帆笑了，他接着说,“这样,你们俩一位扮顾客,一位扮服务员,然后再轮换一次,算是面试,好吗?”

袁丽萍坐到圆桌边,抢着说:“好,我先来扮顾客。”

“行啊,就请您先扮顾客吧!”杨远帆对袁丽萍说后,转过身对刘雅琴说,“您是服务员,给她送咖啡,从这边过来。”

杨远帆交给刘雅琴杯盘,刘雅琴退后几步,从容地端托盘走过来。她步履轻盈、姿态优雅地将咖啡送至袁丽萍面前,说道:“夫人,请用!”

袁丽萍立刻板起脸来嗔怪道:“你这是什么服务员!怎么叫我‘夫人’?你应该称我小姐,噢,不不不,你该称我——美女!”

刘雅琴辩解说:“表姐,你不是上个月结的婚吗?结过婚的女人就是夫人,怎么还称你美女呢?”

“我和他没认识几天,那叫闪婚!这个月我和他已经闪离了,我怎么不是美女呢?”话一出口,袁丽萍自知失言了,赶忙改口说,“就看我这年轻漂亮的模样儿,还不是美女吗?”

杨远帆想笑,但忍住了,他对刘雅琴说:“对一位年轻的女顾客,称‘夫人’是不妥当的。不过您的姿态、风度都非常好。”

杨远帆说:“你俩轮换试一试。”

刘雅琴和袁丽萍都高兴地点头。

刘雅琴坐到圆桌边,袁丽萍端起托盘送饮料过来,那笑容,那步履,那姿态,更是没的说。杨远帆向一直旁观的舒雯雯示意,舒雯雯直点头。

杨远帆从抽屉里取出两份表格,对她俩说道:“这是应聘的表格,请你们二位填一填。”

袁丽萍立即问道:“我们被录用了吗?”

杨远帆说:“等一下舒总经理看了你们填写的表格,再决定。”

袁丽萍兴奋地说:“好的!谢谢,谢谢!”

录取两位服务员并不难,难的是招聘好歌手。

时髦女郎袁丽萍高兴得不得了,还来不及填写表格,就忙着拉那位一道来的烫发男子,说:“快,方一浩!快报名应聘啊!别怕!不难,一点也不难!”

“好,那、那我就……报、报名,唱……试试吧!”

这位名叫方一浩、穿着很随意的男青年一开口说话，就口吃得挺厉害。这怎么办？歌手上舞台必须能说会唱，连话都说不周全，也来应聘当歌星？还没记下这青年的名字，杨远帆的心里已经打上几个问号了。还需要他唱吗？

“不是说好叫你别说话吗？”袁丽萍立即凑上去提醒这烫发青年，然后转过身对杨远帆说，“经理先生，对不起，他有点口吃的毛病，可唱起歌来好得一塌糊涂……你再看他这相貌，也真是英俊得一塌糊涂噢！他是我表妹的男朋友哎！”

刘雅琴翻了袁丽萍一眼，转过身对烫发青年说：“哎，想说什么，你就唱好了！”

杨远帆说：“我们是招聘歌星，要上小舞台演出的，不是业余唱着玩的。噢，想说就唱，那怎么行？”

“你别搞错哦！”袁丽萍拉着烫发青年的胳膊，抢着对杨远帆说，“他叫方一浩，是我们街道大名鼎鼎的歌星！”

杨远帆听着有点兴趣了，问道：“真的吗？”

“谁跟你吹牛？不信去问问。他最擅长自编词曲，即兴演唱，在我们那儿还有个吉他弹唱队呢！”袁丽萍一边做弹吉他动作，一边说，“每天晚上都在巷口路灯底下嘣嘎嘣嘎……那些大妈们分几个摊子跳广场舞，都抢他们呢！”

杨远帆在本子上记下方一浩的名字：“好，那您就唱吧！”

方一浩“啊——”了一个长音，唱了起来：

我们都是人才呀人才，
我们遇上了好时代。
我们年纪轻轻多风采，
我们来歌舞厅里当招待……

可以听出这烫发青年是一位很有功底的业余歌手，而且确实是即兴编词曲演唱。

舒雯雯和杨远帆听了，两人面对面笑笑，点点头。

“唱得还真不赖呢!”杨远帆拿出口袋里的纸条,对照着向他问道,“您热爱服务性行业吗？您有事业心吗？有敬业精神吗？”

方一浩以唱回答：

服务性行业我最热爱,
顾客进门我把笑脸开,
外宾光临,我就 Please OK!
遇上农村老大爷,
我双手将他扶进来!

“很好！很好!”杨远帆点头表示满意,继续问道,“不过……您能吃苦吗？您能遵守规章制度吗？”

方一浩唱道：

辛勤劳动,青春常在,
好逸恶劳的,饿死也活该。
纪律严明,百战不殆,
企业管理是好是坏,
要看老板厉害不厉害。

杨远帆大为满意,说道:“嗬,还真可以呢！……您能编词作曲,您什么文化程度？有没有职业？还有……我还要再看看您的容貌和身材。”

方一浩唱：

待业在家整三载,
大学毕业文凭怀里揣。
要说我容貌更不赖,
浓眉大眼鼻直口不歪。
一米八的个条,
你说我长得帅不帅？

方一浩取出文凭递给杨远帆,急忙中又说起话来:“喏,不,不……不信,你……你、你看看这文凭。嘿嘿,我天生一大缺憾,就是说话……口、口、口吃……对、对不起!”

“没关系,人无完人!”杨远帆说,“好的,好的,您就考到这里。请坐那边休息一会儿。”

杨远帆走到舒雯雯面前,两人很慎重地交换了一下意见,然后他面带笑容地取出一张表格,递给方一浩,说道:“请您填写一下,交给总经理,好吗?”

方一浩接过表格,笑眯眯地说:“好,谢谢……谢谢!”

袁丽萍和刘雅琴从两边同时上去搂住了方一浩,三个人都高兴地跳了起来。旁边前来应聘的不相识的男女青年都嬉笑着鼓起掌来。

舒雯雯也没想到,招聘员工的第一天,运气就这么好,很有成效!特别是这位男歌手,很有特色。都说,好的开始是成功的一半。真是成功一半了吗?她的心中泛起一阵难言的喜悦。

当方一浩将填写的表格交给舒雯雯时,她请方一浩跟她进了办公室,和他单独交谈了几句。

舒雯雯问道:“你唱得很好!在哪儿学过声乐吗?”

“没、没……没有。”方一浩结结巴巴地回答。

舒雯雯说:“你的音色很好听。你的唱法也很有特点,虽受到西方美声的影响,但又不是典型的西方美声味儿,闭上眼都能听出来,是一位中国的青年歌手在用美声歌唱,很好!”

方一浩掩饰不住地笑起来说:“谢……谢谢!”

舒雯雯说:“你自学声乐,能达到这样的水平,很了不起!除了天生的好嗓子,你一定付出了艰苦的努力!”

方一浩说:“是,是的,我从小就……就喜欢唱歌,想长大了,当、当、当一名歌唱家。爸妈给我一点零……零用钱,就省、省下来,买、买了个小、小录放机,买唱片,买磁带,有空就……就跟着学唱。”

舒雯雯说:“你自己的经历证明,只要有追求、勤奋、努力,就一定能实现梦想!”

方一浩说:“对,对!有追求,一、一、一定要勤奋!”

舒雯雯说："我们聘用你，上台唱歌，面对观众，总要开口说话。根据你自身的条件，我作为导演，今后很有可能安排你参加小话剧的演出，你这口吃，一定要想办法改掉！"

"安排我演……演话剧？那、那太……太好了！"方一浩十分高兴，可越激动说话就越结巴，"可我……"

舒雯雯说："下决心，抓紧磨炼吧！"

方一浩握紧拳头，向舒雯雯直点头。

"你们还有谁应聘？"杨远帆面对带头进来的西装革履的青年问道，"您尊姓大名？也是来应聘的吗？"

"我叫陶二耶。我是推荐他们来应聘的。我自己嘛……喜欢到处溜溜，哪儿热闹往哪儿溜。外面都传开了，说是文化局局长的千金小姐要开歌舞厅，那还了得！往后我一定多多光顾。"

杨远帆不悦地说："歌舞厅还没有开业，您不应聘，现在可以离开了。"

陶二耶说："要我离开？别这么不客气嘛！到时候，兴许你会有事求我呢！"

杨远帆说："求您？您能干什么？"

陶二耶说："什么都能干，要什么能给你办什么！"

杨远帆惊奇地问："要什么您都有？"

"什么都有啊！"陶二耶接着数板：

戏票舞票电影票，
车票船票飞机票，
外带出国办护照，
还有进口的轿车你要不要？

杨远帆调侃地说："高！高！如今中国到处有'达人'，我本不信，今天见到您，这句话，我信了。"

陶二耶高兴得不得了，说："你说我是'达人'？太好了！以后有事找我，一定给你帮忙！"

杨远帆说:“看您这样子,不给我们帮倒忙就不错啦!”

四

这时,歌舞厅门外又有两个年轻人在看招聘广告,看着,交谈着,然后转身离去。这两人走了几步,又转回来,像是犹豫不决的样子。

杨远帆说了声:“噢,又来人了!”

舒雯雯向门外一探望,惊讶地喊了起来:“芸芸,是你?”

韩云云站在门外,听到里面有人喊她,惊讶得很,但没敢应声。田阿贵也听到了,就碰了一下韩云云的臂膀,小声地说:“云云,里面有人在喊你。”

韩云云皱起眉头向里面的舒雯雯问:“你认识我?”

“我早就知道你叫芸芸。听说你和相好的一道私奔进城了,黎阿姨把你找到,带到我家,你又溜掉了。你跑哪儿去啦?把你妈可急坏了!我当时见了你,感觉你是个好漂亮的农村姑娘哦,我不会记错的!我就想请你当演员,这歌舞厅是我开的,我们正在招聘歌手,你进来吧!”

“好的,我们进来。”韩云云进了厅堂,不好意思地问道,“你说把我找到,带我到你家去的黎阿姨是谁?”

“你妈呀!”舒雯雯也有点诧异了,她说,“你妈妈在我家做了好几年保姆,黎阿姨好喜欢我呢!”

韩云云的父母都早已过世了,妈妈还能当什么保姆?肯定搞错了,但是她名字喊对了呀!而且说见过面呢!

韩云云问道:“你知道我叫云云?”

舒雯雯说:“早就知道,黎阿姨常和我说起,女儿好,她最喜欢女儿,女儿叫黎芸芸,黎明的黎,芸是草头芸。”

“错了,错了!”韩云云扑哧一笑,说,“我姓韩,家住韩桥村,我叫韩云云。云是天上云,不是草头芸。”

舒雯雯这才明白了,这云云,不是那芸芸。但是这也太蹊跷了!这云云好像比那芸芸更可爱,要是能唱歌唱戏就好了。

韩云云回头招呼田阿贵:“你进来呀!”

田阿贵进了厅堂。

“噢,这位是……”舒雯雯问道。

韩云云有点羞怯地介绍说:“他叫田阿贵,是和我一同从村里到江城来打工的。”

舒雯雯热情地向田阿贵伸过手去,说:“你们也是像黎阿姨的女儿一样,为了感情,一同离开家乡,奔到城里来打工的吧?我很佩服你们!”

田阿贵羞于握手,停了一会儿,还是将手伸了出去,不好意思地说道:“其实,也谈不上,只是……进城以后……”

韩云云插上说:“我们不小心,从家里带出来的五千块钱让小贼给偷了。我当了几天保姆,那东家不正经,我不愿做,我们在城里也待不下去了。这歌舞厅真是你开的?那你就收下我们吧。我愿意端茶送水、刷锅洗碗,工资也不计较。只要让我和阿贵有口饭吃,不露宿街头就行……”

田阿贵接上说:“昨天我们从这儿过,就看到了你们的招聘广告,端个碟子送个水的,还有唱歌唱戏,云云都行,干粗活儿有我。你收下我们吧!”

“我这里是要招聘工作人员,歌手或是服务员。可是……应聘是要面试的,合格了,才能录用。”真要留下他们,舒雯雯还是慎重的,她转身问了声杨远帆,“远帆,你看呢?”

杨远帆故意从口袋中取出纸条,佯笑着念道:“招聘条件有三条……最重要的原则是,绝不允许亲友拉关系开后门,降低标准!……总经理,您立下的这个规矩……”

舒雯雯说:“云云,这样吧,我们招聘人员,一定要考一考,来吧!你别怕,这位是我们的业务经理杨远帆,由他主考。”

韩云云点头说道:“那就考吧。”

杨远帆说:“请先报个名,好吗?”

韩云云说:“我叫韩云云。”

杨远帆拿笔记录,问道:“您姓韩?韩国的韩吗?”

韩云云说:“我姓韩,是的。我只上到小学三年级,哪儿有一个韩国,我不知道。”

舒雯雯那天一早在家里,那芸芸跟在她妈妈后面,没进门,只见了一面,笑了笑,就觉得这姑娘特可爱,还想到将来有一天要执导一部戏,戏中有一个清纯美丽的农村姑娘的角色,她是多么好的人选啊!今天来的这云云,比那芸芸还要好！她来自己主办的即将开业的歌舞厅，这才是真正的缘分呢！刚才只回答考官杨远帆一句话，那带一点淡淡的乡土味的口音，脸上淳朴的表情，体现了一种清纯的美，在城市女生中是难以寻觅的。上次见到那芸芸的事，和杨远帆说了，杨远帆对这云云感觉肯定很好，他接下来询问的口吻就变得亲切多了。

杨远帆说："您请坐。韩云云，您想当歌手还是当服务员？"

韩云云回答道："我……我歌唱得不好，戏唱得也不好……我愿意端茶送水，当服务员……"

"她会唱歌，我最喜欢听她唱歌了。她唱起歌来……"田阿贵抢着为云云说，又不好意思地补一句，"听她唱山歌，我连锄头都拿不动了……"

韩云云立即责怪田阿贵："别不知羞，说话也不分个场合。"

舒雯雯笑了笑，说："没关系，云云，你就唱一段吧。"

杨远帆说："韩云云，你唱吧。"

韩云云问道："我……我唱一个山里的歌……行吗？"

杨远帆说："你们山里的歌，就是民歌，江南民歌，好啊！"

韩云云说声"我唱了"，这就唱了起来：

小河水，流下来，
上河的妹子娶家来，
身背一副小粪筐哎，
脚上穿双绣花鞋。
见了小郎羞得红满腮，
好似两朵桃花开。
妹子真可爱……

韩云云的歌声一落，方一浩等几个人都鼓起掌来。

还没等考官杨远帆表态，舒雯雯就情不自禁地上前夸道："韩云云，你唱得太好啦！太好啦！你的形象好，举止也好，具有东方少女文雅的外表，你唱歌的声调，又饱含着情感，既是理想的服务员，又是好歌手！好好学唱歌，你能成为一名歌星！你会为我们赢得大批的顾客！"

韩云云没有说什么，只是微微地笑一笑。

舒雯雯还是抑制不住激动的情绪，没和考官商量，就直接表态了：“云云，你留下吧！我收你，收了！”

韩云云当然高兴，说道：“总经理，只要你收下我，我什么都做，唱歌、送茶递水都行。要我学唱歌，我特别高兴。刚才我不敢唱，不瞒你说，其实，我在家就喜欢唱歌！”

杨远帆也被韩云云的歌声打动，直点头，说道：“总经理有眼力！收得对！收得对！填表，填表！”

被冷落在一旁的田阿贵说话了，他说：“还有我呢。”

杨远帆说：“对，还有一位。请问，您也能唱吗？”

田阿贵说：“我不会唱歌，我会唱戏。”

杨远帆说：“会唱戏？您会唱什么戏？”

“倒七戏。”田阿贵不好意思地笑笑说，“不瞒你说，我们山里人说，‘老山里人不争气，出门就哼倒七戏’……嘻嘻。”

杨远帆说：“那就请您唱一段吧！”

韩云云提醒田阿贵：“阿贵，别唱那种老戏，怪难听的。”

“不唱，考不取呀！”田阿贵为难地说道，然后清清嗓子，“哼……我唱了。”他唱起倒七戏老调，并笨拙地做起身段。

手持钢鞭骂一声，
严嵩老贼你是听，
如今摘下你乌纱帽，
问你今后还做不做奸臣?! ……

众人听了，禁不住开怀大笑，陶二耶更是笑弯了腰，故意大声叫起好来：“好！好！唱得太好了！”

韩云云赶紧对田阿贵说：“阿贵，别唱了！别唱了！”

田阿贵对考官说：“那……那我也来端盘子吧！”

“总经理，你看他这形象，端盘子……”杨远帆说，“是不是有些不合适？”

舒雯雯看看田阿贵结实的身板,另有想法,说道:“田先生,看上去,你身体很好,胆量怎么样?歌舞厅要是突然闯进来几个小流氓,你敢不敢对付?”

田阿贵说:“小流氓?进来几个?”

杨远帆立刻领悟了舒雯雯的意图,接过话来问道:“比如说,三个!突然进来三个小流氓!”

田阿贵精神抖擞地说:“我是村里的民兵班长,受过县人武部的打斗训练。三个小流氓?没问题!”

“真的?”杨远帆不怎么相信。

“你一人敢打三个?”陶二耶在一旁捂着嘴说,“嘻嘻,吹牛不犯死罪!”

众人笑了起来。

杨远帆说:“能当场试试吗?”

田阿贵说:“哪三位上?来吧!”

“我算一个。”杨远帆看看站在一旁观看的方一浩和陶二耶,向他俩努努嘴,说,“加你们两位,上!”

一场精彩激烈的一对三打斗,立即扣人心弦地展开了。

没用几个回合,田阿贵首先撂倒了说他吹牛的陶二耶,接下来方一浩更不是对手。面对考官杨远帆,田阿贵就手下留情了。这时,只听得舒雯雯大声喊道:“别打啦!别打啦!”

四人停了打斗。

舒雯雯说:“田阿贵先生,我决定聘任你为寻梦歌舞厅第一位保安,待遇从优!”

在场人员一齐热烈鼓掌。

五

第二天一大早,市越剧团的林媛媛带着王晓娟,还有另外四五个女演员和乐队的五六个人,一起来到了正在筹办开业的寻梦歌舞厅。

活泼的林媛媛没进门就高声地喊:“舒导演!舒总经理!”

舒雯雯见他们来了,真是无比高兴,心里正想着他们呢!她连声说:“快进来!你们快进来!”

舒雯雯拉着林媛媛的手，所有人都拥进了歌舞厅。

林媛媛告诉舒雯雯："团里决定不演《双玉蝶》了，而且接下来要改制，还不知道怎么安置我们演职员呢！听说你办歌舞厅，我们一窝蜂起哄，都来了……"

王晓娟说："舒导演，你招歌星，林媛媛最合适！我们伴舞的，还有乐队都来给你凑热闹。"

林媛媛抢着说："最合适的歌星是王晓娟！王晓娟！"

"办歌舞厅太好了，我们来跳舞！"几个小姑娘连喊带蹦地扭起来！这里还没开张，已经热闹起来了。

舒雯雯说："我是想请你们，可是，你们高团长，还有那位赵导演是不会允许你们来的。"

"剧团改制了，就是为减轻经济负担，他们巴不得我们自己找出路。"林媛媛说。

杨远帆说："舒总经理，林媛媛、王晓娟和乐队、伴舞的一来，那就更棒了！这一开张，肯定要轰动江城啦！"

方一浩、袁丽萍和刘雅琴几位第二天也来了，站在一旁跟着叫起来："轰动江城，太好啦！总经理，赶快开业吧！"

舒雯雯说："可是……可是，把这么大的厅堂租下来，才简单地装修了一下，我已经没有钱了。歌星、乐队，还有招聘的你们这十几位……没有五十万，开不了业啊！"

林媛媛说："我们来尽义务，业余演出，不要钱！"

剧团来的几位演员和乐队人员都响应道："业余演出！我们不要报酬，喝杯咖啡就行了！"

应聘的方一浩和袁丽萍、刘雅琴几位更是热情地表示："只要能上台演出，或是做服务员，我们咖啡都不要喝！"

"不行！不但要给报酬，而且要给很高的报酬！只要寻梦歌舞厅正式开业……"舒雯雯很强势地表明一番态度之后，又觉得有点心虚。

接着，她好像是对大家说，又好像在自言自语地说："我现在多么需要钱，连做梦都想有五十万块钱！……妈妈会送钱来吗？"

六

万事俱备，只欠东风。东风就是钱，钱就是东风。

没有任何人送钱来，歌舞厅开业十分困难。

拉开大门，各项开支少一个子儿都不行。再说已经招聘、约请的工作人员和歌手、乐队人员，共有十几位，总得给人家开工资吃口饭吧！你舒雯雯总经理招聘人员时还慷慨激昂地表态，不但要给报酬，而且要给很高的报酬！……

当时说这话，你就觉得有点心虚，可毕竟是当众说出口的呀！你这开业了，人家应聘签了合同来上班了，哪能不兑现？

推迟开业呢？

推迟开业更困难。在这江城繁华街区，房屋租金、续租订金相当昂贵，还添置了小舞台和厅堂里的各项设备，如果失败，东借西贷来的十几万元钱，将全部打水漂！

筹备工作十分紧张，也十分劳累，舒雯雯整整忙了一个月。好在得力助手杨远帆很贴心，既出体力，又出脑力，是个很有主见、很负责任的男子汉。尽管两人在一起时，杨远帆对她总是嬉皮笑脸，还时不时有点不老实，动手动脚的，可没有这位“跟屁虫”鼎力相助，舒雯雯根本创办不了歌舞厅。

那天晚上，舒雯雯和杨远帆商定，寻梦歌舞厅如期开业。而做出这一决定的关键还是有了钱！

杨远帆回家一整天，直到天黑才疲劳不堪地回到歌舞厅。

舒雯雯气势汹汹连珠炮似的问他：“一整天见不到你，急死我了！你上哪儿去啦？也不打个招呼！你不想开业啦！”

杨远帆故意撩她说：“想啊……开业要钱呢……”

舒雯雯说：“钱！钱！钱！……”说到“钱”字，舒雯雯没劲了。

只见杨远帆从口袋里摸出一张纸，往桌上一放，语气豪爽地说道：“总经理，请收下！”

舒雯雯取过纸条一看，是一张银行支票——二十万！

舒雯雯十分惊喜,问道:"从哪儿来的?"

"别细问了。"杨远帆说,"伟大的母爱!"

舒雯雯问道:"吃过晚饭了吗?"

杨远帆说:"为这二十万,哪顾得上吃晚饭!"

舒雯雯说:"走,上餐馆,我请客!"

舒雯雯这句话一说,杨远帆全身的疲劳不翼而飞,精神抖擞地跟着舒雯雯进餐馆狼吞虎咽地撮了一顿。

第六章　花梦婕　戏花心不花

一

家庭的破裂，工作上的不如意，使我抛弃了电视剧组和越剧团导演助理的职位。我决心创办一家歌舞厅和小型剧团，走充满风险的个体经营道路。我不是志在赚钱，只是寻求出路而已，也许只是一个梦想吧！歌舞厅的名字也起好了，就叫“寻梦歌舞厅”。成功或失败，只当作一场梦，都可以抚慰我孤寂的心灵。

妈妈临走前答应帮我解决五十万元，可我知道她也没多少积蓄——一个作风端正、从来不收红包的妇产科医生，哪儿去弄这么多钱？杨远帆陪着母亲找亲友借款，跑了一整天，累得上气不接下气，算是凑足了二十万，真是立了大功，正式开业没问题了。但还得找乐队、请歌星，必须接着筹款！

我向来看不起钻进钱眼里的文化人，可现在我深深地体会到，没有钱，也做不出文化事业来！

我再去找谁呢？想想真的没人好找了。

一位料想不到的人来关心我了——竟然是花梦婕。

我到越剧团工作十几天，和这位风姿绰约的副团长就新创剧目《双玉蝶》做过一些交流，印象挺好的。但除了谈谈剧本、说说排演方面的事，也没有过多的接触。

过于陈腐的古装戏《双玉蝶》实在排不下去了，主演林嫒嫒确实不愿演这个戏,我们都公开表示支持林媛媛。我和杨远帆辞职离开了越剧团,《双玉蝶》也不排了,她来找我干什么?

正好杨远帆出去了,我和花梦婕两人都敞开心扉,做了一次十分难得的深刻的交谈。

见了面,花梦婕语气还算亲切地喊了我一声:“雯雯!”

我说:“花副团长,你来找我?”

花梦婕说:“我已经不是副团长了。我辞职了。”

“你辞职了?为什么?”我诧异地问。

“原因有点复杂,一句话说不清。”她无所谓地说,“正好碰上戏剧团体改制,我辞职也就顺乎情理了。”

我说:“找我有什么事吗?”

花梦婕直截了当地说:“我是给你送钱来的。”

我简直惊呆了!

“你给我送钱?”我问道,“送什么钱?”

“你到越剧团实习导演十多天,应该给你工资,还补发了几个夜班和双休的加班费。杨远帆的一份,也带来了,都交给你好吗?”她取出两个装了钞票的信封递过来,说,“财务那儿,没你们的银行卡号,没法打给你们,只好让我送现金。”

她这么一说,我也就将两份工资收下了。

我说:“哦,是这事。谢谢你啦!”

“不用谢,不用谢。顺便带来的。”花梦婕说。

我也客客气气地说:“请坐会儿,我给你泡杯茶好吗?”

“不用泡茶,雯雯。”她向厅堂里面张望了一下,说,“你们准备得不错嘛,装修得还有点气派哦!”

我说:“只能说是简单装修吧!开业后要是营业好,再说。”

“雯雯,如果不耽误你的工作,和你闲谈几句吧!”花梦婕望了我一眼,说道,“听说你和杨远帆离开越剧团之后,在这儿筹办歌舞厅,你们的创业精神真不错,把林媛媛、王晓娟几个人也吸引过来了。今天就是不给你送工资,我也要来看看的。你们筹办的情况怎么样?有什么困难吗?”

听她问话的语气，很诚恳，看样子她今天是专程来我们这里的。在一起只工作了十几天，顺便带点工资不足为奇，但亲临我们正在筹建的歌舞厅现场，询问、关照，她的来意到底是什么？我心里疑虑起来。但我来不及多思考，还是把当下的困难照实说了一些。

我淡淡一笑，有点无可奈何的样子说："在江城这个繁华的闹市区，开办一家像模像样的歌舞厅，没想到需要这么多资金。你看这厅堂，租下来了，三个月，单订金就是十万。马马虎虎装饰一下也花了不少钱。接下来安装电器设备、音响，招聘歌星和服务员，每一样都得花钱去办……"

"是的，是的。雯雯，你们为筹建歌舞厅，已经花掉了不少钱，不必细说了。我知道，你们还急需要一笔钱，否则歌舞厅没办法开业。"花梦婕说着便从手提包里取出两张存单，轻轻地说了一声，"一共五十万。"

我惊呆了，有些莫名其妙。

我问道："怎么？你拿五十万做什么？"

花梦婕说："给你们用啊。"

"给我们用？一下给我们五十万？"

我没有接。

花梦婕为什么要给我送钱？

只相处十几天的人，有义务给我送钱，赞助我们创业吗？当然没有。而且一掏就是五十万！我立刻敏感地想到，难道她就是把我们家搅乱的那位第三者吗？

我早就听到风言风语，说爸爸当了局长，把一个美貌的女演员提拔成了剧团副团长，难道就是她吗？那天家里闹腾了一个多小时，窜出了一只猫，也没见到"她"从爸爸的卧室出来。自打爸妈离婚以后，我已经一个多月没回家了，也不知家里发生了什么变化。

我和花梦婕真正的交锋开始了！

二

我说："妈妈答应给我打钱，还没到。我找人借了一些，用完了。我确实还需要钱，但应该是我爸爸来帮助我。"

她说："你爸爸已经被'双规'了，他暂时不能帮助你。"

花梦婕这么一说，我板着脸问她："我爸爸被'双规'了，那你为什么给我送钱？难道你和我爸爸……"

她直言不讳地说："雯雯，你是舒局长的女儿，事情到了这一步，我应该向你坦诚，我就是和你爸爸传出绯闻的……"

她居然当面和我说了，我反而真有点佩服她。我问道："那这钱是谁的？"

她说："这钱是我的，与你爸爸无关。"

"你的钱？"

我不信。我爸爸被"双规"了，他的情人给我送钱，能与爸爸无关？我有点佩服她，但心里还是气恼极了，转身就走！

花梦婕追上我，说："雯雯，你别急着走！你就是不收钱，我还想和你说几句话，可以吗？"

我止住步子，转身对她义正词严地说："你今天当面和我说了你与我父亲的关系，而我作为一个受过高等教育的人，肯定不会像一般人那样意气用事，与你吵闹，我反而有些佩服你的勇气。但终究是你把我们一个好端端的家给拆散了！这个责任谁来担当啊？今天，你想乘我急需之机，拿这五十万元来收买我？就算这钱是你的，你想想，我会收吗？你走吧！"

花梦婕听了我的逐客令并没有退缩，态度居然变得严肃起来。

她说："你不能这么说！雯雯，不是乘你急需用钱之机收买你，而是诚心支持你的事业。至于你父母，他们之间没有感情已经很久了，而我认识你父亲时间并不长，你们家庭破裂的根本原因不在于我。以我的身份和你接触十分艰难，这在我的预料之中。但我知道你是一个很善良、很有现代意识的女青年，我才下了决心来找你的。"

"我很善良？我有现代意识？你怎么了解我的？是爸爸告诉你的吗？"我问她。

花梦婕却说："不是，是我亲身感受的。"

"我俩只见过几次面，也就在越剧团的排练场，你亲身感受到我什么？"我冷静了一点，轻声地问她。

她语气平和地说："不，正是那一天，你表现出来的善良和纯真，才使我彻底认识到自己的错误！”

“哪一天？哪一天？”我急忙问道。

“你还记得那只猫吗？”她问我。

“猫？你指的是我家的猫？妈妈的那只波斯猫？”我还是冷静地问她，但我的内心已经不冷静了。

“是的，那天夜晚，你从外地回来，只有你爸爸在家，可你发现卧室里有动静……”

听她说到这里，我真的气极了，也惊慌极了！

我问道：“你？……那天夜里……你果真在我家？！”

我问话的声音有些颤抖了，她却出乎意料的平静，说：“是的，我在，我在你爸爸的卧室里。”

我真的愤怒了！我该痛骂她！

可我从来没骂过人，我也不会骂人。我说：“你为什么要告诉我这些？你以为我被伤害得还不够吗？”

她却依然语气平和地说：“正是你当时表现出的善良和纯真，才使我今天有勇气来向你袒露一切！”

“哦？”她这么说，真令我深感意外。

花梦婕说：“雯雯，那天你说：‘爸爸，今天真要是有个‘柜中人’走出来，也没什么大不了，事情当场暴露，也好当场解决。可是我们的家庭危机，已经使一只猫让女儿惊慌失措到如此地步，还不值得你深思吗？’。我想，你说的对，更值得舒亦展深思的当然不是猫，而是人！”

我说：“我那天说的话，你还记得？”

花梦婕说：“当时听到你说的这番话，我的心被震撼了，我不会忘记，永远不会忘记！我也才决心认识错误，才有勇气把什么都说清楚！我决心痛改前非！”

“哦！”我一声叹息。

花梦婕接下来的一番话，说得十分坚定：“你的父亲是一位很能干的领导，我对他确实很有感情，文化局在提拔我当越剧团副团长这件事上，他是起了作用的。由于多方面原因，我们不仅在感情上，在行为上也超越了底线。那天，我终于亲身感受到了，婚外情会给别人和自己的家庭，在生活上、精神上带来多么大的伤害！这是道德的沦丧，是对法律的践踏！我一定要痛改前非，并且等着接受你们对我的任何惩罚！等待着组织上对我的处分！”

花梦婕能当面对我说出这番话来，说明她是真正觉悟了。我再一次惊讶了。

我有些同情她了。

我诚恳地对花梦婕说：“你说得很好，很坦诚！”

她说：“谢谢你对我的鼓励！”

我问道：“你当时已经有了这样深刻的认识，怎么没从卧室里走出来呢？”

“事情来得太突然，当时我几乎是愣住了。我……”她说，“我虽然认识到错误，也决心改正，但是，一个出轨的女人当众从卧室里走出来，太丢脸了！我缺少勇气！”

“我能理解。”我说，“人性是复杂的，人的心理也是复杂的。我当时还真想见见你这位‘柜中人’呢！但我更提心吊胆的是，爸爸的卧室里千万别真的走出一个‘柜中人’来！”

花梦婕说：“雯雯，你的纯真和善良不仅深深地感动了我，也帮我解脱了危局，走出了卧室。”

“帮你解脱了危局，走出了卧室？”我问道。

花梦婕说：“是的，雯雯，你一动身下楼，你爸爸、妈妈，还有保姆黎嫂，都跟着追下去。料想不到的逃脱机会来了，我舒了一口气，走出卧室，丝毫不敢怠慢地快步下了楼！”

“哦，哦，是这样！”

花梦婕说：“我走到街边，还看到了他们。他们没能将你劝回去，而是送你上了出租车。你走了……”

我深深地吸了一口气，又缓缓地呼了出来，伴着一声叹息……

我望了花梦婕一眼，她好像在用手绢抹眼泪……

三

花梦婕是科班出身的知名越剧花旦。20 世纪 80 年代是江城戏剧歌舞发展繁荣的时期,越剧团的高团长虽不太懂戏,但特别注重培养演员。

越剧在江城也叫绍兴戏,剧团就派几个人到越剧的发源地浙江绍兴一带选招学员。那里爱唱越剧的小姑娘多得很,城里的多,乡里的更多。领队的高团长,一眼就看中了花梦婕,将她选进了江城越剧团。

高团长煞费苦心培养来自绍兴农村的花梦婕,半年后,又将她送回杭州,师从享誉浙皖苏赣的越剧名旦柳雅娟。这是花梦婕做梦也想不到的大好事,自是无比兴奋。

高团长亲自送花梦婕来到杭州,当天就与柳雅娟见了面。这位看上去也就三十几岁,其实已五十多岁的越剧名旦表情很平淡,前后左右看看这小姑娘,又听她吊了两声嗓子,喜笑颜开了,当即表示,收花梦婕为关门弟子!

花梦婕很高兴。可她想不到的是,拜师很开心,学艺就没那么快活了。学艺苦到什么地步,看戏的无法想象。

柳雅娟先教了她两天戏剧表演的基本知识和技能,唱念做打手眼身法步。开始还行,半个月之后就越来越累了。起早练嗓子还好,晚上练形体,在练功房里摸爬滚打,能累得瘫倒在地上。形体老师叫一声,得立马爬起来再练!叹不得一声苦,说不得一声累!

柳雅娟老师对她也没那么客气了,她板着脸说:"花梦婕,我告诉你,你们高团长送你来,拜托我,要把你打造成越剧名优,好啊,打造,打造!自古以来,要造就戏曲名优,就是靠打出来的!轻则板子打,重则皮鞭抽。我七岁跟着父母的戏班子学艺,挨过板子,也挨过鞭子!如果确实受不了,你回江城去好了!"

花梦婕像一个小当兵的,立正表态道:"柳老师,我保证,吃得苦,不怕累!不学到您满意的程度,死也不回去!"

花梦婕说到做到。没挨过一板子,没抽过一鞭子,学有所成。签约一年到期,杭州那边知道她出生于绍兴,千方百计想留下她。高团长得知后赶来杭州。无须赘言,花梦婕跟着高团长准时返回江城。关门弟子花梦婕学有所成,柳雅娟自是高兴。但这一年相处,感情深笃,师生离别,难分难舍,哪里笑得起来。

西湖岸畔伤别离,花梦婕先哭了。柳雅娟老师取出手绢给学生擦拭眼泪之时,自己也不禁簌簌地流下泪来……

花梦婕回团后，并不自以为是，更加勤学苦练，摸爬滚打。功到自然成，不到两年，她就担当了几部大型古装戏的主演，参加的好几次省级会演都得了优秀表演奖。

那年春节，市越剧团紧跟在上海越剧院和浙江省越剧团之后，正式上演全本《红楼梦》，花梦婕饰演林黛玉一角，在江城红火了一个春天！如今，她将扮演林妹妹的唱腔身段，一招一式都毫无保留地传给了林媛媛。

四

接下来，我和花梦婕的交锋变成了十分诚挚的交谈。

花梦婕说："我已近不惑之年，陷入了婚外情内心是很痛苦的，但这对我确实有一种无法摆脱的吸引力。"

我说："我想知道，你真的爱我父亲吗？是不是他提拔你当副团长，你才对他好呢？"

花梦婕说："我当副团长是一种机遇，当时建新班子把学历作为一个重要条件。我曾经被选送到戏剧学院短期培训，给了一张大专学历的文凭，在越剧团里我学历最高，文化局自然考虑到我了。这一年多的工作证明，我不能胜任，我辞了。我爱你父亲是出自内心的，与我当不当副团长毫无关系。文艺界听到风就是雨，七嘴八舌，有点绯闻传得沸沸扬扬，离了谱也是常有的事。"

我说："可现实生活中我爸爸是局长，他提拔你当了副团长，这是现实情况。你是因为什么对我爸爸动了心呢？"

花梦婕说："我不稀罕什么局长，作为局长如果他不够格，他也可以去辞职。可作为一个男子汉、一个文艺工作者，他够格！我真心爱他。"

我问道："那你们怎么办？打算结婚吗？"

"不会。"花梦婕果断地回答我，接着说，"尽管你的父母已经离婚了，我和我的先生也可以分手，法律和道德都不再有阻碍，但如果我和你父亲在一起，我说要痛改前非就成了一句谎言！那天在你家给我心灵上的烙印，那是永远也抹不去的！我爱你的父亲，但爱情能不能走进婚姻？走进婚姻的爱情能保持多久？古今中外无人能给出正确和完美的答案。"

听了她这一段表白，我不得不对她刮目相看了。几句简单的话语，把婚姻和爱情的关系说得这么透彻，我这个初涉爱情的少女听了她这番肺腑之言，心里确实震撼了。

我说："你对爱情和婚姻的认识非常深刻。同时，对自己的错误行为的认识，也十分真诚。我很佩服你。请问，你敞开心扉说的这番话，敢公之于众吗？"

她毫不迟疑地回答我："不是敢不敢的问题，而是，我非常想说。今天我觉醒了，我要告诉全社会，婚外情违背传统道德观念，成为社会的毒瘤。"

"你说得好！"我说，"我们的编剧杨远帆，根据我给他提供的真实素材，写了一个实验性小型话剧的剧本，剧名是《只是一只猫》。今天你对我披露了那天的实情，这个小戏的结局，就有重大改变了。在这位局长的卧室里，不仅窜出了一只猫，还藏了一位美女。这就不用我细说了。你真的愿意把实情公之于众吗？这个小戏，我们将安排作为小剧场的首场戏剧演出。"

"好啊！"花梦婕说，"我接受培训的专业是表演，你学的是导演，我们同一个戏剧学院，也算是你的学姐吧，我很想和你携手做一点戏剧工作。这是一次难得的机会！"

"你给我增添了痛苦，但我不得不承认，今天的接触也增进了我对你的理解……"

她接着我的话说："增添了痛苦是暂时的，我向你深表歉意，而理解却会长久地起作用。"

我说："你支持我们排演这个戏吗？"

"不仅支持，我可以上台与你们同演。"她说，"这个剧名不能叫《只是一只猫》了，应该改一改。"

我问："怎么改？"

"藏的不是猫，是女人，就应该叫《金屋藏娇》。"她很爽气地说，"我就演那位藏在金屋里的娇娘吧！"

"你演金屋里的娇娘？"我惊讶地问。

"那有什么不能演的？演员做戏可以在台上演正派，也可以演反派。台上做戏可以'花'，走下舞台做人，不可以胡来！"花梦婕口气略转低沉地说，"遗憾的是，我在台上演过潘金莲，在台下也偷偷地做了一回……"

我对花梦婕的认识有了彻底的改变。不需要爸爸对我做任何解释，我理解了，爸爸为什么爱她，她为什么爱我爸爸。

婚外情肯定不是好事，但从文学和戏剧的角度去审视，有时确实不可一言以蔽之……

我仔细想想，家庭分裂了，就很难重组。这就是我们家庭的现实。不承认现实是不理智的，我不是个孩子了，我必须面对现实，至于今后怎么生活那是我自己的事。

我问她："我怎么称呼你呢？"

她露出微笑，说："怎么称呼我都行，就是不要喊我花副团长。"

我说："那我喊你阿姨吧！"

她笑了，带点风趣意味地说："我比你大十多岁，你喊我阿姨，那我讨你便宜了。做戏剧这一行，我比你早，林嫒嫒喊我花老师，你就跟着喊吧！雯雯，我非常喜欢你，希望我们成为好朋友，好吗？"

我点点头，说："我刚刚进入戏剧界，如果有你这位早我十多年出道的名演员做老师，求之不得哟！"

花梦婕笑了。她坚持要我把两张存单收下，但我的心里非常矛盾，我收还是不收呢？

我犹豫了片刻，说："我暂时不能收。谢谢，花老师！"

花梦婕要回去了，我十分有礼貌地送她出门。我望着她一步步远去，她步履轻盈，她的背影看上去那么风姿绰约……

我相信我的父亲真的爱她。

因为她不仅在舞台上是个让很多观众成为她忠实粉丝的好演员，她在台下也确实是个可爱的女人——尽管她在我们家犯了一次甚为严重的错误……

第七章　助创业　父母舐犊情

一

爸爸说："雯雯,我来看你了。"

我喊了一声"爸爸",愣了一会儿,猛地扑进了爸爸的怀中,嘤嘤地哭了起来。我问道:"爸爸,你解除'双规'了?"

"是的。"爸爸点点头,仔细端详我一番,说,"让我好好看看。雯雯,你瘦多了,记得多久没回家了吗?"

"一个多月了吧!"我说。

为了求职、创业,尽管忙得不可开交,没有时间回家看看,可心里还是摆脱不了对父亲问题的焦虑。我接着问道:"爸爸,你的问题处理完了吗?"

爸爸说:"组织上考虑到我主动交代,确有悔改表现,也没发现我有其他问题,从轻处理了。开除党籍,撤销局长职务,留个公务员身份吧 。"

我松了口气,问道:"爸爸,那么以后你做什么工作呢? 领导对你有安排吗? "

爸爸说:"我是搞艺术的,本来就不是当官的料。目前戏剧界正面临改制,还没给我具体安排,叫我暂时在群艺科上班。我想为文艺改革做一点事。雯雯,这方面你走在爸爸的前面了。"

我说:"爸爸,这坎子你算过去了,后悔吗?"

爸爸说:"犯了错误就得承认错误、改正错误,后悔有什么用!"

我说："前几天，花梦婕老师主动来看望过我，和我做了真心的交谈。她说，她不仅有勇气向我袒露一切，而且敢于公之于众呢！她说要告诉全社会，婚外情现象的存在，是滋生腐败的毒瘤！受损伤的众多家庭，已经不能容忍了！"

爸爸说："她能对你说这一番话，证明她不仅认识了错误，而且确实是个有情又有义的女人。"

"我当时听了很受感动，我甚至同情起她来。"我问爸爸，"你确实很爱她，是吗？"

"是的。"爸爸停了一下，补充说，"她也确实很爱我。现代社会，男女交往频繁，产生感情在所难免，但我不该越过了底线……"

我打断了他的话，说："爸爸，不说了，不说了！为这事丢了党籍、丢了官，你也为此付出了代价。"

爸爸说："好，那就不说吧。"

我问爸爸："你和她打算结婚吗？"

爸爸说："没这个打算。我和你妈妈离了婚，但花梦婕改正错误的决心比我大，她算是把自己的家庭稳住了。我尊重她的意愿，并祝愿她今后的家庭生活圆满。"

我说："爸爸，你这样做是对的。"

"也许对吧。"爸爸说。

爸爸从口袋里取出两张银行单据，说："雯雯，你们创办歌舞厅，刚开始启动，肯定缺钱，我从银行打给你了。前几天我行动不便，没能及时给你帮助。这钱是干净的，你放心用。经组织审查，没有发现我有任何经济或其他问题，否则，会将我移交司法部门的。"

爸爸送钱来，支持我创业，我当然照收不误了。我接过两张单据，说："谢谢爸爸！"

爸爸接着推心置腹地嘱咐我："雯雯，我现在是普通干部了，反而一身轻松。你们创办歌舞厅，做小剧场的话剧演出，已经有了不小的反响，文化局几位现任领导都非常关心你们的情况，希望你能尽早把小型话剧团办起来。领导还说，要建设文化强市，一定要从基层群众文化抓起。你们创办民间文化娱乐场所，能不能和街道、社区的文化站共同来操办，有公益文化的部分，也有娱乐营业的部分，可以大胆尝试，好好做吧！”

我说：“好！爸爸，我一定好好做下去！”

“那太好了！”爸爸说，“可我还是不放心。”

“爸爸你是不放心我们的经济问题吧？”我说，“等歌舞厅办起来，到期偿还借款和贷款我有把握。”

“我主要还是不放心你们的事业。”爸爸说，“歌舞厅开起来了，只要正常经营，问题不大。可你们想建小型剧团，搞小剧场演出，这就是另外一码事了。”

我说：“是的。下一步，我们要招兵买马，办一个自主经营的小型话剧团，自编自演排演歌舞和小型剧目，就在歌舞厅里的小剧场演出，让观众融会到戏剧之中，也就是戏剧的卡拉OK吧！全新的戏剧观念！”

“你这些想法如果能做起来，那当然很好。”爸爸接着却说了一句让我皱起眉头的话来，“但是歌舞厅和小剧场演出，能不能坚持做下去……我估计很难，很难。”

我问爸爸：“真的很难很难吗？”

“是的，很难。不是我做了几年文化局局长说这样的话，而是我在剧团做了十几年，这一潭水有多深，我太清楚了。”爸爸说，“你们一定要有思想准备，做得细一点，想得远一点。”

我说：“我和杨远帆都有这种思想准备，只是还没有……”

“我今天和你说这事，既是鼓励，又是担忧，只是表达一颗父亲的心！”爸爸说，“对你们唯一的要求是，任何时候，遇到任何困难，及时地告诉我！好吗？”

“我一定告诉你！”我说。

爸爸说：“告诉我就好。花梦婕说，除了工作上和我保持联系之外，不会再和我有私下接触。因为家里发生了变化，黎嫂也不在我们家做保姆了，她没找到黎芸芸，就回乡下去了。雯雯，你回家住吧！”

爸爸是个很有艺术才华和演艺工作经验的人，又是个犯了严重错误受到处分的人，可他没过多地考虑自己，而是把心放在了女儿身上。我深深地感受到了父爱，感悟了他的舐犊情深！

我说：“爸爸，我好像更了解你了。”

爸爸说："只有互相了解，才能加深彼此的理解。雯雯，你也愿意让爸爸了解一下吗？"

我说："你还有什么不放心的？"

"我还想了解一下你的个人问题，你二十二岁了，有男朋友吗？你恋爱了吗？你的那个同学杨远帆我见过，你们的关系怎么样？你俩是不是在谈朋友了？你一个多月不在家，来了好几封信。从信封上看，好像是一个人写的，是从戏剧学院寄来的。"爸爸从手提包里取出一沓信，说，"到了电信时代了，还有人这么热衷于书写信函，倒让我吃惊不小。说实话，也有点不放心。"

"是吗？"我嫣然一笑，接过爸爸递给我的一沓信。不用猜，这些信肯定是林一清老师寄来的。

我喜欢玩手机，不喜欢写信。林教授不一样。他不喜欢给我打电话，他说电话是联系工作用的，他也不喜欢给我发电邮，他说电子邮件太轻率了，世上真情只有鸿雁传书才能表达得淋漓尽致，并可珍藏一生。

但他只给我一人写信。

他和别人联系都是电话、电邮，时尚得很。

他给我的每一封信也确实都写得情意缠绵，柔情似水。他才华横溢，成熟潇洒，从学于他四年，我对他由敬生爱，已经有些不能自拔了。

林教授对我这个女生特别好，全班人都知道，外班的人也知道。

爸爸只见过一个杨远帆，这又冒出一个令他不放心的写信人，怎么和他说呢？

我说："好了，爸爸，如果你有兴趣的话，请你喝一杯正宗雀巢咖啡——女儿请客！"

爸爸没有追问下去，他听得出我说请他喝咖啡只是搪塞他，不想告诉他有关我恋爱的事。

爸爸没有留下来喝咖啡，他走了。

二

爸爸一走，我就后悔起来。如今父母离异了，母亲远去南方，我应该将这方面的事，兜底儿告诉父亲才对。世上最无私地关怀女儿的只有父母，而作为父母，对已经成年的女儿，最关心的自然是女儿的恋爱婚姻。我在艰难创业的同时，也正在经历着爱情严峻的考验。爸爸的坎儿越过去了，我的爱情也许是个更难逾越的坎。真不知是否越得过去呢！

亲爱的爸爸，你在女儿心目中的地位永远都是无可替代的，犯了错的爸爸还是我的爸爸！父亲的肩膀，是女儿永远可以依靠的。在事业上遇到困难我会求你，在个人问题上遇到难以解开的纠结，我也只会求你……

爱情的痛苦过早地降临到我的头上了。

爸爸直截了当地问我个人问题，还是第一次。他见过杨远帆，看得出我与他关系不一般，突然发现有人给我邮寄那么多书信，自然会引起他的怀疑。

在影视戏剧学院读书四年，对我示好的男同学真的不少，可我能看得上的，还只有这位文学系的杨远帆。

如今大学生傲气冲天、自吹自擂的多得很，特别是学影视的，个个都自诩是未来的天王巨星，准备某一天去奥斯卡走红地毯，捧金灿灿的奖杯。杨远帆不是。他是个学业很扎实，又有文学才华的青年。

我和林一清教授的关系，确实有些说不清道不明。

四年前，我十八岁考进戏剧学院，林教授是导演专业的博导，本不代本科的课。他说已经带过二三十名硕士生博士生，没一个成大器的，要么缺才，要么不勤奋，于是突发奇想，主动提出要给一年级开一门导演基础课程，希望在十七八岁的新生中能发现一两个才子才女。他说无论是做舞台剧还是影视导演这一行，无才莫入。入了行，怕苦怕累不勤奋的，也请你离开！

林教授就这么厉害。林教授的厉害更表现在他讲课丰富的内容和潇洒的风度。我听他的课，喜欢坐第三排偏左一点，不远不近，有亲近感，也不太显眼。我每周有三天六节课要面对讲台上的林教授，听他滔滔不绝地演讲。

我说他讲课是演讲，因为他不看讲稿，更不照本宣科，尽管发给我们的课本《戏剧导演基础》和《影视导演概论》都是他署名编写的正式教材，他从来不要求学生细读他写的课本。林教授第一堂课讲的就是读书。他说同学们一定读过很多书了，比如，你读过很多短篇、中篇、长篇小说，读过诗歌、散文、童话、历史研究、社会生活类书籍。但想当个好导演，你书读得不是多，而是太少太少。他说，书会给你生活的启示，引你思索，丰富你的思想，解答你的问题。好书写得真实、鲜明、生动，使你对书中的人物像对身边的人一样，或憎或爱。书中得到的这些都是一个导演所不可或缺的。他说，什么书都要读。鲁迅、高尔基的书要读，卡夫卡、福克纳的书也要读；《红楼梦》要读，《金瓶梅》也要读；《静静的顿河》要读，《查泰来夫人的情人》也要读；会背诵唐诗宋词还不够，把《桃花扇》《牡丹亭》的唱词给我背几段。这一下同学们都慌了，吃过晚饭就钻进图书馆，读到打熄灯铃才悄悄回宿舍洗洗睡觉。

后来上戏剧和影视专业课程，林教授首先讲的不是剧本处理、演员处理、舞美作曲、画面与蒙太奇等专业知识，他说的是立意，是取向。听起来似乎很有道理，但总觉得他胆子太大，既像是义正词严，又像是信口开河。

我听林教授四年的课，听晕了头。我仿佛爱上了他。

我拆开老师的来信，一口气将五封信全看完了，一封信比一封信热情，读到最后一封信，坏了，林一清老师说，为了我，他已经和他的夫人离婚了。

信是这样写的：

雯雯：

你是我此生接触过的，外貌和心灵都是最美的少女，你的才华出众，学业优异，不用再说溢美之词了。我诚挚地赞赏你！我更是无比深沉地爱你！已是满面沧桑的我，希望能得到你少女的真心，不管能否伴我晚年，我都该满怀喜悦、返老还童了！我向你表示了真爱。真爱的全部意义在于奉献。我将以你我的忘年之恋创作一部长篇小说，书名为《相爱恨晚》。我将用尽心血写好这部书稿，争取有生之年出版面世，给你一个圆满的报答。别无他求。

我和家里的那一位毫无感情，是拼凑的婚姻，磕磕绊绊二十多年。恩格斯说过，没有感情的婚姻是不道德的。可在中国，这种没有感情而组合的家庭，太多，太多。而打破它，往往会被指责是一种不道德！如今我心中有了真爱，再也忍耐不下去了！为了雯雯，我终于不顾社会舆论，和她离了婚！我愿意孤独地守候，一直等到生命的最后时刻！

有你伴我观夕阳，老夫难免少年狂！

一心一意爱你的

林一清

我一下有些慌了，我要去求爸爸来帮我解开这突如其来的纠结吗？

不，我应该自己去处理。是继续保持和他的忘年感情，抑或是接受杨远帆的追求？

不能拖。

一个女孩怎能爱上两个男人呢？我必须早下决定。

经过一整夜苦思冥想，一封短短的回信写好，天已黎明了。

信是这样写的：

尊敬的一清教授：

您好！

我近期为求职和创业一直在外奔波，未能及时收阅您的来信，也没有给您写信。昨天，家里将您寄来的五封信全部转交给我了，我现在给您复信。这也许是我最后一次给您写信了。请原谅。

我曾经爱过您，直到此刻对您仍然有思念之情，我甚至还在想着去考您的研究生。但在人生的第一个十字路口，我十分郑重地做出了抉择。这不是读了某些劝世文才改变了主张，更不是由于父母的干预，是生活，是毕业后离开学校走进的社会生活，是我身边的每一个人、每一个因素，特别是最近我的父母离异，家庭破裂，我认识了一位走出金屋的娇娘——她对婚外情错误的深刻认识和改正错误的坚定决心令我无比惊叹，促使我的思想发生了变化！详情不向您赘说了。我只是衷心希望，您和您的夫人破镜重圆吧！至于我的归宿，请您放心。也许您还记得，文学专业有一位叫杨远帆的男生，很有才华。他追求我好多年了。我仔细想来，这些年来我对于杨远帆同学有着一种超乎寻常的信赖和感情。我将择日向杨远帆表白心意……

您永远的学生

舒雯雯

我写好信,看了一遍又一遍,然后将信封好。那会儿天已经亮了,我看到了窗外的曙光……

我毫不犹豫地出了门,到邮局寄了挂号信。

给林一清教授的信寄出后,我要做的第一件事,不是去找杨远帆,我要回家找爸爸!

三

找过了爸爸,真巧,妈妈也来了。她从南方回江城办医疗方面的事,事还没办,先把我找到。

"雯雯,我的好女儿!"妈妈深情地呼喊我,我一下子就扑进了妈妈的怀里。

我把刚对爸爸说的话,一句不漏地和妈妈说了。

我说:"妈妈,我多么想你啊!我知道你会来的!我想第一个来安慰我的一定是我的妈妈!"

妈妈说:"好女儿,你还小,你一定能得到美满的爱情,还有事业,才开了个头呢,一切都会好起来的!"

我说:"妈妈,你知道女儿现在最想的是什么吗?"

妈妈说:"你最想的是戏剧事业,对吗?你先得把歌舞厅撑起来,喏,你看,妈妈给你送钱来了。这是我这阵子给你筹措的全部资金——五十万元。"

我接过银行单据,看了看,又还给了她。

我说:"不!妈妈,我现在要的不是钱。我多么想哭!我只想依偎在妈妈的怀里哭一下,好吗?"

妈妈说:"好的,孩子,你哭吧!"

妈妈伸开双臂再次将我搂进怀里,我顿时泪流满面。妈妈取出手绢为我轻拭去泪水,可她自己的眼泪却流了下来……

我问她:"妈妈,你还是一个人过吗?我上你那儿住几天行吗?我觉得很孤独,内心很虚弱……"

妈妈把我搂得很紧,说:"来吧!到妈妈身边住几天,你心里的创伤会痊愈的。”

我点点头，一双眼睛深情地凝视着母亲。

我用右手在左手的手心里使劲掐了一下，感觉很疼。这会儿我在妈妈的怀里，不是梦……

第八章　庆开业　梨园聚新秀

一

杨远帆的母亲解决二十万，舒雯雯的父亲送来五十万，按计划开业绝对没问题了。晚上，舒雯雯和杨远帆就开业典礼事宜，认真细致地做了两个小时商讨。

舒雯雯给业务经理杨远帆交办的第一项工作任务便是，开业盛典的歌舞节目安排。给主持人写好主持稿，帮歌手选定演唱的歌曲，一定要充分发挥每一位歌手的特长，展示他们的艺术才华。要把开业典礼办成一个精短的、精致的、精彩的、气氛热烈的、对宾客有极大吸引力的晚会！

舒雯雯最后强调说："也就是说，开业盛典，要一炮打响！"

杨远帆也说了声："开业盛典，要一炮打响！"

两人一直很严肃地在商量这件正经事，杨远帆听了舒雯雯最后高标准的要求，笑了。

"你笑什么笑！"舒雯雯严肃地说，"这可不是开玩笑的，你能保证一炮打响吗？"

杨远帆两眼看着舒雯雯说道："绝对——保证！"

杨远帆将这四个字一说，两人都联想到了那天夜晚，杨远帆送舒雯雯回家，在她家四楼门口说了四个字："绝不——保证！"

雯雯舒心地笑了。

真的要开业了，作为一个经过大学四年勤奋攻读戏剧艺术，刚刚走向社会的有志青年，执着追寻的梦想将要实现了，那种发自内心深处的喜悦，是无法用语言表述的。只有笑，微微的笑，淡淡的笑，脑海里想得很幽远的笑，甚至带有别人无从听到的一声叹息的笑……

杨远帆看着舒雯雯的笑脸，能体味到她想得很幽远的笑，也能听到她一声叹息的笑……

心有灵犀，不点也通。

奋斗个把月的歌舞厅就要开业了，能不舒心吗？

杨远帆的事业心可以说比舒雯雯强烈得多，他从小爱读书，爱文学，是个学业很扎实，又有文学才华的青年。他特别喜欢戏剧文学，读高中时，他省下零用钱，跑新华书店买了一套《莎士比亚》全集，把里面几十部剧本反复读了几遍，还做了笔记。学而优则仕，自古以来都这么说。但杨远帆没有当官的梦想。他一心想上戏剧学院文学专业，功夫不负有心人，最后终于考取了！

文学专业读四年，他主要学的就是如何写剧本。眼看着毕业后就要当剧作家了，快活得简直蹦上了天。

但毕业以后，不蹦了。

杨远帆体会到的不是学而优则仕，是学而知不足！

他上高中时就写过剧本，同学们还演过，那只是中学生的游戏而已。现在别说当剧作家，就是编一个能让观众看了鼓掌的小戏，都太难太难！

除了勤奋再勤奋，别无选择！

如今他想的不仅仅是开业，有一份自谋自创的职业，他的期望值更高，高得很呢！歌舞厅里有个小剧场，有小剧场就要演出歌舞或是戏剧。舒雯雯一心想办个小艺术团。编剧本，写唱词，杨远帆大有所为的时刻到了！

杨远帆得意了。

但杨远帆什么话也没说。

杨远帆心里除了想到事业的顺利进展，面对着脉脉含情的舒雯雯，他还在想什么，只有自己晓得。

杨远帆哪里知道，他追求多年的心上人舒雯雯已经做出切断与林教授的感情，全心全意向他靠拢的抉择了，她只是等待择日正式表白……

二

在骤然响起的音乐声中，绛红色的幕布向两边缓缓拉开了，小舞台的背景上映出“寻梦歌舞厅开业盛典”一行大字。

灯光闪烁，色彩变幻。四男一女组成的小乐队在舞台左侧边幕的半遮半掩下，发疯似的演奏着。

厅堂里坐满了男女宾客。歌舞厅的所有工作人员悉数到场，服务人员穿梭于宾客之中。

音乐戛然而止。

一位年轻貌美、身姿婀娜的女主持人款步走上小舞台，大厅里便响起了热烈的掌声和呼叫声。她缓缓向前移动了半步，不深不浅地向宾客们鞠了一躬，待全场安静下来之后，她微笑着说话了。那微笑简直太迷人了！

她说：“女士们、先生们，晚上好！”

大厅里爆发出掌声。

她说：“我叫林媛媛，是市越剧团演员。今天，寻梦歌舞厅开业，我应舒雯雯总经理的邀请，前来主持今晚的开业盛典，并为大家表演节目。”

现场响起更加热烈的掌声。

“谢谢！谢谢！”随着掌声渐止，林媛媛接着说，“我虽是专业的越剧演员，但我也喜欢唱流行歌曲。愿我的歌声，伴您度过一个愉快的夜晚！”

话刚落音，掌声四起。

林媛媛说：“我下面给大家演唱的《梦之歌》，是本歌舞厅总经理舒雯雯小姐亲自作词谱曲的，希望大家喜欢。”

在顾客的鼓掌声中，音乐声起。林媛媛唱道：

黄昏消逝，夜色降临。
我独自徘徊悠悠梦境。
天空一片昏暗，
没有一颗星星。
茫茫世界只有我孤独的身影。

狂风，暴雨，电闪，雷鸣，
也难撕裂这黑夜的天庭！
我多么思念那弯弯的月牙儿，
曾给我心头洒下一线光明。

黎明升起，黑夜逃遁。
我独自徘徊悠悠梦境。
天空千道曙光，
飞舞万朵彩云。
茫茫世界攒动着欢乐的人群。
鲜花，美酒，人歌，鸟鸣，
捧起一轮骄阳，徐徐东升。
我多么思念那心上的人儿，
可再也寻觅不到他的踪影！……

林媛媛一曲未了，顾客厅堂里边响起热烈的鼓掌和纵情的欢呼声，开业的气氛造得出乎意料的好！

“谢谢！谢谢！”林媛媛无比兴奋，她向宾客深深地鞠了一躬，接着说道，“女士们，先生们，今天是寻梦歌舞厅开业的日子，在总经理舒雯雯小姐向大家发表开业演说之前，请大家欣赏来自茶山的民歌手韩云云演唱的原汁原味的山歌。她天生丽质，清纯秀美，她演唱的风格流畅自然，如雨打翠竹，如小溪流水。听韩云云小姐演唱，那才是真正的艺术享受！韩云云小姐演唱的歌曲是《姐在园里摘石榴》，这是一首深受听众欢迎的民间爱情歌曲，请欣赏！”

一位身着深红色衣装的农村姑娘上场。

她就是韩云云。她步履轻盈，微笑中略带羞怯之情，全场被韩云云的形象镇住了。韩云云在家乡上台唱歌唱戏多次，当然不怯场，没有一句说辞，只是向宾客鞠了个躬，音乐声起，便大大方方地唱了起来：

姐在园里摘石榴，

郎在墙外砸砖头。
阿哟哟哟喂，
砸疼了姐姐的手。

想吃石榴你就开口，
约姐出门你朝先走。
阿哟哟哟喂，
要趁个黑月头。

小郎哪想吃石榴？
找个岔子翻墙头。
阿哟哟哟喂，
摸摸姐姐的手。

郎划小船在河口，
等姐等到三更后。
阿哟哟哟喂，
一同哎下扬州……

韩云云走着小台步，做点小动作，唱得又好听，动作又好看，实在让宾客喜欢。还没落音，便掌声欢呼声雷动。她起步准备下场，顾客们却不停地呼叫：

“唱得太好啦！”

“再来一个，再来一个！”

“再来一个韩云云！”

“再来一个《摘石榴》！”

韩云云的舞台形象光彩照人，唱得更是声情并茂，震惊四座。

正当韩云云快步走下小舞台时，一位美丽端庄的一直在给顾客安排座位、送饮料的女“服务员”，放下手中的托盘，走了过来，不顾一切地上前拥抱住韩云云，连声说道："云云，你唱得太好啦！唱得太好啦！你能上央视《星光大道》啊！"

这位抱住韩云云的女服务员，原来就是歌舞厅的总经理舒雯雯！韩云云面对总经理一句话也没说，只是微笑着点点头，接着却扁着嘴，流起了眼泪来……

韩云云演唱得这么成功，怎么还流眼泪呢？是伤心还是激动呢？也许，两种心情皆有吧！

三

主持人林媛媛走到台前对顾客说话了。她说："女士们，先生们，现在我们请总经理舒雯雯小姐和大家见面！"

厅堂里响起一片掌声和起哄声。

林媛媛接着说："请诸位允许我先做个简短的介绍。舒雯雯小姐是戏剧学院导演系毕业生，她不依靠条件优越的家庭，扔下了电视剧组和剧团导演的宝座，自筹资金开办了这个让观众朋友们娱乐和欣赏艺术的场所。舒雯雯小姐不愧为勇敢创业的当代青年改革家！祝愿她在日新月异、繁花似锦的现实生活大舞台上，施展她的导演艺术才华吧！"

厅堂里又掀起一阵掌声和起哄声，发出有节奏的呼喊："舒雯雯！""一二三！""舒雯雯！""快快快！"

舒雯雯对韩云云点点头，脱下工作围腰，露出笔挺的西服，再取下工作帽，披下波浪式的长发，走上小舞台。顾客们见到如此年纪轻、气质好、颜值高的女老板，都为之一怔！

林媛媛热情而有礼地拉住舒雯雯的手，走到小舞台正中，向顾客们说道："欢迎舒雯雯总经理致开业演说！"

舒雯雯环顾四周，鞠躬。掌声再起。

"谢谢！谢谢诸位光临！"舒雯雯开始说了。

她说得特别实在，特别诚恳。

舒雯雯说："我叫舒雯雯，我是学影视戏剧导演的，不是什么改革家。我是怎么办起这个歌舞厅的呢？我热爱影视和戏剧，更热爱我所学的导演专业，但我自己辞去了见习导演的工作，退出了即将开拍的电视剧组。我被剧团录用了，混了十几天，又不愿在剧团工作下去。戏剧危机，戏剧真的危机了，无戏可演，演了也没观众看你演。我就自动离开了剧团。我连续两次把自己的饭碗给砸了。没有了工作，又不能赖在家里，怎么办呢？生活中失去的我只好从梦里找回来。我做了一个梦，我梦见自己开了一家歌舞厅，起个名字叫'寻梦'。大家都来寻梦歌舞厅唱歌跳舞，谈情说爱，观看自编自演的小型话剧、音乐剧和各式地方戏曲。女士们、先生们，你们被我的色彩斑斓的梦吸引来了，高高兴兴地花了钞票，难道我就成了改革家、勇敢的创业者吗？不！我只能打内心里说一声，谢谢诸位，谢谢诸位！你们让我在这无比美好的梦境中生存下来了。谢谢，谢谢大家！"

说来也奇怪，没有一句套话，没有一句大话，就这样说了几句心里话，厅堂里居然响起了无比热烈的掌声和欢呼声！

舒雯雯流泪了。片刻后，安静了一些，她向杨远帆招招手，杨远帆微笑着走上了小舞台。

舒雯雯眼里还噙着泪水，也没有擦拭一下，便说道："请允许我向大家介绍一下，这位是我们寻梦歌舞厅的业务经理，影视戏剧学院文学系毕业的高才生杨远帆。我们演出的节目，歌词和剧本都是以他为主创作的，也是他组织排演的。现在请杨经理就本厅的业务，向大家做一个简单的介绍。"

台下鼓起掌来。舒雯雯走下小舞台，换上工作服，戴上工作帽，举起托盘，走进顾客之中。

杨远帆微笑着鞠躬行礼。

杨远帆说道："女士们、先生们，大家好！今晚开业盛典，你们之前听了林媛媛和韩云云两位歌星演唱的流行歌曲和原汁原味的茶山情歌，接下来还有男女歌手的演唱和舞蹈。而我们的总经理舒雯雯导演不仅创办这家歌舞厅，还要办一个自主经营的小型剧团，每晚都在我们这个小舞台上演出，让观众融入戏剧之中，也就是戏剧的卡拉 OK 吧！这是全新的戏剧观念！我作为编剧，会全力以赴，支持舒雯雯总经理大胆尝试！过几天，我们将给诸位献上的是我们自编自演的小话剧——《只是一只猫》，不是古装戏，是现代戏，是反映当前现实的剧。我们是 80 后的新一代，我们敢做敢担当！"

厅堂里响起掌声，这是对杨远帆讲话的肯定，也是一种鼓励。

杨远帆接着说："下一周，再下一周，我们还安排了越剧折子戏和小型黄梅戏。还有，还有……我们会根据演出情况和形势的发展，不停地推出新的剧目！……"

杨远帆话没说完，宾客掌声四起。而舒雯雯听着却瞠目结舌了。这些日子他们多次商量过小剧场演出的事，但每周拿一个新剧本出来，要费多少心血！杨远帆真不简单！

杨远帆接着说："我们从真实的生活中撷取鲜活的素材，编创戏剧和歌曲。我们歌舞厅的演职人员、服务人员和尊敬的来宾们，台上台下都将融入戏中，也就是戏剧的卡拉OK！希望在一种全新的戏剧观念引领下的实验性的演出，让大家喜欢，并得到来宾们的参与和支持，谢谢大家！"

他的这番讲话，在宾客中引起强烈反响。连舒雯雯和演职员们也都起劲地鼓掌，带头呼喊起来！

"杨经理，好样的！"

"杨编剧，好样的！"

"杨远帆，好样的！"

杨远帆在掌声中非常平静地向宾客鞠躬致谢，然后挥挥手，便走下了小舞台。

四

在掌声和欢呼声中，林媛媛走到台前继续主持。

"接下来为您演唱的是，本厅的歌星——方一浩先生。"林媛媛说，"欢迎方一浩先生上场！"

方一浩走上小舞台。

方一浩穿一套黑色西装，打了蝴蝶领结，显得很有歌唱家的风度。他接过话筒，有点激动，向大家鞠躬。

林媛媛接着说："方一浩先生，他是一位有大学学历，并具有专业演唱水平的歌手。他最大的特点是，任何地方、任何情景、任意点题，他都能即兴编词，即兴配曲，即兴演唱！"

林媛媛越说越激动，台下爆发起掌声和吆喝声。

台下叫起来："即兴，来一个，即兴，来一个！"

这真是一次没做任何准备的即兴考试哦！就是那些经常上电视的能自编自唱的音乐人，有几个在台上有这个胆量的？

林媛媛向方一浩望了一眼，询问他可否接受，方一浩胸有成竹地点点头。

林媛媛立即高兴地向宾客们说道："今天是本歌舞厅开业首场演出，满足诸位的愿望，请哪位宾客点一个题吧！"

好几位青年人站了起来，争抢点题，一位特别强势的女青年大声说："就唱一唱我们来到歌舞厅吧！"

方一浩听到这个题后，思索片刻，悄声给林媛媛说了几个字。

林媛媛只听他说了五个字——"歌舞厅之夜"，放心了。

林媛媛稍带傲气地说道："根据刚才这位女士点的题，唱一唱我们来到歌舞厅，方一浩先生即兴编词、即兴配曲、即兴演唱的歌曲是《歌舞厅之夜》。大家欢迎！"

掌声平静之后，方一浩不慌不忙地唱了起来：

歌舞厅里来相会，
我俩一同喝咖啡。
一杯又一杯，
心中多甜美。
看着我的眼，
记住我的眉，
有心再相会，
别问我是谁？
人生难得一知己，
相对无言心已醉。

歌舞厅里来相会，
我俩一同打开心扉。
爱情无价宝，

时光更珍贵。
看着我的眼，
记住我的眉，
有心再相会，
别问我是谁？
但求携手征程路，
青春一去永不回！

方一浩唱完，顾客叫好鼓掌。趁着热烈的气氛，一队吉他手踏着欢快的节奏，上了小舞台，配合方一浩弹唱了一首《我们是快乐的吉他手》，由吉他表演队弹奏、伴唱，方一浩领唱。

他们唱道：

我们是快乐的吉他手，
上班干活，满面汗流。
发了工资，吃吃喝喝。
下班回家，爹妈伺候。
饭碗一丢，走上街头。
我们是快乐的吉他手！

我们是快乐的吉他手！
提起年岁，十七八九。
不懂爱情，哪来女友？
恋爱婚姻，没到时候。
怀抱吉他，无忧无愁。
我们是快乐的吉他手！

掌声和欢呼声不断，厅堂的气氛热烈、友好。方一浩却若无其事地，彬彬有礼地带着吉他乐手们走下了小舞台。

主持人的情绪越发欢快，她说：“今晚演出最后压轴的是——”在林媛媛的报幕声中，王晓娟登上小舞台。

王晓娟着白色长裙，风姿绰约，光彩照人，完全是一位十分时尚的歌星，毫无地方戏曲越剧小生的感觉。她今天不是来唱越剧，而是来唱流行歌曲的。

林媛媛说："接下来为大家表演的是本厅特邀歌星，市越剧团小百合领衔小生王晓娟，大家欢迎！"

掌声骤起，林媛媛接着说："我和王晓娟以后会根据本歌舞厅的安排，给大家献上各位喜欢的越剧选段，今天首场，安排的是歌舞表演，王晓娟将要为大家演唱一首青年朋友们非常熟悉的爱情歌曲，歌名是《一见钟情》。"

在狂热的掌声中，王晓娟微微一笑，唱起来了：

不知你来自何方？
从未见过你的模样。
多少次梦中相见，
醒来时便把一切遗忘。
只有你那双眼睛，
在我心中深藏。
像春风轻拂湖面，
激起柔情波浪。
当你走近我身旁，
有两颗星星闪闪发亮。
那是梦中的眼睛，
我永远也不会遗忘。
只要是你我有缘，
相隔千里何妨？
今朝一旦相见，
从此地久天长。

在经久不息的掌声中，王晓娟鞠躬致谢。

此刻，四个女演员紧接着上场，跳起了一段节奏明快、健康优美的现代舞。

舞毕，主持人林媛媛说道：

“女士们、先生们，寻梦歌舞厅开业盛典为您奉献的首场精彩的小型歌舞演出，到此结束，接下来安排的是舞会。总经理舒雯雯小姐、业务经理杨远帆先生，还有我们的全体歌舞演员，都进入舞池，大家一起跳起来吧！”

宾客们跟着欢呼起来。

随着林媛媛的呼唤声，舞池里的男女宾客们参差不齐地学着舞蹈演员的动作，开心地扭动腰肢。

台上灯光忽明忽暗，色彩变幻不定。乐队音响时轻时重，节奏缓急无常。

不一会儿，小舞台的深处有淡淡的烟雾涌出，给整个舞厅造成了一种似梦非梦的意境。

五

在歌舞厅似梦非梦的意境里，如同王晓娟刚刚演唱的感人肺腑的爱情歌曲《一见钟情》所表述的一样，林媛媛与一个从未相见过的男青年，一见钟情了！

是梦中之梦，还是无须怀疑的现实呢？……

在排演《双玉蝶》时，林媛媛自己说过，追求她这位快乐姑娘的男青年很多很多，可她一个也看不上，更没有找男朋友谈过恋爱。她声称自己虽知道爱情，但不懂爱情，不相信一见钟情，更笑话为了爱情怀揣玉蝶而长年守候的戏中的古代女子。

到了寻梦歌舞厅不一样了。一对对青年男女，唱歌跳舞，谈情说爱，林媛媛的爱情不期而至了。

林媛媛宣布演出结束，和舞蹈演员们一同走下小舞台。热情的宾客们拥上前与林媛媛握手，她的目光无意中却落到了站在一边的一位年轻民警身上，这时，王晓娟的歌声突然又在她的耳边回响：

不知你来自何方？
从未见过你的模样。
只有你那双眼睛，
在我心中深藏。
只要是你我有缘，
相隔千里何妨？
今朝一旦相见，
从此地久天长。

隔着五六个人呢，林媛媛的目光像一根无形的线，将那位民警牵引了过来，走到她面前。

那位民警开口对她说话了。他很热情地夸赞道："这场晚会，您主持得非常好！您开场的一首歌，唱得太好听了！"

林媛媛主动伸出手去，说道："谢谢！"

那民警立刻握住她的手，很兴奋的样子，做起自我介绍来。他说道："我是一个刚从武警学院毕业的人民警察，今儿晚上不当班，我随便上街走走，偶然路过你们歌舞厅，正好碰上你们举办开业盛典，就进来观看一下。没想到你们晚会开得这样好，太吸引人了。特别是您的歌声太迷人了！"

"是吗？谢谢，谢谢！"林媛媛说。

握着这位年轻民警的手，看着他脸上十分自然的微笑的表情，听他说了几句夸赞的话语，林媛媛怎么有一种从未有过的感觉呢？作为一位妙龄女子，握着一位不相识的英俊男士的手，没意识到该将自己的小手适时地抽回来才是。

这时，换了一身时尚淑女服装的舒雯雯总经理正好走了过来，准备和邀请她的男士跳舞。那民警见到总经理，便放下与林媛媛紧握着的手，转身向舒雯雯说："舒总经理，我从头至尾欣赏了你们今天的晚会，林媛媛小姐将晚会主持得生动活泼，气氛十分热烈。"

舒雯雯听到这样真诚的赞赏，自是无比高兴，说："噢，谢谢！谢谢您的光顾！谢谢！"

林媛媛脸上泛着笑容，一双含情的明眸，默默地注视着这位民警。

民警说:“她不仅主持得好,她的歌唱得也特别好听! 请问一下总经理,我想买一束鲜花献给她,可以吗?”

“当然可以。不过……”舒雯雯很高兴地说,“我们刚刚开业,虽然准备了一些鲜花,没想到顾客这么热情,都给献完了!”

民警急切地说:“如果我立马上街去买一束花来,舒总经理,您不会反对吧?”

舒雯雯说:“不仅不会反对,我会永远记住您这位讲文明、重礼节、热情的好民警!”

民警诧异地问道:“您知道我是郝明景?”

林媛媛插上就说:“看得出来,您肯定是好民警!”

这里关于民警名字的一点小误会,什么时候才能解开呢? 不知道。这位民警同志也没在意这个误会。“郝明景”与“好民警”谐音,误会是常有的事。那天在街上,一对农村来的小两口也喊他“好民警”。他本想帮他们找工作,却没再见到他们,几天后却不期而遇了。刚才门口的保安见到他,握住他的手,指着台上唱民歌的姑娘,告诉他,他们在这歌舞厅找到工作了。郝明景好高兴哦!

今天日子好,又遇上了这么一位让他一见钟情的姑娘! 民警接着对舒雯雯和林媛媛两人说:“我要给林媛媛小姐送花的缘由很简单,我高中毕业参军到部队,非常喜欢唱歌,经常演出,也算是个业余军旅歌手吧。过两年转业进了武警学院,课余也经常唱歌、演出。现在当了江城的民警,工作很忙,自己唱得少了。今天看了她的演出,我特别兴奋,所以就想着给她献花。为了她迷人的歌声能伴随更多的听众度过一个又一个愉快的夜晚,我一定做好这个街区的治安工作!”

舒雯雯和林媛媛听了民警同志这一番话,很是感动,竟不约而同地鼓起掌来。

林媛媛说:“那太好了,太好了!”

舒雯雯说:“您做好这个街区的治安工作,我和我们的顾客都会十分地感谢您! 感谢所有的民警同志!”

这位民警同志急于去买花,就没有多说了。他立正向舒雯雯敬了个礼,转身面对林媛媛微笑着,迅速转身走了。

林媛媛望着民警走了，心里好像若有所失。他还会来吗？林媛媛轻轻地喊了声："民警同志……"

六

没一会儿，民警手捧花束回到歌舞厅。

舒雯雯已挤到宾客之中去了，而林媛媛却一直站在门边守候。她一眼望见他来了，好高兴哦！

林媛媛立即迎了上去。民警将花束献上，又敬了个礼，说道："请接受一个人民警察诚挚的敬意！"

林媛媛接过花束，含情脉脉地说道："谢谢您！"

这位民警不打算参加舞会，转身欲走，林媛媛难舍难分地说道："民警同志，请您回来！"

民警说："我欣赏了你们的演出，舞会这一类群众娱乐活动，我作为一名警察就不便参加了。很抱歉。"

林媛媛走到民警面前，悄声地说："我不是要留您跳舞，我想和您说几句话。"

民警转回身来，说道："哦？那您说。"

林媛媛说："我好像在哪儿见过您？"

民警微微一笑，说："不会。我是北方人，以前没来过长江中下游这座美丽的江城。"

林媛媛却执着地说："我是浙江人，也没到过北方。可是，您真的好面熟，也许是在梦里……"

民警有些诧异，说道："是吗？真有意思。"

林媛媛说："您送我鲜花，我十分高兴。我也想送您一件小小的纪念品，好吗？"

民警问道："什么纪念品？"

林媛媛从很小的便携包里取出一枚玉蝶，说道："这是我在市越剧团最近排演一出戏里的小道具，这戏现在已经不再排演了，这小玉蝶我一直放在身边，给您留作纪念吧！"

民警接过玉蝶，看了看，说："这小玉蝶真好看。好，我收下了。谢谢！"

林媛媛说："您也会经常把这玉蝶放在身边吗？"

"会的，就是值班巡逻，我也一定把它揣在怀里。"民警风趣地说，"兴许这小玉蝶是个吉祥物，遇上歹徒，它还能护身呢！"

林媛媛真诚地说："这玉蝶果真是吉祥物就好了。"

民警说："我要回去了，再见吧！"

林媛媛深情地问道："我们还能再见吗？"

"会的，一定会再见！"民警说着，就转身走了。

林媛媛愣了一会儿，喃喃道："一定会再见！"

林媛媛送走民警，一直伫立在门边。她没有进去跳舞，也不和别人说话。她有一种不知所措的感觉，那柔美飘逸的《一见钟情》又在她的耳边回荡起来……

当你走近我身旁，
有两颗星星闪闪发亮。
那是梦中的眼睛，
我永远也不会遗忘。

这几天，好几件意想不到的事，一块儿来了。

《双玉蝶》不排演了。接着听说越剧团要有大的变动了，像话剧团一样改制，也就是说要散伙了。在这个当口，她竟然见到了一位让自己心动不已的好民警。

难道这世上真有一见钟情这回事儿吗？这是真真切切的现实，还是在做梦呢？

林媛媛用右手手指，掐了一下左手的手心。

疼。

不是梦！

林媛媛的爱情不是梦，但是不是镜中花呢？

难说。

歌舞厅优美的音乐一阵又一阵传向繁华的街头，动听而不喧闹，东大街上很多行人驻足观望。厅堂里，舒雯雯总经理带着全体员工和宾客们在欢快地跳舞。小舞台的深处，不断地有淡淡的烟雾涌出，舞厅里还是那种似梦非梦的意境……

第九章　舒局长　金屋藏娇娘

一

根据舒雯雯提供的“怒拒潜规则”和“窜出一只猫”的真实而生动的素材，杨远帆连续开了两个“夜车”，完成了舒总经理交代的第一个戏剧创作任务，自我感觉良好。

杨远帆双手捧着话剧《只是一只猫》的打印本，走到舒雯雯的面前，故意微微弯着腰做出恭敬的样子，递给舒雯雯，轻声说道：“请舒总经理审阅。”

舒雯雯没接剧本，说：“我不用看了，拿回去修改！”

“啊？”杨远帆蒙住了，直起腰来问道，“你还没看本子，怎么就不满意？就要我修改呢？”

舒雯雯抿嘴一笑，这才把前些天与花梦婕见面所谈的内容说了出来。

杨远帆非常吃惊，说道：“啊？那天夜晚，你父亲的卧房里不仅藏了一只猫，还真藏了一位美女？”

“花梦婕她本人告诉我的，还能有假？”舒雯雯说，“她已辞去了副团长的职务，我爸爸主动向纪委做了交代，确有悔改表现，也没发现他有其他问题，从轻处理他了，开除党籍，撤销局长职务，留个公务员身份吧 。”

杨远帆说：“那这个剧本要怎么改呢？”

舒雯雯说：“如实去写！”

杨远帆说：“让局长的卧室里蹿出一只猫只是一个小铺垫，吊吊观众胃口的小噱头？最后真的走出一位美女吗？”

舒雯雯说：“把这个戏的结局改好，思想内容就更充实，更有深度。你编剧要把握分寸，不仅让观众觉得这戏好看，还要有所启迪。这个戏的质量就上去了！”

杨远帆说：“那，你估计花梦婕会同意把她藏在局长卧室的情节，放进这部戏里面吗？”

舒雯雯说：“花梦婕不仅同意将这个真实的情节放进戏里，而且愿意自己出演这个角色，并借此机会向全社会呼吁！”

“好！好！”杨远帆攥紧拳头说。

花梦婕对婚外情的“招供”，对错误的认识，敢于向公众表态的勇气，让杨远帆深为感动，他的创作激情顿时迸发了出来，他说：“听总经理的，马上修改剧本！”

“听总经理的？”舒雯雯将头一偏，故意说，“商讨剧本，与总经理无关。”

“对，是听舒雯雯导演的！”杨远帆接着说，“那这剧名也就不能叫‘只是一只猫’了？”

舒雯雯说：“对呀，你也改呀！”

杨远帆想了想说：“古戏有‘金屋藏娇’，这无疑就是现代版的‘金屋藏娇’了！”

舒雯雯说：“连人家花梦婕都说了，就这个戏名，恰如其分。”

杨远帆连声说好。

他思索了一下，又说：“稍微有一点变动吧。”

舒雯雯问：“你想改什么剧名呢？”

杨远帆说：“就叫‘金屋藏娇娘’吧！”

舒雯雯说：“金屋藏娇娘？很好！很好！”

杨远帆当晚开了个“夜车”，把剧本修改好了，第二天交给舒雯雯，她一看半句话没说，排演。

歌舞厅的演员们一个个拿到打印的剧本，翻翻看看，都觉得这个戏虽小，但很精彩，能分到一个角色，他们十分高兴，排练首场的小话剧，都是一身劲。

第三天一大早,杨远帆将一张戏报贴到门外的宣传栏上:

本厅小剧场定于周日晚8点,上演小型话剧《金屋藏娇娘》,这是一出现实版的伦理剧!由本厅小型剧团人员自编、自导、自演。

剧情简介:

女儿在某电视剧组当见习导演,投资公司的老总要来"潜规则"她,一气之下,女儿弃职回家。深夜回到家,母亲、弟弟、保姆都外出了,只有任职文化局局长的父亲一人在家,可他的卧室里怎么有动静呢?

文艺界早就流传了关于局长和一位风流女演员的绯闻,难道这出婚外情的戏,演到自己家里来了吗?女儿既有顾虑,又想维护家庭的安稳。经过一番戏剧性的周折,从局长的卧室里,终于走出来一位年轻的美女,并说了一番让观众料想不到、惊世骇俗的话语!

欢迎光临欣赏!

寻梦歌舞厅启

很多路人都过来,看到这剧情简介,兴趣盎然。歌舞厅的售票窗口马上就有人排队买票。

周日的入场券很快便销售一空。

舒雯雯没有想到的是,父亲也请人来买了入场券!

舒亦展被撤了局长职务,被暂时安排在群众文化科工作。科长李笑梅和科里的另一位姓翟的老科员一同上街,无意间看到了寻梦歌舞厅张贴的周末上演小话剧的广告,把那剧情简介读了一遍又读一遍,不仅是大吃一惊,而且是不可思议。到了局里,他们立马告诉了舒亦展。

舒亦展在剧团和文化局工作多年,人缘不错。就算他与花梦婕的绯闻传得沸沸扬扬,可维护他的人还是占多数。李笑梅就是维护他的人之一。舒亦展犯了错误,丢了局长,丢了党籍,保留公职,她主动和局里新班子说,放到我们群艺科吧。可见他们的关系不错。后来舒雯雯创业,她也尽了不少力。

李笑梅和老翟进了文化局大院，见到舒亦展，就急切地喊了一声："舒局，舒局，局……"后面习惯加上一个"长"字不好再加了，显得有点别扭，不顺口。

舒亦展问道："什么事？小李科长，这么急？"

"没什么大事，不过……"李科长有点吞吞吐吐。

舒亦展说："不过什么？照直说就是了。"

"舒局，舒局……"小李还是吞吞吐吐，"东大街那个歌舞厅，听说是你女儿雯雯开的，是吗？"

舒亦展说："你说的是寻梦歌舞厅吗？那是我女儿和几个青年一起创办的。他们想演一些小型戏剧，唱唱歌，跳跳舞。"

李科长说："可你知道他们周末要演什么小型戏剧吗？"

舒亦展不以为然地说："他们能演什么戏？玩玩而已！"

和李科长一道的老翟插上话了。

老翟在文化馆工作多年，五十多岁了，也没当上馆长、副馆长，是舒亦展把他调到局里，放在群艺科，混个主任科员，跟文化馆馆长平级。他说话的态度就严肃多了。

"这就不是玩玩的事喽！"老翟说，"我看了他们贴出的戏报，那剧情简介一清二楚，怎么能公演这样的戏呢？自编的剧本不报送文化部门审查批准就自作主张公演吗？"

舒亦展这才认真起来，问道："什么内容？"

李科长说："不好说，不好说！"

舒亦展只是一笑，说："还有内容不好说的戏？"

老翟说："也没什么不好说，就是把你和花副团长的那点生活作风问题搬上舞台了。上纲上线，那怎么行！"

舒亦展说："哦，是这样……"

老翟毕竟是位老文化干部，对新编戏剧的公演历来持审慎的态度，否则，不出问题便罢，一出问题就是政治性的大错误，绝不能马虎。他说："是不是要给局里新领导汇报一下，起码得派人去审阅一下他们的剧本。"

舒亦展还是一笑，说："不用审读他们的剧本了吧！青年自发的业余创作，应该多多鼓励，至于把我个人丢脸的事暴露一下，我能承受，如果对观众起一点教育作用，也是好事。”

“舒局，”李科长笑了笑说，“我很佩服你！”

舒亦展这就掏出钱来，说：“小李科长，请你去买四张入场券吧，我们周末一同去欣赏欣赏。我另外还要请一位。”

李笑梅有点吃惊，问道：“啊，这种内容的戏，你还要请别人去看？你要请谁呀？”

舒亦展说：“既然雯雯他们演戏，我一定要请张老骥去看，好给他们一些指点。”

“请张老骥？”老翟问道，“张老骥回来了吗？”

舒亦展说：“他回来了，我见到他了，还是老样子。”

李笑梅问道：“是那位老剧作家张千里吗？”

舒亦展说：“是的。”

李笑梅说：“请张千里好！雯雯搞舞台剧，找他指导最好！”

二

周日晚上8点，舞厅准时响起铃声，主持人林媛媛着浅蓝色长裙，微笑着走上小舞台，站在大幕外宣布道：“各位嘉宾，今晚是我们歌舞厅开业后的第一场戏剧演出。这个剧是由杨远帆根据真人真事编写而成，并由舒雯雯总经理担任导演并亲自主演，剧名叫作‘金屋藏娇娘’。这是一出立意深刻、真实感人的小型话剧。请欣赏！”

林媛媛转身退去，绛红色的大幕徐徐拉开。

一束光圈照在小舞台的左角，舒雯雯伫立在光圈之中。

舞厅里立刻响起掌声，片刻后安静下来。

演出开始了。

舒雯雯说：“故事还是从我的家说起吧……认识我的人都说我有一个幸福的家庭。但是，我认识这复杂的世界和比这世界还要复杂的人便是从这个所谓幸福的家庭开始的。我的父亲是文化局局长，他四十八岁，精明能干，年富力强。可是，有一天出问题了……”

舒雯雯开场这么一说，便把观众吸引住了。全场变得悄无声息，宾客们都很专注。

话剧从舒雯雯去见李总裁，怒而深夜归家，一直演到卧室里蹿出一只猫，正是那天发生的真实事件，但结局却有些不一样。

舒亦展说："雯雯，你说的'柜中人'是'柜中猫'吧！"

舒雯雯气愤极了，义正词严地说道："爸爸，真要是有个'柜中人'走出来，也没什么大不了，什么问题都可以解决。可我们的家庭危机使一只'柜中猫'让女儿惊慌失措到如此地步，还不值得你深思吗？"

舒雯雯话刚说完，也就是这部小戏进入尾声之时，让全场震惊的事出现了，金屋里走出了一位娇娘！

三

一位年轻美丽的女郎从舒亦展的卧室里快步走了出来，她就是花梦婕。场上几个人物当然都十分惊讶，但紧接着家里并没有爆发与一些电视剧类似的悲情闹剧。什么争吵谩骂、哭喊流泪、动手动脚、推拉打斗，都没有。事情到了这一步，激烈的搏斗都在各人的心中。

舒雯雯两眼直视走出来的"柜中人"。

花梦婕也望着舒雯雯。

静场片刻。

花梦婕说："雯雯，你说得对，更值得舒局长深思的不是猫，而是人！昨晚，是我自己主动来你家的，主要责任在我。刚才你说真要是有个'柜中人'也没什么大不了，什么问题都可以解决。你说得太好了，听到你这句话，我才鼓起勇气走出来，把什么都说清楚！你的父亲是一位很能干的领导干部，我确实对他有感情的成分。文化局在提拔我当越剧团副团长这件事上，他也是起了作用的。我与他不仅在感情上，在行为上也超越了底线。今天，我终于亲身感受到了，婚外情发展到越轨的地步，给别人在生活上、精神上会带来多么大的伤害！这是道德的沦丧，是对法律的践踏！我一定痛改前非，并接受组织上的处理，也愿意接受你们对我的任何惩罚！"

花梦婕说出这番话后，没等舒雯雯家人说一句、问一句，说了声"我走了”,便转过身,向门外走去……

没有人呵斥她,也没有人阻拦她。大家都伫立无语,只有舒局长低下了头。

小型话剧《金屋藏娇娘》到此闭幕。

四

厅堂里爆发出雷鸣般的掌声。

这掌声是给花梦婕最后一番说辞的吗?

这掌声是赞成批判婚外情的吗?

这掌声是给这个戏的立意的吗?

这掌声是给演员发挥了相当好的表演水平的吗?

也许都是,也许一个都不是。大家使劲地鼓掌,只表明看这样的小戏,观众很快乐!

舒雯雯觉得有这样的掌声,是对她孜孜以求地拉一帮人,组建一个自主经营的小型剧团,在歌舞厅的小剧场上演自创的小型戏剧的一种安慰。自己的梦想算是初步实现了!

大幕再次拉开,主持人林媛媛带领演员们出场,在宾客们有节奏的掌声中谢幕。

林媛媛满面笑容地宣布:“女士们,先生们,小型话剧《金屋藏娇娘》演出到此结束!谢谢大家!”

演员和工作人员一个个喜笑颜开,只有花梦婕的情绪有点低落,谢幕后,她仰起头,长长地舒了一口气!

宾客们拿着手机、照相机拍照。有一些男女青年激动地跑上小舞台,抢着和演员握手,甚至拥抱。

在无比热闹的气氛中,观众们没有注意到,在台上出场不到一分钟,将小戏推向高潮的演员花梦婕却已经走下小舞台,悄然离去。观众们更想不到的是,在戏中扮演“娇娘”的演员,本人就是现实版的“娇娘”!

五

舒雯雯不知道父亲和文化局来人看了演出，直到谢幕之后，她才看到了父亲和几个人坐在厅堂后排的圆桌边交谈着，而且情绪非常之好。

父亲看到她，走了过去，舒雯雯喊了一声“爸爸”，就一下子扑到了舒亦展的怀里，热泪簌簌地流了下来。

舒亦展说：“雯雯，你们这个戏编得很好，演得也很好！文化局几位现任领导听说你们创办寻梦歌舞厅，并自编自演小话剧的情况，都非常关心。希望你们能尽早把民营的小型剧团办起来，为剧团体制改革和戏剧艺术做出大胆的尝试！”

舒雯雯说：“这小型剧团不是办起来了吗？这儿是歌舞厅，也就是小剧场，舞台上下方便交流。你刚才坐在小圆桌旁喝着饮料看戏，这会儿又走进戏里来了。”

“是的，是的。你这戏把我的错误都揭了，文化局的同事也坐在那儿呢，我怎么好意思还陪他们看下去噢！”舒亦展笑了笑说，“说句笑话，说句笑话。”

舒雯雯有点尴尬，说：“我真不知道爸爸会来看这个戏。”

舒亦展说：“今天陪我来看你们演出的，是群艺科的李笑梅、老翟和张老骥几位同志，他们都说你们演得出乎预料地好，他们更想不到，你们把花梦婕请来演娇娘这个角色，很大胆。他们很感动，很佩服你们，更佩服花梦婕！”

舒雯雯说：“是花老师主动提出演这个角色的，我怕你会生气，事前不敢告诉你。”

舒亦展说：“演出效果证明，你们做得对。特别是花梦婕，她对错误的认识如此深刻，并有这样的勇气，出乎我的意料。我看了有再次受到教育的感觉。”

舒雯雯说：“那这部戏我们可以继续公演吗？”

“我个人觉得很好。”舒亦展说，“我请李科长和老翟两位回局里向领导汇报一下，有什么具体指示，我及时地转告你们，好吗？”

舒雯雯说:“太好了,爸爸！你这是对我事业最好的关怀,最实际的支持!”

舒亦展说:“雯雯,你们还打算演地方戏曲吗?”

舒雯雯说:“我们招进来的演员还有唱越剧的,唱花鼓戏的,唱民歌的,也招了乐队人员。我们接下来不仅演出小话剧,还会演出地方戏曲和歌舞。我们志在戏剧事业上的追寻,所以,我们创建的这个民营小型剧团,就叫作‘追寻艺术团’!”

舒亦展说:“民营小型剧团办起来了,定性在‘民营’二字,太好了！剧团叫‘追寻艺术团’,立意也很好。你们打算演一些地方戏曲,也是非常好的。你说到了越剧、花鼓戏,想到黄梅戏没有？黄梅戏是很受城乡群众喜爱的剧种啊!”

舒雯雯说:“是的,黄梅戏我也喜欢。”

舒亦展说:“小剧场演出,是以小话剧、戏曲为主,还是以歌舞为主,你们要商议一下,不能太杂。如果从受众考虑,黄梅戏倒是受长江中下游诸多省份的群众喜爱的。”

舒雯雯说:“这一个多月,我们全力以赴,先将歌舞厅办起来,生意红火起来！接下来,一定会慎重研究小型剧团的发展方向。”

“那就对了!”舒亦展说,“还有一点,上次我对你说过,你们能不能和街道、社区的文化站合作,使歌舞厅有公益文化的部分,也有娱乐营业的部分,可以大胆尝试!”

舒雯雯说:“是的,是的!”

“今天就说这些吧!”舒亦展在女儿的头上抚摸一下,说道,“好了,别哭了,雯雯。好好做吧!”

舒雯雯点点头说:“好！爸爸,我一定好好做下去!”

第十章　李总裁　涉黄胆包天

一

寻梦歌舞厅小剧场的首场演出大获成功，最高兴的当然是舒雯雯。可究竟成功到什么地步，接下来会出现什么情况，她是无法想象的。

几天后，一部黑漆漆的宝马车，在大门外的路边车位上停了下来。年轻的司机迅速下了车，转身到右后座门边，拉开车门，下来一位西装革履的中年人。那装束，那气派，看上去肯定是一位大老板。他下车后没走两步，站在这繁华的街边，前后左右看看，那感觉好像是对这里的繁华的街景很是欣赏。他特别对歌舞厅这一边看得很仔细，还微微地笑着，点点头。

杨远帆在屋里隔着玻璃门，朝外一眼看到了。他当然认识这个老板。他喊了一声："雯雯，你看谁来啦？"

舒雯雯没有向外看，只是问他："谁来啦？"

杨远帆却说："你来看呀！"

舒雯雯这才随意地向门外看了一眼。这一看，心里自有一些诧异，说道："啊，他怎么来啦？"

雯雯的话音还没落，这位大老板已经抬头挺胸地走了过来。原来他就是李定发！

杨远帆说："是李总裁！他肯定是来找你了，我进去一会儿，你好对付他。"

舒雯雯点点头。杨远帆进了内厅。

李总裁一进门,就举起手来向舒雯雯招了招,故作惊喜地大声说道:“哦,舒雯雯小姐,终于找到你啦,你好啊!”

李总裁来就来呗,没必要把他当回事。舒雯雯不计前嫌,还是微笑着,很有礼貌地说道:“你好,李总!”

李定发满腔热情地说道:“嗬,把这么漂亮的歌舞厅开办起来啦!舒雯雯导演,你太了不起啦!”

舒雯雯说:“只是刚起步,刚起步。”

李定发伸出手来,意欲和舒雯雯握一握手,可舒雯雯故意一转身避开了,他只好将手收回去,说道:“那天我问了你一句‘潜规则’,只是想幽默一下,谁知你当真了。你一走,那部电视剧也就砸了。我损失了几百万事小,得罪了局长的千金真是后悔莫及啊!首先向你表示歉意!”

“事情过去了,就甭提了。”舒雯雯说,“李总,你今天怎么找来啦?”

李定发说:“我今天来,主要是来祝贺你不但把歌舞厅办起来了,而且开业盛典的歌舞晚会,既隆重,又精彩。你们首场小型话剧的成功演出,更是反响强烈得不得了啊!”

舒雯雯听了李定发的夸赞,当然也是高兴,但还是留了个心眼,看他接下来有什么花招。

“谢谢夸奖。”舒雯雯说,“李总,还有什么事吗?”

“没什么事,没什么事,只是来向你表示诚挚的祝贺!要是说有点小事的话嘛……”李定发停了停,然后将头一扬,说道,“令尊是我的好友,我想来给你帮点小忙。”

舒雯雯问道:“我爸爸是你的好友?”

“是啊!你还不知道吧?”李定发得意地说,“我五年前带着十几个亿资金到贵省的江城搞开发,和市委、市政府几位主要领导的交往都非常密切。我公司主打影视娱乐,和文化局的舒局长还能不是好友吗?你说是不是?”

“噢,这倒也是。”舒雯雯问道,“那你打算给我帮点什么小忙呢?”

李定发说:“你歌舞厅是办起来了,这行业的经营我是太熟悉了,别说办得多好,想维持下去就很不容易。钱,得有钱。你歌舞厅开业,借来的钱早花光了,你缺钱。”

舒雯雯问道:“你怎么知道我缺钱呢?”

李定发说:“舒雯雯小姐在娱乐圈创业,有什么难处,我李某人还能不知道吗?你手头拮据,我给你送钱来啦。”

舒雯雯大吃一惊,问道:“你是来给我送钱的?”

“是啊!”李定发说,“要多少给多少!五百万?够吗?”

舒雯雯笑了。

正在歌舞厅缺钱的当口,李老板送钱来,出口就是五百万,太出乎她意料了,可以料定,来者不善!

“嗬,两百万!”舒雯雯说,“我只要两百万就足够了。”

“两百万,那更没问题。”李定发拉开手提包,取出银行支票本,说,“立马给你开支票!”

“慢!”舒雯雯问道,“是借款给我?还是你投资?”

李定发停下开支票的动作,做出思索一番的表情,说道:“借款嘛,你还要难,还得算利息……”

其实,李定发来之前,心里早已盘算好了,舒雯雯这一问,他故意装作认真考虑一番,然后下狠心地说道:“舒小姐,就算我李某人投资吧,盈亏我兜着。反正让你这歌舞厅大张旗鼓地做下去,包你美梦成真,事业有成!”

舒雯雯早已留了个心眼,也就畅快地顺着说:“太好了!你几乎是全额投资,那李总也就是这里的总裁了?”

李定发说:“一个小小的歌舞厅,还要什么总裁不总裁?这里的事还不是让你做主吗?”

舒雯雯说:“李总全额投资了,大主意还得你拿呀!比如,主要经营的项目、员工的工资标准……”

“主要经营的项目嘛,我已经有所考虑。”李定发说,“这歌舞厅,名字也给你想好啦,别叫什么‘寻梦’啦,梦已成真还寻什么梦,就叫‘天上人间’吧。”

舒雯雯笑了。

这一回李老板来赞助或是叫投资,其实就是诱饵,要把她一心创办的歌舞厅办成“天上人间”才是他的来意。且听他怎么说吧。

李定发说:“主要经营项目我也考虑了。除了小舞台演节目,大厅里四周摆桌椅喝咖啡,中间作舞池让宾客成双成对地跳舞,再给你增加几个经营项目,放在二楼、三楼、四楼……”

舒雯雯说:“可我只租下了一楼大厅。”

李定发说:“再租,再租。二、三、四、五,直至顶层,都租下,不就是钱吗?我再加两千万!”

舒雯雯再也听不下去了,板着脸问道:“李老板,听说你影视娱乐公司也做婚介业务?”

“做,做婚介,小业务,小业务。”李定发说,“婚介所是我总公司的一个小部门。总公司到哪儿,婚介做到哪儿,特别是涉外婚介,大有赚头!”

舒雯雯:“涉外婚介你们也做?”

李定发说:“当然做,特别是日本。”

舒雯雯质问李定发:“你们介绍中国女人和日本男人谈婚论嫁,竟提供些真假难辨的情况,还被媒体披露了,不是吗?”

李定发说:“那有什么? 做涉外婚介生意的多着呢!”

舒雯雯问道:“你们介绍一个能赚多少?”

李定发得意忘形地说:“净赚十万!”

舒雯雯实在忍耐不住了,挥起拳头大声骂道:“可耻! 李定发,你可耻!”

李定发被舒雯雯骂得瞠目结舌,吓得往后直退,结结巴巴地说了声:“再见,舒导演,再见!”

李定发转身出了门,钻进了黑色宝马车。

二

舒雯雯气得直发抖,站在那儿一动不动。直到杨远帆从内厅办公室走了出来,她才舒了一口气。

舒雯雯和李定发刚才所说的话语,杨远帆在办公室里听得清清楚楚,一字不漏。他和舒雯雯一样义愤填膺,恨不得冲出来揍李定发一顿!

杨远帆和舒雯雯一样挥起拳头,说:“雯雯,别气了,不值得。不过,我猜想,他不会善罢甘休的!”

“他不罢休,”雯雯想了想,问道,“他还会来吗?”

杨远帆说："他当然不会再来赞助或是投资了，不过……"

舒雯雯说："这李老板明摆着属于奸商之列，他不会善罢甘休的。可是，他还会耍什么花招呢？"

"这我就说不准了。"杨远帆说，"如今社会上奸商太多了，他们的手段也是五花八门，我们拭目以待吧！"

三

果不其然，三天之后，李定发开始有动作了。

李总裁毕竟财大气粗，一启动就来势凶猛！

李总裁首先甩出两千万，把整座六层大楼租赁下来，租期一年，与房产公司签下合同，并特意做了法律公证。已经租给寻梦歌舞厅三个月的一楼，到期不得续租，全部归"定发投资公司"一家租用，创办一个让全市数百万民众大开眼界的娱乐城，而名称就叫"天上人间 KTV"。

好了。舒雯雯、杨远帆，你们把小剧场的小型话剧演得再好，如何如何受观众赞赏，赢得千百次掌声，寻梦歌舞厅也只剩下一个多月的时间了！

要么散伙，要么动迁，到别处寻梦去吧！

大楼租下来之后，李总裁立即请江城最大的装修公司，派出精兵强将，边设计，边施工，材料供应及时到位。不过二十天，舒雯雯和杨远帆的确看到了李大总裁的辉煌！

大楼外墙整体出新是必须的，可李总裁的重点是墙面灯饰。各色彩灯，与顺着大楼横竖棱角的长条灯连接得天衣无缝，天黑之后，整个大楼光彩照人。最耀眼的是顶层树起的，有蓝、绿、黄、白四色中英文字的大型电气标牌："天上人间 KTV"。

四个汉字连接三个英文字母，简单得很，既明确又时尚，有吸引力，有穿透力，有号召力，更谈不上违法。电气标牌上的三个英文字母"KTV"特别大，变色的强光太辉煌了，给人一种高耸入云霄的感觉。

开业那天，大楼外部，从六楼到底层，披红挂彩。李总裁将江城几家喜庆公司的乐队全部请来，鼓乐齐鸣。照相机、摄像机灯光闪烁，媒体记者窜来窜去，忙得不亦乐乎。大楼里面，二楼至六楼，有电梯，有扶梯，宾客上下，嬉笑喧哗。一层的寻梦歌舞厅简直被压得透不过气来。

天上人间 KTV 一开张,李定发预先盘算设置的所有经营项目,全部启动。

第二天下午,同样也有一位料想不到的人来找杨远帆了——西装革履的长发青年陶二耶!

"杨大经理,你们寻梦歌舞厅的生意好啊!"陶二耶故意以揶揄的口吻跟杨远帆打招呼。

杨远帆当然不吃他那一套,回答道:"我们开业那天,我看见你这位达人也来了,生意好不好,还用问吗?"

陶二耶说:"这一下生意不好做了吧!"

杨远帆问:"你怎么知道我们不好做了?"

"天上人间 KTV 一开张,咳,咳……"陶二耶昂起头,说,"我本来是想给你们帮忙的,你们不要我。可李总裁花重金聘用我呢,我会给他拉生意呀!"

杨远帆问:"他让你担任什么职务?"

"什么职务?"陶二耶为自己竖起大拇指,炫耀地说,"让我做大堂经理啊!职务小了我还不干呢!"

杨远帆问他:"你给他拉什么生意?"

陶二耶说:"至于拉什么生意嘛……这样吧,我带你从二楼一直看到顶层,观光观光,也让杨大经理开开眼界。如果有兴趣的话,你们就加盟好了,包在我陶某人身上!"

杨远帆当然听出陶二耶说的那意思,李定发还在打寻梦歌舞厅这边的主意。那肯定是不可能的。不过上楼去看看也好,他就跟着陶二耶从二楼看到了六楼。

二楼是舞厅,比一楼的厅堂小一点,也有个小舞台。三楼是卡拉 OK 包间,软件硬件设施齐备,布置很讲究,进了包间便感觉很温馨。四楼是足浴,都是单间,能让客人放心享受。五楼是婚介所,六楼设宾馆。都是挂牌营业,毫不含糊。

陶二耶说:"我们这个天上人间,是最豪华最让宾客享受的 KTV。全部设施都是进口的！硬件部分，点歌电脑、点歌服务器、音响、电视、投影机、灯光系统全部是外国货！配套部分，你看，沙发、茶几、地毯、杯具、娱乐道具，都是李总裁从广州用专车运来的。”

“哦，都是广州运来的！”杨远帆想，李定发这一点实力是有的，和他们歌厅开业时经济拮据的状态，不可同日而语啰！

陶二耶说：“软件部分，我们这里由最有经验的软件工程师全盘设计，收银系统，订房系统，KTV 管理系统，电脑点歌系统等等，哈哈哈哈……”

杨远帆说：“这些，你怎么也懂啊？”

“老总器重我，送我去专业培训，深造！我已是有证书的 KTV 高管了！”陶二耶接着说，“你看，我们的 KTV 包房还分为豪华包、大包、中包、小包，还有迷你包，除了商业聚会、洽谈业务之外，一般客人也可以来尽情享受！”

在观看各楼层的设施时，杨远帆注意了一下正在忙碌的工作人员。人数不多，但都很年轻，且举止大方。与各楼层的男女工作人员擦肩而过时，他们都会十分礼貌地给予一个适度的微笑。

杨远帆对天上人间 KTV 的总体印象还真不错呢！

可看完之后，陶二耶在六楼的楼道里悄声对杨远帆说了点内情，问题出来了。

“总体感觉不错。”杨远帆说，“二耶先生，我说过你是达人，看来你们的李总裁更是达人啰！”

“好，好。”陶二耶说，“你对这里的总体感觉不错，我请你来算请对了！告诉你吧，是总裁指示我请你来参观一下的，还特地叫我不要请舒雯雯导演呢，怕她对总裁有成见！”

四

天上人间 KTV 开业没几天，真的如同李定发所说，男男女女就扑扑地来，别说青年人，老头子老大妈都往这楼上拥。而一楼则很少有人光顾了。购买入场券来看小型话剧《金屋藏娇娘》演出的也日渐稀少。一星期后，这剧不得不停演了。

这形势明摆着，寻梦歌舞厅不动迁也得动迁，不散伙也得散伙了。文化娱乐业进入市场经济，竞争就这么残酷，就这么没商量。但是，也就这么简单！

杨远帆观赏了天上人间回去后，立即和舒雯雯做了一番交谈，两人都觉得形势严峻，要尽快和歌舞厅全体人员商讨，拿出对策，绝不能坐以待毙。

第十一章　张老骥　斗胆论戏文

一

第二天一早,二十多名演员、乐队人员陆续到了歌舞厅。花梦婕也来了,她一再向舒雯雯表示,越剧团改制了,她非常愿意和他们一起做下去。

关上大门,开会。

舒雯雯几句话就把形势讲得很清楚。

舒雯雯说:"寻梦歌舞厅艰难创业,数场演出,反响极佳,可这天上人间KTV 把我们只租了一层小半边的歌舞厅压趴了！实际上,是他们高档次大规模的营业在压我们！他们妄想把我们歌舞厅拉进他们的 KTV,不进,就逼迫我们撤离,迁走。"

"哦!"

"哦!"

大家一个个叫起来:"不撤离！不撤离！这里是江城最好的街区,不能撤,我们不能撤!"

舒雯雯说:"不撤离？可我们只交了三个月租金,他们却抢先签了整个楼盘的租赁合同,交了一年的租金,并计划租房到期前就将大楼买下来。"

大家又叫起来:"那我们非走不可了?"

舒雯雯说:"他们财大气粗！他们要拉我们进去,也不是让我们作为天上人间 KTV 里的一个独立的歌舞戏剧演出部门,而是卸掉寻梦歌舞厅的牌子，只聘用我们的人员，而且说，要考核挑选，并不全收。太强势太无理了！”

“这是要砸掉我们的锅，拣几块废铁哟！”大家又嚷起来。

舒雯雯说：“我们不加入天上人间 KTV，就得撤走！我们租期是三个月，筹建用了一个月，开业二十多天了，我们在这儿待不了几天了。怎么办？今天请大家来就是商量这事。”

接下来也没人举手发言，只是一窝蜂地乱嚷嚷，情绪无比激动，那真是人人义愤填膺，个个斗志昂扬，要坚决与天上人间 KTV 对抗到底。

有人说：“我们创业是为了繁荣群众健康的文化娱乐生活，他们天上人间 KTV 搞的是涉黄，是腐朽糜烂堕落的一套！”

有人说：“这是两条互不相容的道路……”

也有人说：“好了，好了，别扯远了！”

七嘴八舌议论了个把小时，最后还是一致通过了舒雯雯和杨远帆头天晚上写在纸上的五项决定：

一、立即将民营小型艺术团正式组建起来。创业艰难，创一个剧团比建一个歌舞厅更艰难，要有吃大苦、耐大劳的思想准备！舒雯雯、杨远帆带头，宁愿再次砸饭碗，也一定要成功！

二、要尽早确定艺术团的发展方向，是以歌舞还是以戏剧为主。若是做戏剧专业团体，要确定是话剧还是地方戏曲。如果做地方戏曲，还要确定是哪一种地方戏曲。花鼓戏、越剧，还有黄梅戏、庐剧、梨簧戏，等等。这里面要考虑的问题很多。一旦确定下来，全体演员练唱练功，不得懈怠。

三、李定发的天上人间 KTV 既然将整幢大楼租赁去了，一楼厅堂三个月到期后，歌舞厅将无法继续营业。一定要在仅剩的一个月里，利用小舞台，再排演几部原创小戏或歌舞。日夜排练，准时演出，扩大影响。寻梦歌舞厅散伙之前，民营小型艺术团一定要冲出来！

四、第一重任由业务经理杨远帆担当，必须尽快拿出几个叫得响的剧本来，全体演职员全力以赴，认真排演。不仅要让观众叫好，更要引起宣传文化部门的重视。如果确实做得像个样子，会得到政府和广大群众扶持的。

五、力争市文化部门和老一辈戏剧人士的帮助和指导，创好戏，演好戏，团结一心，共同追寻！

这五条决定怎么样？

能做下去吗？

老一辈的文化人听了会怎么说呢？

二

来了。

文化部门的人和老一辈的戏剧人士突然都来了！

政府的人处理公务，有板有眼，会给予恰当的鼓励，但也不会带来什么惊喜。

老一辈文化人不一样，他们不代表组织，无所顾忌地随便说说，让你受益无穷！

舒雯雯怎么也没想到，在最需要文化部门，需要老一辈帮扶一把的关键时刻，他们来了。

见到外面来人了，舒雯雯赶快起身走过去，将厅堂的玻璃大门拉开，笑眯眯地说了一声："张老师，李老师！太欢迎你们了！请进，请进！"

走进来的正是市文化局群艺科的科长李笑梅和剧目室退休老剧作家张千里。

他俩面带笑容进得厅堂，大家鼓掌欢迎。

李笑梅是舒亦展多年的部下，关系处得不错，有时为工作和舒局长还会顶几句。换了位置后，反倒对老局长客气得很，总是笑脸相迎。李笑梅看到舒亦展情绪不好，想到的当然是受处分的事了，就趁办公室里没外人，悄声地劝他两句。舒亦展知其心意，没等她多讲，就直言相告了。

舒亦展说："笑梅哎，我自己的事纪委给结了，接受处分就行了。我心里最担忧的是女儿工作的事情。前阵子我还能为她拉拉关系跑跑腿，这一下为她的事找人，不方便了。"

李笑梅立刻心领神会，说："知道了，知道了。为雯雯的事，你指到哪儿，我跑到哪儿！你那女儿很可爱，很有能力。"

舒亦展说："也不要跑什么地方。他们办了一家歌舞厅，还想建小型剧团。你去看一看，指点指点吧！"

李笑梅说："一定去，一定去！"

李笑梅说话算话，看了两场演出，今天来指点了。

两位老师坐定后，李笑梅科长先说了一下来意。

李科长三十几岁，长得漂漂亮亮，身材凹凸有致，说起话来很亲和。

李笑梅科长说："你们的寻梦歌舞厅办得很好，歌舞和戏剧演出都很有特色。我看了一场歌舞、一场戏，感觉很好。文化局有几位领导同志也抽空观看了，对你们的创业精神表示赞扬。现在听说遇到了一些困难，舒亦展老局长和我们关系不错，要我们群艺科的来和你们接触一下，我们科里商议了一下，我个人的主导意见是，民间娱乐场所最好还是和街道、社区的文化站共同来操办，你们这里待不下去了，街道社区就是依靠。"

来自街道的方一浩和几个吉他手听了直点头，问道："您能帮我们跟街道联系一下吗？"

李笑梅说："可以，可以。其实，区、县街道文化站都是我们的下属单位，我们去说一下，应该是没问题的。我向新局长汇报了一下，他也是赞成我这个想法的。其实，歌舞厅迁移还不难办。你们要正式组建小型艺术团，演出戏剧和歌舞，而且是民营的，这一方面的事，属于艺术科管，我代你们问了一下，你们剧团还没正式办起来，他们还不愿插手。由张老师来给你们说说吧！张老师一辈子搞戏，是老剧作家，他已经退休十几年了，今天是舒亦展老局长亲自拜托他来给你们做一些指点的。"

说到这位张老师是江城本地的剧作家，杨远帆带头鼓起掌来，说："太好了！"

大家跟着鼓掌，欢迎张老师讲话。

张老骥笑了笑，站起身，谦虚地点点头，再坐下。

他看上去有六十多岁的样子，其实不止。他不胖不瘦，不高不矮，胸是挺的，腹是收的，挺有精神。

张老师本名张千里，笔名“张伏枥”，昵称“张老骥”。其实都是一个意思，随你怎么喊，他都笑嘻嘻地应答。

老骥伏枥，志在千里也！

张老骥一辈子没离开过戏剧，他会写能唱敢上台演小话剧，比如演个老教师、老特务、老夹食（江城地方土话，精神不清楚的老人）都演得像那么回事，台下很多人笑嘻嘻地鼓掌点赞。地方戏剧团排演他的剧本，他挤进边幕条子里的乐队，摸上一把二胡或是小提琴，照拉不误。他就是这么一个披肝沥胆投入戏剧事业的梨园老人。

但张老骥自己的人生曲折坎坷，磕磕绊绊地过了几十年。

好在张老骥本性乐观，退休之后还跑了几趟美国，给留学的儿子当保姆，儿子成家立业后，他落叶归根，不忘初心，老当益壮，勤劳耕作，屡有佳作问世，奖状奖金照拿不误。市、县、区，直到街道、社区，有什么演艺活动，常有人请他去点拨点拨，他都随请随到，大家都很喜欢他。

回到江城没几天，张老骥偶尔遇上多年未见的老朋友舒亦展，见他眉头紧锁，亦不舒，亦不展，叹息一声，说起“卧室里蹿出一只猫”的丑事来，受到了组织处分。

张老骥听了也没当回事，坦然一笑，轻描淡写地说：“舒老弟哎，不要放在心上，认识错误，改了就好。”

可舒亦展接着说起女儿舒雯雯创业办起了歌舞厅，还要建小型剧团排戏，做父亲的只给了几个钱，赞助他们开业，后面的麻烦很多，帮不上什么忙，心里不是滋味。

张老骥听舒亦展说这事儿，立马认真起来。

“舒老弟哎，这倒是件大事，非同小可，绝不能等闲视之。”张老骥问道，“你那宝贝女儿雯雯多大啦？都工作啦？”

舒亦展说：“二十二了，戏剧学院导演专业毕业，一门心思搞影视，搞不成，就想做舞台剧，追寻创业梦噢！”

张老骥问：“歌舞厅开了吗？他们排戏了吗？”

舒亦展说：“歌舞厅开了，小戏正在排。”

张老骥说：“哪天演出，带我去观赏观赏吧！”

“雯雯这事我不好出面张罗，倒真要老兄帮忙了。”舒亦展说，“我一准请你去看演出！”

没过几天，张老骥就在舒亦展和李笑梅的陪同下看了寻梦歌舞厅的小话剧《金屋藏娇娘》的演出。

张老骥观赏后感觉很好。他为江城新一辈青年热爱戏剧艺术、追寻创业梦想的精神所感动，他说：“比我们年轻时做的戏，漂亮多了！”

这几天舒亦展又和他在电话里嘀咕了好一阵，今天张老骥来到寻梦歌舞厅，他能给舒雯雯他们提出好建议，帮他们一把吗？

舒亦展犯错误受到处分，心里还能接受，可是对于雯雯，家庭给她带来的负面影响太深，想到她，自己的心都是揪着的。舐犊情深啊，给雯雯找到在戏剧事业上能帮扶她的内行，是当务之急！偶遇张老骥太巧了，他是最合适的人选！舒亦展这样想。

三

在李笑梅说话间，张老骥主动伸手向杨远帆要了他们那份有五项决定的稿纸，仔细看过后说话了。

张老骥说：“首先，作为一个老戏剧作者，我要肯定你们，表扬你们！年纪轻轻，热爱演艺事业，创业精神可嘉。我看了你们演出的小话剧，演得不错。我为你们高兴！”

张老骥面带笑容说了这几句开场白，紧接着所说的话就不再是客套了，听起来像是随意地侃侃而谈，时不时也毫不掩饰地放几句厥词，但主要谈的是经济大潮下的社会状态，将江城演艺界的现状从实道来，毫不留情。

张老骥说道：“你们要建小型剧团，愿望很好，可经费从哪儿来？如果没有固定的经济来源，想办好剧团并长期办下去，实在太难了。市里所属六七个剧团已经改制，什么叫改制？其实就是苦于经济困难，剧团撤了，经济负担轻了，丢包袱了。组建什么艺术剧院，名字好听，排什么剧种的戏？谁来演？实际上几个剧种的剧团都砍了，这就是江城艺苑的悲惨现状！

“这些年，经济确实上去了，江城大变样了，江城几百万老百姓的生活水平的确提高了！可文艺界改革也向‘钱’看，剧团改制，演职员散伙了，各人另找工作，越剧团的几位到这儿来了，连花梦婕也来了。江城数百名专业艺人，几十年勤奋耕作的艺术园地从此百花凋零，无声无息了！

“我很小就爱看戏，1949年前，那时的江城很小，陶塘边有个娱乐场所，叫大花园。不大的篱笆墙院子里面有十几个唱小戏的戏班子，围着布棚，我的奶奶有时带我到大花园去看小戏，什么《王清明招亲》《白蛇传》，还有《梁山伯与祝英台》，我都看过。看戏不要买票，穿着戏服、脸上涂了红油彩的小花旦，手拿一个小小的箢箩，伸到看戏人的面前，看戏的放进去几个铜板，她就点头道谢。

“1949年后，江城的戏剧歌舞得到了很好的发展，大花园造起两个剧场，成立正规编制的剧团五六个。有一个以话剧为主也唱歌跳舞的文工团，一个京剧团，地方戏有越剧、黄梅戏，还有唱倒七戏的庐剧团和江城土生土长的民间戏曲梨簧戏，都把多演戏演好戏作为繁荣江城文艺事业的重点。后来经济包袱重了，就改制，就散伙。如今连地摊子的戏也看不到了。”

张老骥冷静了一会儿，说道：“最后，我说三句话：一，不要与天上人间KTV对抗，他们真有涉黄涉赌的问题，相信警方会过问的。至于我们寻梦歌舞厅，三个月的租期要到了，撤。二，撤了往哪儿搬？采纳李笑梅科长的建议，投靠街道社区文化站。三，你们要建小型剧团，那可能只是一个美好的梦想，就暂时停下来！如果你们一定要建民营小型剧团，要准备吃大苦，耐大劳，随时准备失败，散伙。”

张老骥三句话说完，场上有叫好的声音，有哀怨的声音，也有气愤的声音，愣了一会儿，还是响起了掌声。

四

民营寻梦艺术团正式成立了，设了一个艺术委员会，由舒雯雯、杨远帆、林媛媛、韩云云、花梦婕五个人组成。当晚首次开会，请张老骥参加。大家一致推选舒雯雯当团长。张老骥的身份有点特殊，没有职务，没有名分，说是指导，是智囊，都不准确，就喊一声张老师。除了财务他不问，艺术活动由他主导。张老骥却说：“我出任何主意，你们可听可不听。”

当了这么年文化局局长的舒亦展为什么这么信任张老骥呢？

退休多年的张老骥怎么敢于豁出去,奉陪他们青年人要把小型剧团做到底呢?

听听张老骥和一心想跟着他学写戏的杨远帆,两人敞开心扉毫无顾忌的对话吧。

"张老师,您什么时候开始喜欢戏剧的?"

"六岁。"

"六岁?您六岁就懂戏了?"

"六岁时不懂戏,但喜欢看戏,好玩。"

"六岁在哪儿看的戏?看的什么戏?"

"在江城的娱乐场,大花园。跟着奶奶看地摊子唱小戏,小生、花旦、老生、大花脸都有,化妆穿戏服,正儿八经的。"张老骥说起来一身劲,还做了两个手势和动作。他接着说,"我记得最好看的戏是《王清明招亲》《白蛇传》,还有《梁山伯与祝英台》。我到现在还有兴趣。"

"什么年代了?您对《王清明招亲》《白蛇传》《梁山伯与祝英台》还有兴趣?"杨远帆认真地问张老师。

张老骥反问杨远帆一句:"什么年代?你说什么年代?经典就是经典,不会过时的。"

杨远帆问:"现在还会有人看古装戏吗?"

张老骥说:"我张老骥搞戏,要么不搞,要搞就真搞,而且一定要搞成功!现代戏或是古装戏都要用心去做!你们小型剧团真的建起来,主要是到基层、农村演出,你们必须多排一些古装戏,农村的大嫂大妈特别喜欢看。你们去了一两次,那情景一看,不用我再说,你们会一次一次继续送戏下乡的。"

杨远帆说:"是吗?那太好了!演戏有人看才有劲呢!那古装戏我们要多准备一些。"

"但要选择。不是什么古装戏都可以演。"张老骥说。

杨远帆觉得这老人从艺极其认真,为人却又和蔼可亲。他接着问张老骥:"张老师,您年轻时在哪个大学学的戏剧?"

"我是在江城本地的师专读的数学专业。我高中毕业想报考上海戏剧学院,把心都想干了。"张老骥说。

杨远帆说:“那您怎么不报考上海戏剧学院呢?”

张老骥说:“我们年轻时考大学没你们现在这么自由,成千上万男孩女孩挤着笑着去参加艺考,考取考不取都开心。”

杨远帆问:“你们那会儿高考怎么考?”

张老骥说:“我们那时高考要政审,严得很。我家成分不好,报考哪个大学都不会被录取,别说去上海了。”

杨远帆说:“您那会儿太惨了!”

张老骥说:“现在不一样,你们这一辈子青年,真的遇上了好时代,一定要珍惜,知道吗?”

杨远帆说:“是的,是的。我们一定珍惜!”

张老骥说:“上不了戏剧学院,并没有改变我献身戏剧的志愿,我当时编了个四场次小戏加民歌联唱《红花遍地开》,在全校会演获第一名大奖。班主任在毕业评语中给我写了几句好话,所以我接到了江城师专的录取通知书,毕业后有一份当教师的工作,很不错。”

杨远帆问:“您后来怎么学戏剧的呢?”

张老骥说:“我在师专学数学,遇上了这辈子对我最好的班主任,姓李名爱华,教平面几何课,但她却是真正帮助我走上戏剧之路的恩师。她知道我能写戏,能上台演戏,我数学成绩不怎么好,她从不批评我。学校里搞新年晚会,她要我自编剧本演小戏。校长把奖状、纪念品发给我,她高兴得不得了。市文化局、团市委要搞会演,她两次推荐我自编自演去参赛,都得了奖,那时我只有十九岁。

“两年大专毕业后,我当了中学教师,她还几次找到我,给我送戏剧类参考资料,鼓励我报考上海戏剧学院专升本。我把报考的论文都写好了,因为家里经济拮据,没去成。”

杨远帆问:“您后来怎么走上戏剧工作之路呢?”

张老骥说:“毕业后我当中学教师没两年,文化局发现我能写戏,能演戏,就将我调过去,放在文化馆里搞戏剧创作和下乡辅导村民演戏,也就一辈子成了戏剧人。”

杨远帆问:“这位可敬的李老师,你们还联系吗?”

张老骥说:“五十年的变迁太大,我们渐渐联系就少了。她后来调到皖江大学数学系任教授，她的先生是系主任。前不久有位老师帮我联系上了她，我去皖江大学教师宿舍区，看望了李爱华老师，见了面，我俩都甚是激动。她年过八旬，身体健朗，喜欢打太极。她先生已过世多年，子女在南方成家。她一人独居，还到老年大学美术班学画画，出版了个人画集。

“她说一直在关注我调到文化部门工作后，在文学和戏剧创作上取得的成果，很为我高兴。

“我说，您是我的恩师，这么多年过去了，我还清晰地记得，您对我的关心和培育。那时我觉得您这位班主任老师很喜欢我这个不好好学数学，专心写剧本的学生。

“李老师当即说道，我永远喜欢你！孰能料到，这竟是恩师李爱华和我最后一场晤面呢，‘我永远喜欢你’竟是李爱华恩师给我说的最后一句话呢！”

杨远帆急忙问：“李老师怎么啦？”

张老骥忍不住流下泪来，说道：

“我有点忙，几个月没去看望她，有天想起来，就打了个电话，可一直没人接电话。我立刻打电话向另一位老师询问才知道，李老师一人在家，晚上坐在沙发上看电视，无声无息地离开了人世！……”

张老骥抹着眼泪说：“恩师去也！我虽老了，更当把她鼓励我做的戏剧事业，继续做下去！”

杨远帆听着也落泪了。

他说：“张老师，今天和您谈心，不仅知道了您如何走上戏剧之路，更深深感受了您的做人之道！这些都是大学里的教授们不曾给过我的。我要向您学的地方很多。”

“过奖了。”张老骥说，“后来者一定居上！戏剧事业的希望全寄托在你们年轻从艺人的身上！”

第十二章　好民警　洒泪和琴韵

一

街上传来一阵紧似一阵的警车声，接着是救护车的鸣叫声。

过了一会儿，警车和救护车的声音渐渐远了，舒雯雯一人坐在办公室里，没太在意街上发生了什么事情。

突然，林媛媛推开大门，进了歌舞厅。

舒雯雯闻声从办公室走了出来，林媛媛一下子扑到舒雯雯的怀里，声泪俱下地喊了一声："雯雯姐姐！……"接着，就再也说不出话来了。

舒雯雯赶紧问道："怎么啦，媛媛？"

林媛媛哭泣着，一脸悲切表情。

舒雯雯又问她："是剧团开除你了吗？"

"剧团不排戏了，改制散伙了，怎么开除我？"林媛媛说。

"改制？"舒雯雯问道，"怎么改的？"

林媛媛说："剧团领导还有国家干部编制的工资照拿，一分钱也不少。我们一般演职员，拿百分之六十工资，保吃饭不饿肚子，然后各自找工作，能挣多少钱不问。我和王晓娟还有乐队的人，都愿意在你这儿干，不用到外面找工作了。"

舒雯雯说："你们来我这儿，我特别高兴，那你哭什么呢？"

"不是为这事，不是为这事！"林媛媛摇摇头，还是哭。

舒雯雯急了，扶着林媛媛的双臂将她晃了晃，说："那到底出什么事啦？你说呀！"

林媛媛只说了两个字："警察……"

舒雯雯问道："警察？哪个警察？"

林媛媛说："就是那天晚上……给我送花的那位警察……"

"噢……"舒雯雯这才松了一口气，说，"是那位警察？我想起来了，挺帅的！怎么啦？你爱上他了，是不是？"

林媛媛直点头，却哭得更加悲伤……

舒雯雯估计发生什么事情了，又紧张起来，只好慢慢再问她："那位警察叫什么？"

林媛媛哭着摇摇头说："不知道。"

舒雯雯说："对方姓甚名谁还不知道，你就爱上了？"

林媛媛点点头，还是哭泣着，说："嗯……雯雯姐姐，二十二岁了，我从来也不知道什么是爱情，可那天晚上，怎么一见面，就爱上他了呢？……"

舒雯雯松开了林媛媛，说："那好啊！这就叫一见钟情嘛！"

林媛媛抹抹眼泪，说："这些日子好像让他勾了魂似的，无时无刻不在想念他，可连他名字我都不知道，上哪儿找他呢？刚才在街上远远看见他扶着一位老奶奶过马路，刚上了街对面的人行道，我正想喊他，可他突然发生了事情……"

舒雯雯说："发生了什么事？你慢慢说。"

林媛媛说："那老奶奶向他挥挥手，走了。突然，街边挤着不少人的公交车站上一个歹徒偷窃作案被发现，歹徒却反而殴打群众，他立即上去制止歹徒行凶，与歹徒搏斗起来……"

舒雯雯说："刚做过好事，又见义勇为，他真是好样儿的！"

林媛媛说："我亲眼看见，他俩打斗一番之后，歹徒在即将被制伏的一刹那，从腰里摸出了一把匕首，刺向了那位警察的腰间！……来了三部警车，救护车也赶来了……"

舒雯雯说："我刚才好像是听到警车和救护车的声音了，没想到是他出了事。"

林媛媛说："他身负重伤，被立即送进了医院……"

舒雯雯问:“你去过医院了吗?”

“去过了,我是跟在救护车后面跑去的。”林媛媛说,“就在离这儿不远的市二院。可、可、可医院不让我进。”

舒雯雯问:“为什么?”

林媛媛说:“因为我报不出这位受伤警察的姓名……”

舒雯雯很焦急地问道:“大夫说他有生命危险吗?”

“医生只是说,正在抢救……”林媛媛突然放声大哭起来,喊道,“雯雯姐姐!”

“不要难过,不会有事的,等医院那边的消息吧。”舒雯雯这时只能劝慰她,“媛媛,你让我想起排演《双玉蝶》那天……”

林媛媛抽泣着问道:“那天怎么啦?”

舒雯雯故意逗她,说:“《双玉蝶》戏中李玉香和董世良一见钟情,你说不可理解,还说要是你呀……就重找一个!”

林媛媛说:“那会儿我不懂爱情……现在我懂爱情了,真心爱上一个人,真不是滋味!”

舒雯雯对爱情自是有所体味,听她这么一说,也动了感情。

她说道:“媛媛,你不要着急,医院一定会全力抢救,他会健康出院的,你等待着他吧!”

林媛媛说:“是吗?雯雯姐姐,我听你的!谢谢你!谢谢你!”她转身就急匆匆地走了,也没说自己上哪儿去。

二

一见钟情的民警出了事,林媛媛能上哪儿去?当然是医院。她说了,就在附近的市二院。

舒雯雯喊了王晓娟一同赶到医院,向服务台询问了一下,得知救护车刚才是送来了一位受伤的民警,正在救治,但不准探访。她俩在门厅待了一会儿,却看到林媛媛和一位公安人员一同从过道里走出来,就迎了过去。

林媛媛还是满脸泪痕的伤心样子。她见到舒雯雯不再哭了,只说了声:“明天,明天……”

"什么明天?"舒雯雯急切地问,"你见到那位受伤的好民警了吗?伤情怎么样?"

林媛媛说:"我来三趟了,还是不准我见……"

这时,陪同林媛媛走出来的公安人员对舒雯雯说:"哎,你倒是说出了郝明景的名字。这位姑娘来了三趟,说不出伤员的姓名,护士长当然不让她见。"

林媛媛、王晓娟和舒雯雯都惊讶地互相望了望。

难道他就叫"好民警"吗?

他是不是姓"郝"呢?

还是舒雯雯反应快,她说:"是的,公安同志,我们听说这位郝民警勇斗歹徒受伤了,就是来看望他的。"

公安人员说:"你们都是来探望勇斗歹徒的这位民警同志的吗?"

王晓娟说:"这位好民警是我们刚认识的朋友。"

公安人员说:"但看你们三位姑娘的神色,我还是能猜得出来,你们并不知道他的姓名。"

林媛媛紧接着说:"是的,我们不知道他的姓名。他是不是就叫郝民警呢?"

"对,他就叫郝明景。姓郝,赤耳郝,光明的明,景色的景,郝明景。与你们说的'好民警'谐音吧!"公安人员望了望舒雯雯说,"所以,我刚才以为你把他的名字说对了呢!"

"郝明景,太好了!"林媛媛急迫地问公安,"我知道他的名字了,可以去病房探望他了吧?"

公安人员说:"知道名字,现在也不能探望,你们回去吧!"

林媛媛说:"但我、我、我和郝明景关系很好。他伤情怎么样呢?有没有生命危险?能告诉我吗?我十分焦急。"

"我比你们还焦急。"公安人员说,"郝明景的伤势比较严重,医生正在全力救治,究竟会怎样,医生说要等到明天……"

"明天,明天……"林媛媛又流下了眼泪,喃喃地说着。舒雯雯和王晓娟只好扶着她往回走。

三

当天晚上,江城电视台的新闻节目播放了郝明景见义勇为斗歹徒的新闻报道,在广大市民中引起十分强烈的反响。第二天一大早,林媛媛就赶到了市二院。不一会儿,张老骥、花梦婕、舒雯雯、王晓娟、杨远帆都赶来了。医院大门口的场地上已经站满了前来探望的市民,多数是青少年。好几位报社和电视台的记者也来了。不一会儿,医院的一位大夫和昨天那位公安人员从门诊大楼走了出来,站在门厅的台阶上。

那位公安人员说话了,他说:“请大家安静一下。你们都是来探望郝明景同志的吗?”

人群中发出嘈杂的回应:“是的,是的。”

有人焦急地问:“他伤情怎么样?”

公安人员说:“郝明景同志见义勇为受了伤,广大群众和媒体十分关心,我首先代表市公安局,向诸位表示衷心的感谢!现在请主治医生袁之义向大家介绍一下他的病情。”

袁大夫只简单地说了两句话:

“郝明景的伤情比较严重,经过10个小时的全力抢救,他的生命体征已全部正常,神志也很清楚。我可以负责任地告诉大家,他已完全脱离了生命危险。”

主治大夫的这一句话,让在场的人放心了许多,林媛媛也松了一口气。可接下来听到袁大夫说了一个“但是”后,林媛媛几乎要晕倒!

袁大夫说:“但是,郝明景受伤的主要部位是腰椎,经几位外科、神经科主任医生临床会诊,腰部以下暂时无法动弹。”

舒雯雯把林媛媛扶住,她才没有跌倒,但泪水再也忍不住了,只是没有哭出声来。

袁大夫接着说:“至于有些人希望进病房探视,请市公安局周局长给大家说一说吧。”

哦,这位公安人员原来是局长,可见公安局很重视郝明景的病情。

在一片叹息声中,周局长说:“据我们所知,郝明景同志是北方人,本地没有近亲属，所以，我们局里已经安排了人员前来照顾他，大家就不用过来探视了，让他安静地治病养伤。你们的心意，请袁大夫向郝明景同志转告一下，好吧？谢谢大家！”

周局长说完后，和袁大夫一同转身进了门诊大楼。

四

是的，郝明景是北方人，在本地没有近亲属，林媛媛当然算不上近亲属，连探视的希望都没有了。林媛媛无法控制自己悲痛的心情，泪流满面。舒雯雯、王晓娟和杨远帆劝说也没用，她反而大哭起来。这时，在渐渐散去的人群中，一位中年女性牵着一位十五六岁大的男孩走了过来。那女同志看上去像是男孩的母亲。

女同志对林媛媛说：“姑娘，你别哭了。听到你的哭声，我的孩子一定要我带他过来，想和你说几句话，好吗？”

林媛媛，还有舒雯雯、王晓娟、杨远帆都朝这男孩看——啊呀，原来是个盲童！他要说什么呢？

张老骥立刻说道：“说，说，让他说，我们都愿意听。”

林媛媛立即止住了哭声，抹了抹眼泪，说：“小弟弟，有什么话，你说吧！”

小盲童说：“我喊你大姐姐，合适吗？”

几个人都说：“合适，合适。”

小盲童说：“大姐姐，你好！我是个盲童，还患有先天性心脏病，早上是来医院就医的。我刚看好病，突然听说一位见义勇为的民警受了重伤，我十分揪心，就让妈妈带我过来了。公安局局长说，这位见义勇为的民警本地没有近亲属，可是你哭得很伤心，我猜想，你一定是他最亲密的朋友，是吗？”

林媛媛立即答道：“是的，是的。”

小盲童说：“我只劝你一句话，好民警虽然受伤致残了，但已经没有生命危险了，生命战胜了死亡，这是最有意义的！希望你多保重！我们用各自的方式关心这位英雄吧！”

小盲童的一句话，使所有人都深感震惊。那位女同志牵着盲童的手转身走了，张老骥向杨远帆做了个手势，两人立马追了上去。

张老骥和那位女同志交谈了几句，出乎预料的是，那女同志当即讲了一个真实感人的故事。

花梦婕、舒雯雯、林媛媛和王晓娟也跟了过去，听着，听着，林媛媛的眼泪又簌簌而下了！

张老骥转身对杨远帆说："杨远帆，这位盲童和他母亲的事情很感人，回去好好理一理，可以写个小戏的剧本。"

"是吗？那太好了！"杨远帆当然高兴得很。他觉得老剧作家的功力首先表现在对生活素材的敏感和攫取的能力上，这是值得年轻作者好好学习的！

那位女同志说的故事是这样的：

一位母亲开车陪她的女儿去参加钢琴大赛，得了金奖，回家的路上发生车祸，母亲丧生，女儿致盲。女儿不能上学了，在家一直情绪低落，饭不思茶不饮，甚至不想活下去。父亲和老师、同学们的关心和安慰都没多少效果。

这天来了一位喜爱弹钢琴的少年，他叫亮亮，他与她做了一次别样的交流，效果大不一样。

亮亮弹起一首名为《夏日的田野》的钢琴曲，奏响了流畅优美的生命乐章，引发了这女孩内心对生命这个主题的共鸣。而令她不可思议的是，亮亮原来是个盲童，并患有先天性心脏病！在亮亮的鼓励下，这女孩终于认识到，生命是有意义的，残疾的生命也是有意义的！一定要勇敢地活下去！

五

原来这位母亲是盲校的音乐教师，江城残疾人联合会的兼职副秘书长，故事中所说的盲童亮亮，就是她的儿子！

她知道这四位青年志在文艺圈创业，开办了寻梦歌舞厅，做小剧场演出的工作，便对他们说："由于社会文明程度进一步提高，如今对残疾人的关爱也在不断增长。刚才听到这位老师说，要编一个小戏，那真是太好了！"

杨远帆点着头介绍说："他是我们寻梦歌舞厅，也是即将成立的追寻艺术团的业务指导、老剧作家张千里老师。"

那位母亲说："哦，久仰大名。你们如果在张老师的指点下，编写一个以残疾人珍惜生命、奋发图强为主题的剧本，搬上舞台，弘扬正能量，该多好啊！我在残联负责宣传工作，如有需要，我一定给你们提供帮助！"

"那太好了，太好了！"杨远帆、舒雯雯、林媛媛、王晓娟和花梦婕都这么说。

"谢谢，谢谢！"张老骥说，"这事我们来做吧！"

回到歌舞厅一商议，杨远帆担任编剧责无旁贷，舒雯雯当然当导演，林媛媛饰演车祸致盲的女孩，王晓娟是小生，饰演盲童亮亮，太合适了。编写、排演，张老骥全盘指导。

王晓娟说："刚才一见到这个盲童，我就喜欢上他了，心地那么善良，好可爱哟，我能演好亮亮，我能！"

林媛媛说："出了这么大的事，我的心情一时也好不起来。但是为了郝明景，我愿意排演这个戏，能让我的精神振作起来，也一定会给郝明景带来鼓舞。"

舒雯雯说："远帆，你抓紧编写吧！"

杨远帆点点头，说："是！"

舒雯雯问："几天写好？"

杨远帆说："要到那女孩家采访一下，见见她和她的爸爸就行了。然后，开两个夜车吧，第三天交稿！"

舒雯雯满意地点点头。林媛媛和王晓娟齐声说："太好啦！"

张老骥说："两天后，一定要交初稿。我给你把关。"

杨远帆如同战士接受命令一样地答道："是！"

又是一个周末，是寻梦歌舞厅推出新戏的日子。一大早，杨远帆就将一张附有排演剧照的彩色海报，贴在歌厅外面的宣传栏里。海报是这样写的：

经市文化主管部门批准，我厅组建的民营艺术团即将正式成立。今晚将试演现代小型越剧《生命的琴声》。

该剧演的是两位残疾少年的真实故事，凸显了残疾人珍惜生命、奋发图强的主题，弘扬了正能量。本厅编剧杨远帆先生采访了几位盲人，接触了有关人士，还拜访了盲校的教师。

《生命的琴声》剧本送交上级审定，准予演出。本厅还约请知名音乐人创作了本剧中的钢琴曲《夏日的田野》，现场演奏。

特此敬告！

寻梦歌舞厅即日

海报张贴出来，不仅吸引了很多群众，也惊动了市文化部门和改制了的原演艺团体的人员。

这些年，专业剧团改制，几乎拿不出原创剧目来，一个小小的尚未正式成立的民营艺术团，演了一个自编的小型话剧《金屋藏娇娘》，反响很是强烈，不到半个月，又推出了一个小型越剧《生命的琴声》，十分了得！

看来这几个在梨园寻梦的青年人，确实有志气，也确实有才华。舒亦展和文化局的几位领导当晚也买票来观看了。

六

晚上 8 点，歌舞厅响起铃声，舒雯雯亲自担任主持，她着浅紫色长裙，微笑着走上小舞台，走进光圈。

舒雯雯宣布："各位嘉宾，今晚我们寻梦歌舞厅安排了开业后的第二场戏剧演出，这也是我们经市里文化主管部门批准、即将正式成立的追寻艺术团建团前的一场试演！"

现场响起热烈的掌声和欢呼声。

舒雯雯接着说："今晚演出的越剧小戏，是由我们歌舞厅杨远帆经理，根据市残疾人联合会提供的素材编写而成的，我本人担任导演，我市越剧界的知名演员——花旦林嫒嫒和小生王晓娟二人主演，剧名叫作《生命的琴声》。演出开始，请欣赏！"

在一阵阵的掌声中，绛红色的大幕徐徐拉开。背景大屏显示，夏日的早晨，清新亮丽。

这里是芳芳家的客厅。客厅正面是窗,左边是大门。厅里有桌椅和一架钢琴。钢琴上放置一幅秀美女人的遗像,那是芳芳的母亲。另一端是一座金光闪闪的奖杯。

林媛媛饰演的芳芳背对观众,伫立窗前。

芳芳的爸爸端碗上。

爸爸说:“芳芳,过来吃早餐吧。”

芳芳没有应声,也没有动,依然背对观众。

爸爸十分耐心,以怜爱的口气又说:“芳芳,吃早餐吧,是你喜爱的八宝粥,快过来吧,听见了吗?”

芳芳情绪很低沉地说:“我听见了,爸爸,你把那碗粥放那儿吧,我会吃的。”

爸爸说:“八宝粥凉了就不好吃了。”

芳芳说:“我知道,可我想等会儿再吃。”

爸爸将碗放到桌上,走到芳芳身边,扶着她的胳膊,说道:“过来吃吧。芳芳,我已经一个多月没上班了,我打算今天去上班,你说好吗?”

芳芳说:“你去上班吧,爸爸。”

爸爸说:“芳芳,你吃了早餐我就走。来吧,来吧。”

爸爸扶着芳芳转过身,这时观众才看出,林媛媛扮演的芳芳原来是个双眼失明的小姑娘。

芳芳在爸爸的搀扶下很不情愿地走到桌边,但仍然不伸手碰碗。芳芳说道:“爸爸,早餐我会吃的,可是我想等一等。”

爸爸说:“你还要等什么呢,芳芳?”

芳芳说:“我要等琴声。”

爸爸觉得有点诧异,说道:“等琴声?”

芳芳说:“是的,打从医院回来那天起,每天早上我都听到了琴声……”

“噢,对了,我好像也听到过琴声,那可能是新搬来的邻居家的小男孩弹的。他妈妈我见过。”爸爸说,“芳芳,自从出事以后,你已经一个多月没有弹琴了,你应该弹琴!”

芳芳生气地说:“我不弹!我不弹琴了!我什么也看不见了,我还弹什么琴!”

爸爸只好哄她。可芳芳却依偎在爸爸的怀里哭泣着说道:“爸爸,我想妈妈!”

纪实性小戏《生命的琴声》一开场,就做了一个悲切揪心的前戏铺垫。观众们被吸引住了。

厅堂里鸦雀无声。

饰演爸爸的是王晓娟请来的市越剧团的小生,他是一个年轻的男演员,名叫郭小山,才十八岁。这几年颇有事业心的高万泉团长和花梦婕副团长做了很多工作,其中有一件就是,在保持女小生的越剧特色的同时,招收和培训了几名男青年唱小生。郭小山是唱腔和舞台形象最好的一个,一表人才,会做戏得很。他进剧团两年,就是跟王晓娟学的小生戏。王晓娟只比他大三岁,郭小山对王晓娟说:“你是我的老师,我是你的粉丝。”

江城土话,“师”和“丝”读音相同,都读“丝”。王晓娟叫他来,他就来。

郭小山拿起剧本一看,嬉皮笑脸地说:“宝哥哥的粉丝演林妹妹的爸爸?”他高兴得不得了,排演起来非常认真。

“芳芳,你又哭了……”亮亮道了一句白,便开唱了:

我知道芳芳你很想妈妈,
爸爸更是日夜怀念她!
是车祸夺去了她的生命,
也夺去了你的双眼,让你变成盲女娃!

芳芳道白:“就怪你,爸爸!”她接着唱:

你只知道没日没夜地去工厂,
你的心全放在那生产线上!
那晚上要是你开车送我去比赛,
绝不会遇上车祸,
母女一同惨遭殃!

爸爸道白："是的，是怪爸爸。"他接着唱：

那天我真不该匆忙去工厂，
可我设计的那条生产线连夜要安装。
还要启动运转和调试，
我不去领班，没人能担当。

芳芳接唱：

钢琴比赛你叫妈妈把我送，
我准时参赛超常发挥获金奖。
喜领奖杯转上回家的路，
却被一个冒失的司机把车撞！

爸爸说："芳芳，别说了，别再想那次车祸了。现在的问题是，爸爸和芳芳都要振作起来！"

芳芳说："我什么也看不见了，眼前一片漆黑，你叫我怎么能振作起来呢？"

芳芳一下子扑到爸爸怀里哭泣起来。爸爸还是哄她说："芳芳，别哭了，别哭了，快些吃早餐吧！"

这时，外面传来钢琴声，芳芳敏感地推开爸爸，急匆匆地向窗前走去。她脚下一绊，差点跌倒。爸爸赶紧冲过去，扶住芳芳。

芳芳却只顾听外面的琴声，说道："琴声！琴声！"

爸爸扶着芳芳，注意听了一下，说："噢，是的，是琴声。"

芳芳感叹道："弹得不错，可他怎么也弹这支曲子呢？"

令芳芳感叹的是一首什么曲子呢？一首钢琴曲能让人感悟到生命的意义吗？是谁弹的呢，令芳芳如此神往？

爸爸取包，准备上班。他说了声："芳芳，我上班去了。"

芳芳在专心地听琴声，只淡淡地回了一声："你上班去吧。"

爸爸关心地说："你吃完早餐，也弹弹琴吧……"

芳芳还在专心地听琴声，只是“噢”了一下。

爸爸走了几步，又放心不下地回到芳芳身边，然后转身，向门口走去。台上琴声渐止。

芳芳喊了一声：“爸爸！”

爸爸停下步子，问道：“还有事吗？”

芳芳关心起爸爸来了，她说：“你路上注意安全！”

爸爸听了很感动，说道：“噢……是的。芳芳，再见！”

芳芳说了声：“再见，爸爸！”

郭小山带上门，走下小舞台。

芳芳摸索到钢琴边，打开琴盖，用手在琴键上抚摸着。她喜爱钢琴，但又为双目失明而灰心丧气。失望和怨恨交织成一股怒火，她双手高高举起，十指同时向键盘击去，钢琴发出强烈刺耳的响声。她盖上琴盖，双手摸到了妈妈的遗像，拿下来，贴到胸口，再贴到脸颊上，哭泣起来。

芳芳悲切地说道：“妈妈，难道你就这么走了吗？我永远也见不到你了！”

芳芳怀里抱着妈妈的遗像，哀声吟唱：

妈妈啊，妈妈，
我什么也见不到啦！
见不到色彩缤纷的世界，
更见不到我亲爱的妈妈！
我不能去学校读书，
哪有同学陪我嬉笑玩耍？
我酷爱的钢琴已不想再弹，
难道就这样躲在家中度我的青春年华？
妈妈啊，你为什么一个人走呢？
你带上我吧！
你带上我走吧！

王晓娟饰演的亮亮上。她的发型做了处理，看上去完全像个男孩子。

她步履平稳而自信,走到门口,敲门。

芳芳问道:“谁呀?”

亮亮答道:“我是亮亮。”

芳芳思索了一下,她的同学中没有叫亮亮的。于是她问道:“亮亮?亮亮是谁?”

亮亮说:“是你们家的新邻居。”

是听爸爸说过,新搬来的邻居家有个小男孩。芳芳愣了愣,然后摸索着去开门,说了声:“你好!”

亮亮进了门,说:“你好!你是芳芳吧?”

芳芳问道:“你怎么知道我是芳芳?”

亮亮说:“听我妈妈说的。”

芳芳问道:“有事吗?”

“只是想和你认识一下。”亮亮说,“妈妈对我说,你钢琴弹得非常好。”

这个叫亮亮的男孩一进门就触到了芳芳的伤心处,芳芳立刻说道:“不,不!不要提钢琴!不要提妈妈!”

亮亮说:“芳芳,你别难受。我家搬来一个多月了,刚来那天就听说你家出了事。前几天你从医院回来了,我就想赶快过来和你认识,和你说说话。”

芳芳说:“要和我认识?认识我有什么用?我什么也看不见了,我已经成残疾人了!”

亮亮说:“不!你可以学盲文,读盲文版的书,照样长知识!也能打电脑。你还可以弹琴,你钢琴弹得真好!”

芳芳问道:“你听过我弹琴吗?”

亮亮说:“听过,那天全省青少年钢琴大赛,你获得金奖。电台、电视台都转播了。你弹的曲子是《夏日的田野》,我非常喜欢,电台重播时我录了下来,学着弹。”

芳芳说:“每天早上,我都听到有人在弹这支曲子,是你弹的吗,亮亮?”

亮亮说:“是我。但我对这支曲子理解得还不好,有些地方我根本不能理解,因为我无法感受。”

芳芳说:“是吗?你谦虚了。”

亮亮道白:“不是谦虚。”他接着唱:

夏日的田野色彩斑斓，
这支曲子做了很好的渲染。
我从你丰富优美的旋律中领悟到
感知色彩，人类更爱这美妙的大自然！
可我从来没有感知过色彩，
凭空想象实在是太难太难。

芳芳惊讶地问道：“你说什么？你无法想象色彩？你没见过色彩？难道你……”

亮亮说：“是的，芳芳，我天生双目失明，从来就没见过这个世界是什么样子。我在一片黑茫茫中生活了16年了！”

芳芳说：“那你比我更不幸，更痛苦了！”

亮亮说：“是很不幸，但为什么要痛苦呢？世上很少有十全十美的人。人，难免是有缺憾的，但只要活着，总是有意义的。你的钢琴曲《夏日的田野》不就是宣扬生命这个主题吗？你弹出的是生命的琴声！”

芳芳说 ：“你很会开导人。”

亮亮诚恳地说：“不是开导，只是随便谈谈。芳芳，你还没有吃早餐吧？真对不起，我妨碍你进餐了。”

“你怎么知道我没吃早餐？”芳芳疑惑了，她突然发问道，“桌子上放的一碗粥，你看见了？”

亮亮说：“我看不见，可我进门就嗅到了八宝粥的香味。”

“对不起。”芳芳平静下来，说，“我这就把粥喝了。”

亮亮说：“那真好，你吃了早餐，可以指导我弹钢琴了。那天妈妈告诉我，你就是我们的邻居，我真高兴！我多么想弹好那首《夏日的田野》啊！”

芳芳做吃早餐的动作，故意发出喝粥的声响，然后放下碗筷说：“我吃好了。”

亮亮却说：“不，你没有吃。你只是做了喝粥的动作，发出了喝粥的声响。”

芳芳更加疑惑了，她问道：“我没有吃？你看见了？”

亮亮说：“我看不见，我是听出来的。”

“噢，真对不起。我实在不想吃，没别的意思。”芳芳说，“好吧，你弹钢琴吧。”

“谢谢!”亮亮径直走到钢琴边,掀开琴盖,敲了一个音。

芳芳又疑惑起来,问道:“亮亮,你怎么摸到钢琴的?你知道我家钢琴摆放的位置吗?”

亮亮说:“本来不知道,我在敲门之前听到你弹了一个强烈刺耳的音,我听出了你家的钢琴应该摆放在这个拐角。”

“噢,是这样……”芳芳说,“你弹《夏日的田野》吗?”

亮亮说:“是的,我想请你指教。”

“谈不上指教。”芳芳说,“你弹第三乐章吧。”

亮亮说:“那正是我最难把握的一章。”

亮亮开始弹琴。乐曲缓缓而起,把人们带到夏日的田野,那样明快舒展,万物生机勃勃。

芳芳被亮亮的琴声震撼了,但她更加怀疑了,听到这样刚劲有力而又委婉动听的琴声,她完全能确信,亮亮是在骗她!

芳芳语气强硬地命令道:“你停下!”

亮亮不解地停止弹奏。

芳芳严肃地问道:“你说你生来双目失明?”

亮亮答道:“是的。”

“双目失明?”芳芳态度更加强硬地说道,“哼!那你绝对弹不出这段乐曲!你怎么弹得这样好?你把彩色的田野渲染得太美了!你是跟谁学的?”

亮亮诚实地说:“我只是听了两遍你演奏的录音。”

芳芳说:“你别骗我了!你说嗅到有一碗八宝粥,听到我没有真的喝粥,可是这琴声骗不了我!”她接着唱:

亮亮啊,你钢琴弹得非常好,
多年的勤学苦练功夫到。
你对生命世界感同身受,
绝不比任何明眼人差分毫!
夏日田野里色彩的层次、对比和变化,
全让你摸透了!

你肯定见过光明的世界，
感受过色彩的绚丽和美妙！

芳芳道白："你说你是天生的盲童，你是在骗我！"

听了芳芳的指责，亮亮不气不恼，说道："不，我绝对没有骗你！当然，我希望你振作起来，生命绝不会因为一点残缺而失去意义！"

芳芳说："不，我不要听！我已经听够了！"她接着唱：

遭横祸母离世我成了盲女，
爸爸他自节哀，呵护我一月有余。
老师同学来探望陆陆续续，
送来多少劝慰和鼓励，
表达的是关爱，传递的是道理。
但我心中的痛苦依然无从摒弃！
你比他们分外高明，
假装成盲童来演一出戏。
从我喜爱的琴声先说起，
一步一步入正题。
可你进门我就意识到，
你步伐稳健，反应敏捷，
心明眼亮绝无疑！

芳芳说："我不能说你是有意来嘲弄我，但你进门之前就设计了一个善良的骗局！"

亮亮说："芳芳，真对不起你，打搅你了，我让你受伤的心又增添了痛苦。只是，我真的没有骗你，为了让你相信我是个盲童，我想请你来摸摸我的眼睛。"

芳芳十分惊诧地说："摸摸你的眼睛？"

亮亮说："是的。你来摸摸我这一双丝毫不能转动的眼珠，你就知道我没有骗你，你的心情就会平静下来……"

芳芳疑虑地说:“那样做……不好吧……”

亮亮说:“没关系,你过来吧!”

芳芳向亮亮走去,刚走到亮亮的面前,亮亮很敏感地说道:“停下。芳芳,你已经到了!”

芳芳一愣,停下。芳芳伸过手去即将摸到时,止住了,她说道:“我不能这样做……不能……这太不礼貌了!”

亮亮说:“没关系,摸一摸吧。盲人失去了视觉,触觉就显得特别重要。盲人常常用手摸一摸,都是为了感知这个世界,爱这个世界……”

“爱这个世界? ……”亮亮这番话,让芳芳开始接受,作为一个盲人如何去感悟生命的意义。

亮亮唱道:

为了感知夏日田野的风景,
母亲带我到了郊外的乡村。
我听到大自然的各种音响,
徐徐的风声,潺潺的流水声,
知了的鸣叫声,青蛙的戏水声,
还有牛羊鸡犬的叫声,
组成了大自然美妙的交响乐,
听得我如醉如痴无比兴奋!
我蹲在长满青草的田埂上,
手摸湿润的田地我情不自禁,
再摸大田里鲜嫩的庄稼,
小沟渠里流淌的渠水清清。
妈妈还请求一位田里干活的庄稼汉,
让我握一握他无比有力的大手,
摸一摸他肌肉强健的双臂,
摸一摸他宽阔的胸膛汗水淋淋……

王晓娟饰演的亮亮,将这一大段演唱得非常好,很有感情,十分动听,动作做得也恰到好处，展示了她越剧小生扎实的基本功，赢得了满堂喝彩。

芳芳十分感动地问道："你摸了他宽阔的胸膛？"

亮亮说道："摸了。我亲切地叫他叔叔！我感知到了夏日的田野里充满生命，充满活力，生命多么美好！"

芳芳不再怀疑了，她满怀激情地说："亮亮，我相信你了，我真的相信你了！"

亮亮还是那么平静，他接着又说了一些芳芳更加料想不到的事情。他说："其实，我不仅是个天生的盲童，而且还有先天性心脏病，大夫说我活不到十岁，可是，我今年已经十六岁了。我觉得生命能战胜死亡！残缺的生命也能战胜死亡！我还要活下去！我充满信心！这就是我特别喜欢《夏日的田野》这首乐曲的原因。"

芳芳感激地说："谢谢你，亮亮！"

亮亮说："不用谢。我只是和你谈谈心。"

芳芳的心态完全平和下来。她想，该和亮亮谈谈钢琴曲的话题了。她说："亮亮，我想告诉你，有几个音节你刚才弹得还缺少一点力度，节奏还不够跳跃。"

亮亮很高兴地说："是吗？你给我示范一下好吗？"

芳芳情绪非常好，她说："好的，你过来。"

芳芳走到钢琴旁，坐下，敲响第一个音节。亮亮突然想起了什么事，说："对不起，芳芳，请你停一下，我明天再来听你弹吧。"

芳芳停了下来，问道："为什么？"

亮亮说："我吃药的时间到了，我该回家吃药了。"

"吃药的时间到了？"芳芳疑问道，"你对时间也能感悟吗？"

"是的，是这样。"亮亮说，"谢谢你，芳芳，我走了。"

芳芳很舍不得亮亮离开，她说："我可以握一握你的手吗？"

亮亮说："那当然。"

芳芳伸手，摸摸索索的。亮亮伸手，准确地将芳芳的手握住。

芳芳握住亮亮的手说："谢谢你，亮亮！"

亮亮说："再见，芳芳！"

芳芳难舍地说道："再见！……"

亮亮把门带上，匆匆离去。

芳芳回到桌旁，先喝了粥，然后走到钢琴边，取下妈妈的照片，说道："妈妈，我永远见不到你了，我非常想念你，可是刚才有一个叫亮亮的男孩，他说生命是有意义的，他叫我勇敢地活下去！我能勇敢地活下去吗？我能吗，妈妈？"

芳芳将妈妈的照片贴到胸前，贴到脸颊上，然后放好照片。

她坐下来，开始弹琴。她弹的是《夏日的田野》第一乐章，那是夏日田野的早晨，清新舒展，充满朝气。

芳芳的精神自然地振作起来了，太让观众高兴了！厅堂里响起热烈的掌声。

但是出乎意料的事发生了，小舞台后面隐约传来救护车的鸣叫声，芳芳的琴声戛然而止。

这时爸爸上场了。爸爸用钥匙开门，进门。

爸爸说："芳芳，我回来了。"

芳芳说："爸爸，你好！"

爸爸进门前就听到芳芳在弹琴了，进门后又看到桌上的空碗，很高兴地说："芳芳，你在弹琴了？噢，你早餐也吃了！芳芳，你真是个好孩子！"

芳芳没有回答弹琴和喝粥的事。她心里有些不安，问道："爸爸，你听见救护车鸣叫的声音了吗？"

爸爸说："听见了。"

芳芳又问："看见救护车了吗？"

爸爸说："看见了。"

芳芳又问："你知道是急救什么人吗？"

爸爸回答道："是邻居家的男孩心脏病突然发作了，医院来急救车了。他妈妈把手机号给了我，要知道情况，可以随时和她联系。"

芳芳急了，问道："啊，难道是亮亮？"

爸爸说："是的，是个叫亮亮的男孩。你认识他？"

"真的是亮亮？"芳芳焦急地问，"他有救吗？"

芳芳起身，扑到爸爸怀里，哭泣起来，说：“爸爸，你领我去一下，我要送亮亮到医院，我要求求大夫，千方百计地救他！”

爸爸说：“救护车已经开走了……”

芳芳说：“爸爸，他是个多么好的男孩！每天早上弹琴的就是他！他刚才来过，是他给了我振作起来的希望！”

爸爸说：“是吗？他真是个好男孩，可车已走远了。”

芳芳说：“他说明天还要来听我弹琴……”

爸爸说：“是吗？多可惜呀！不过，大夫一定会全力抢救他的！”

芳芳说：“我要是能送送他就好了……”

爸爸说：“芳芳，你不能送他，就弹一段曲子送他吧！我打开手机，她妈妈接了，亮亮会听到的。”

芳芳说：“对，对！我给亮亮弹一段《夏日的田野》第三乐章，这正是他要听的一段曲子。”

爸爸搀扶芳芳到钢琴边，芳芳坐好后弹了起来。在舒缓的琴声中，手机扬声器传出亮亮的声音。

亮亮轻声地说道：“芳芳，你好！我听到了你的琴声，生命的琴声，我苏醒了……”

芳芳惊喜地说：“是吗？是吗？”

亮亮在电话里说：“大夫说，医学在不断进步，我的心脏毛病，是可以手术治疗的。”

芳芳激动地说：“那太好了！”

亮亮继续说：“大夫还说，盲人复明也是大有希望的！终有一天，你和我，都能看见这色彩斑斓的世界……”

芳芳更加激动地叫了起来：“太好了！”

芳芳弹起了《夏日的田野》最后的乐章，我们听到了流畅优美的生命的交响乐……

幕后合唱：

夏日的田野里，充满活力，充满生命！
生命是多么美好！

生命是永无止境!

小型越剧《生命的琴声》演出到此结束,小舞台绛红色的大幕缓缓闭上……

七

厅堂里响起一阵阵掌声。但没有吆喝声,更没有口哨声,气氛显得热烈而又庄重。观众们被真实的剧情感动了,他们得到的不是一般看戏的快乐,而是一种精神感悟,深化了对生命意义的认知,增强了对残疾人关爱的意愿!

静场片刻,绛红色的大幕又徐徐拉开。背景大屏幕显示出夏日的早晨,景色更加清新亮丽。

舒雯雯出场,牵着三位演员的手,谢幕!

演出十分成功。全场报以长时间的掌声。有三位热情的女粉丝当即在接待间买了三束鲜花,跑上台,献给了林媛媛、王晓娟和郭小山。坐满厅堂的宾客全都站起身,热烈鼓掌。

但是有一位宾客没站起来。

他没法站起来。

他坐在轮椅上。

不,他不是坐在轮椅上,他几乎是躺在轮椅上。他就是见义勇为的英雄民警郝明景!

郝明景坚持看完了《生命的琴声》,林媛媛在台上也看到了郝明景,还流着泪向他挥了挥手。

在郝明景身旁的是市公安局的周局长、市二院的袁大夫,在他们周围还有亮亮和他的妈妈、芳芳和她的爸爸。两位大人将两个孩子牵到郝明景身边,亮亮和芳芳握着他的手,说:"我们看不到表演,但是能听到。很逼真,很受鼓舞。"

郝明景望着两个可爱的盲童,止不住流下了眼泪……

林媛媛还没有卸妆就急忙走下小舞台，跑到郝民景的轮椅旁，一把握住了他的手，把粉丝刚刚献给她的鲜花，交到郝明景的手中。她的泪水簌簌地往下流。

郝明景很是感动。感动他们今晚演出了这么一台好戏，更为感动的是，他知道，这台戏是奉献给残疾人的，是奉献给社会的，更是为他编创排演的！

寻梦歌舞厅的青年们太好了！

编剧导演太有才华了！

他一见钟情的女演员林媛媛，太可爱了！

歌舞厅开业那天晚上，他给林媛媛送上一束鲜花，今天林媛媛送给他一束鲜花。一样鲜艳，一样芬芳。

但其内涵不一样了，升华了！

艺术的主旨升华了。

感情的境界升华了。

但愿他们两人心中的爱情之花，永不凋谢！

《生命的琴声》确实是一部好戏，编创和演出都达到了专业的水平，在此后省文联举办的一次全省征集评选中荣获创作奖，一家文艺刊物将剧本全文发表。

即将成立的追寻艺术团的每个人都笑逐颜开，唯独成功扮演芳芳的林媛媛，从此没有开过笑脸。

因为打那之后，林媛媛就再也没见到郝明景了。

原来，组织上安排专人送郝明景赴北京、上海多家医院诊治，确认他受伤造成的截瘫很严重，难以康复，经研究决定送他回北方自己家中疗养。

郝明景离去时特别向周局长汇报了一件事：他与寻梦歌舞厅的林媛媛一见钟情，但并未深交，为不给对方增添麻烦，他不再与其保持联系。

郝明景的话说得很中肯，周局长点了点头。

林媛媛和郝明景还有爱情故事吗？

希望有。

第十三章 勤学艺 茶女成歌星

一

“什么年代了？还月夜私奔？”

“什么年代？你说什么年代?!”

“21 世纪了还私奔?”

“私奔怎么啦？我和村里的相好,老实巴交的田阿贵,农民小二哥,我俩顺便一道进城来打工,叫什么私奔？是村上人七嘴八舌说我们私奔,我才不管人家怎么说呢!”

张老骥和韩云云在交谈。

韩云云一点也不胆怯,一问一答,喜笑颜开,调皮得很。杨远帆就坐在她旁边呢!

张老骥问:“进城打工没人管,逃婚私奔有人追。那天你俩跑出村口,后面有人追吗?”

“有！老黄牙带着七八个汉子,翻山越岭,紧追不放呢!”

“那太紧张了!”

“山路真难跑,我吓得差点在山坡上放瘫了!”

“要是敲起一阵紧似一阵的鼓点子,就更紧张了……”

“你也说什么‘古典’不‘古典’的？私奔太‘古典’了,是吗？你和杨远帆经理一个腔调，我不要听！”

“这‘鼓点’，不是那‘古典’我说的是唱戏打鼓的鼓点子！韩云云，你和田阿贵的故事很精彩，我真的被感动了。”

“我们韩桥村离县城很远，在深山旮旯里，很少有人去。”

“我很想去你们茶山看看。”

“县里文化馆的展老师、胡老师还在我们村住过呢。他们文化支农，越偏远的山村，他们越要去。”

“辅导你们唱歌跳舞吗？”

“辅导！他们拉手风琴，带我们唱歌跳舞，排演节目。”

“排演什么节目？”

“两位老师先听我们唱，还请老一辈的山里人唱当地山歌，记下唱词和曲调，什么《打连厢》《旱地行舟》《车上轿》，还有《四季灯歌》《划龙船》《薅田歌》《姐在田里摘豆棵》。”

“你唱一个我听听。”

“好，就唱《旱地行舟》给你听。一个彩色纸扎的船形小花轿，姑娘叫兰花妹子在里面，小伙儿叫哥哥，手拿一把纸扎的桨，紧贴船外边。两个人边扭边唱，这样，这样。”

韩云云做起动作唱起来，两个人的唱词，她一人唱，用细嗓子唱兰花妹子，用粗嗓子唱哥哥，分得清楚得很。

男：兰花妹子我的妹子哎。
女：划船的哥哥你怎么讲啥？
男：把你嫁给我划船的家。
女：嫁给你划船的做什么啥？
男：你在船尾把舵掌哎，
　　我在前面把桨划哟，我的妹子哎！

男：兰花妹子我的妹子哎。
女：打鱼的哥哥你怎么讲啥？
男：把你嫁给我打鱼的家。

女:嫁给你打鱼的做什么啥?

男:你在船后把桨划哎,

我在那船前把渔网撒哟,我的妹子哎!

男:兰花妹子我的妹子哎。

女:打铁的哥哥你怎么讲啥?

男:把你嫁给我打铁的家。

女:嫁给你打铁的做什么啥?

男:我在门前把铁打哎,

你在我后面把风箱拉哟,我的妹子哎!

男:兰花妹子我的妹子哎。

女:当兵的哥哥你怎么讲啥?

男:把你嫁给我当兵的家。

女:嫁给你当兵的做什么啥?

男:你在家里勤劳作哎,

我在前方把敌杀哟,我的妹子哎!

“好听也好看!这《旱地行舟》是皖江一带流传很广的乡土文娱节目。”

“文化馆的老师还编创新剧本,帮我们排小戏,好玩得很。”

“把你和田阿贵为逃婚而月夜私奔的经历编成戏,你们自己上台演,多好啊!”

“我自己演?那好丢人哦!”

“不丢人!不丢人!《金屋藏娇娘》里的娇娘,花梦婕她不是自己演吗?台上做戏,台下做人,努力做好就是了。”

“那我就演吧!杨远帆说过要编这个剧本的。”

“我还是要他编,他写好初稿,我帮他看看,提提意见。”

韩云云还是不相信杨远帆能编出一个《月夜私奔》的好戏来。杨远帆坐在旁边,她不好直说。

从前她只相信展老师,这会儿她相信的是张老骥。她笑了笑说:“张老师，我真希望你动笔，编一个剧本我来演。”

“我暂时没这个打算。”

“那你和我谈到现在，还是一场空哦?”

“不是空，不是空。根据这几天我对你细心的观察，听你的演唱，你很有演艺天赋，唱皖南的民歌，唱地方的小戏曲，都很有自己的特点，是天籁之音，是茶山乡音。再加上你几个月来勤学苦练，已经达到了很好的水平。我和舒雯雯、杨远帆、林媛媛商议了一下，要做一件事，以后由他们通知你吧!”

这是到寻梦歌舞厅以来，张老骥第一次单独和韩云云交谈。

这次谈话后，为了编创好黄梅戏《月夜私奔》，张老骥也没告诉韩云云，就带着杨远帆去了一趟韩云云的家乡韩桥村，做了深入的采访。这是张老骥别出心裁的一次帮扶。他要把老一辈脚踏实地的创作作风传给青年作者。不是耍嘴皮子，每写一件作品，都要对社会、对读者和观众负责任。

张老骥对杨远帆说：“作者要想写好文学和戏剧作品，一定要深入底层，掌握事情的全过程，不能人云亦云，草率使用素材。韩云云和田阿贵月夜私奔了，是事实，也很有故事性，但究竟是怎么回事，怎么发生的，怎么收场的。台上演一出戏，虎头蛇尾不行，有头无尾更不行。可以出人意料，但一定要在情理之中，要揭示鲜明的社会含义。”

张老骥不是随口说说这些话的。

张老骥早几天前已经和杨远帆就编写小戏《月夜私奔》深谈了一次。张老骥很赞成为特定演员量体裁衣去写戏，尤其是小戏，但具体到怎么写，还是要下功夫，付出更多的心血。

他对杨远帆说：“给韩云云写《月夜私奔》很不错。故事精彩，有戏。但一定要写出这姑娘在21世纪还逃婚私奔的特殊性和合理性，否则就真的太古典了。社会上有很多不应该出现的事出现了，是‘钱’在作怪，而且怪得厉害。究竟是怎么个怪法呢？要探求其真相，作者就要到生活的底层去，深入了解。

“特别重要的是，村子里发生逃婚私奔这样的事，村民们有什么反应？村里的基层党组织持什么态度？对立的双方最后是什么结果？这些才能营造出时代的氛围，显示明朗的主题。

“现在也有戏不讲思想内容，不谈及主题，有些所谓超前的剧团，拿不出像样的戏来，却不惜巨资隆重演出外国的荒诞戏，也有搞低俗的戏，简直不能看。外国也有好戏剧啊，他们为什么不引进呢？好，那些都不说了，就谈这《月夜私奔》吧！”

杨远帆十分同意张老师的看法，他说：“张老师，那我去一趟韩云云的家乡韩桥村吧，多了解些情况再写。”

“好！”张老骥说，“我也想去。”

杨远帆说：“你这么大年纪，还下乡深入生活？”

张老骥说：“要不是为了陪你写好这个戏，我是可以不去茶山的……”

歌舞厅正常经营没多少日子了，他们跟舒雯雯讲了一下，第二天就动了身，赶回来还要编剧本。

在张老师的帮助下，杨远帆编创的《生命的琴声》获得了好评，尝到了甜头，这次跟着张老师上山下乡，劲头十足。

他抢过张老骥的背包，说：“张老师，什么也不用说了，你这包，我背着，上山爬坡我扶着你。你要是不同意，我真不好意思跟你一道去了！”

张老骥说：“好好好，你确实是个好青年！”

就这样，一老一小两个编剧，一步一步，登上了风景美不胜收的茶山，走进了韩桥村。

张老骥提到的一件事，就是在近日，寻梦歌舞厅要给从未受过声乐专业培训，也毫无大剧场演出经验的山村茶女韩云云开一场个人演唱会！提出这个意见的，就是张老骥。

韩云云知道，这场演出的担子重，不仅是因为她一个人上台演唱，而且，这是寻梦歌舞厅与广大宾客的告别演出。

韩云云的心理压力太大了。可有些事说不清多少道理的，如果过于深思熟虑就办不成。三个月前太深思熟虑，寻梦歌舞厅肯定是办不成的，也就没有今天的撤离！寻梦歌舞厅最后的演唱专场将会如何呢？

直到演出的当天早上，歌厅的宣传栏上才贴出了杨远帆写的演出海报。令他们惊讶的是，不到一个小时，入场券销售一空，还有不少人拥挤在门口，那是从没见过的一票难求啊！

也难怪，陶二耶早就把歌舞厅要关门大吉的消息散布出去了，人们都知道，此后，寻梦歌舞厅没戏了，惨啦！

二

绛红色的幕布缓缓拉开，舞台的背景上视频显示的是美轮美奂的茶山景色。没有主持人出场，在一阵悠扬的皖南民间音乐声中，韩云云带着清脆的歌声，以轻盈优美的台步，如仙女下凡般从茶山飘荡而来。

韩云云是这样唱的：

正月里格调情正月正，
哥带二妹子去呀去看灯。
看灯是假意哟，
我的妹子哎，
只想牵着妹子的手哦，
走了一程又一程，
乖乖实在爱煞人！

这首歌的第一小段还没落音，韩云云面带羞涩的笑容转了个身，厅堂里便爆发出热烈的掌声。

没有喊叫声，今晚厅堂里坐满的宾客，明显与平常来跳舞唱歌的男女青年不一样了。林媛媛依照导演舒雯雯的预先安排，这时才微笑着走到台角，向台下鞠了一躬，轻松随意地说道："女士们，先生们，晚上好！"

山乡背景视频应声出现了一行"茶乡歌手韩云云山歌演唱会"的桃红色楷书大字。

一阵掌声过后，林媛媛说："大家已经很熟悉本厅的民歌手韩云云了，她是真正来自皖南茶乡的采茶妹子。为了满足众多宾客的愿望和要求，今天本厅特意为韩云云举办这场个人演唱会。经过多日的勤学苦练，韩云云的演唱水平又有了很大的提升，今晚她献上的歌曲，全部是原汁原味的茶乡山歌，是山里人豪爽的唱词，山里人原声的曲调，山里人幽远的情怀。希望大家喜欢！她演唱的第一首歌，《调情歌》！”

林媛媛拉着长音一报歌名，厅堂里的反响就更强烈了！林媛媛说了声：“请大家继续欣赏《调情歌》的第二段！”

韩云云和林媛媛互相点了头，林媛媛退下舞台，韩云云接着演唱。她唱道：

二月里格调情龙抬头，
二妹子站呀站在家门口，
哥从你家门口过，
我的妹子哎，
你噘嘴扁腮哦，
转身进屋不睬我。
乖乖我心中好难过。

五月里格调情是端阳，
哥带二妹子把呀把街上，
扯布做衣裳。
我的妹子哎，
线春和小纺，
还有绫罗绸缎，
乖乖我随你要哪样！

韩云云微笑着鞠躬，向后面退了几步，大厅里便响起了热烈的掌声，也有了一些压抑不住的叫好声。

主持人林媛媛走到台前，先向韩云云做了个赞赏的手势，然后微笑着对宾客们说：“韩云云小姐甜美的民歌演唱，真是天籁之音啊！尊敬的宾客们，接下来她演唱的是，被誉为中国乡村音乐的黄梅调，曲目叫《想情郎》。”

韩云云还未唱，掌声就来了！

林媛媛接着说：“这是一首流传百年的黄梅调选段，唱出了当地乡村姑娘的爱情困惑，请欣赏！”

韩云云在热烈的掌声中，面带笑容走到台前，她说：“谢谢诸位，这曲《想情郎》了，希望大家喜欢！”

月落西窗天放亮，
百鸟出林展翅忙。
家家都把大门开，
独有二妹子没起床。
丈夫出门去经商，
腰缠万贯走四方。
寻花问柳平常事，
哪管娇妻守空房？
二妹子原有个小情郎，
想起情郎泪汪汪。
可恨爹娘贪钱财，
拆散了一对好鸳鸯。
嫁个丈夫不归家，
二妹子心中多凄凉。
……

同样是一曲未了，掌声雷动。台下的掌声和呼喊声同时迸发出来了：“唱得太棒了，再来一个，再来一个！”

韩云云鞠躬说道：“谢谢！谢谢大家！”

又是一阵雷鸣般的掌声。

韩云云唱得那么好，却一点没有傲气，十分自然，纯情。她向后退走两步，准备下场。

看到韩云云想下场的样子，站在一边的舒雯雯赶紧走过去，一把抱住了韩云云，激动地说：“云云，你唱得太好啦，唱得太好啦！你肯定能上电视。我们请来的几位江城电视台的摄像师，都说你唱得非常好，说你形象也特别好,继续唱,继续唱!”

厅堂里的掌声再度雷鸣般地响起,呼叫声接连不断。

韩云云说:“那我就再唱一首吧。”

舒雯雯说:“一首不行,排练过的先不唱!”

韩云云还是有点心虚,她脸上一副无可奈何的样子,说:“好吧,我唱,我唱。”

林媛媛在旁边看着报幕单,对韩云云说:“下面一首是你自己报歌名,你向宾客们说吧!”

韩云云看看舒雯雯,又看看林媛媛,向台前走了几步,笑眯眯地向大家说道:“接下来,我唱的这首黄梅调叫《打野猫》。”

伴奏音乐起。观众鼓掌。

韩云云唱了起来:

一弯新月上树梢,
百鸟归林夜悄悄。
哥哥约妹林中会,
娘把女儿看得牢。
女儿急得团团转,
声声劝娘快睡觉。
为娘当知女儿心,
故意灯下把话聊。
聊天聊地聊古今,
芝麻谷子穷唠叨。
哥哥林中着了急,
一声一声学猫叫。
妈妈一听怒气生,
拖着女儿往外跑。
带根棍子带把刀,
我俩到林中去打野猫!
啊哟喂……

不能打哟我的娘哎！

不是野猫！

不是野猫！

那是女儿的小相好！

韩云云唱得声情并茂，动作轻巧，可爱极了，震惊全场，掌声雷动。宾客中发出有节奏的拍掌呼喊：

"小野猫，小相好！"

"小野猫，在哪儿？"

带头起哄的来宾原来是西装革履、一头长发的陶二耶！其实，他今晚是李定发派来搅场子的，他们想目睹寻梦歌舞厅满场落泪的悲惨结局。

寻梦歌舞厅招聘那天陶二耶来过，他知道韩云云的相好是田阿贵，一对三打斗时，他被田阿贵撂倒了。陶二耶带着几个青年男女起哄，想乘机戏弄一下田阿贵，有点报一箭之仇的意味。他们几个嘻嘻哈哈地将田阿贵拉出来，推上小舞台，一直推到韩云云身边。场内有些宾客也极其欢快地拍掌呼喊：

"'小野猫'，在这儿！"

"拉出来，'小野猫'！"

"打他个屁滚尿流无处跑！"

面对这个突发小事件，舒雯雯、林媛媛和杨远帆都有点紧张起来。但陶二耶的恶作剧，反倒起了点好作用，把韩云云演唱晚会的气氛推向了高潮，演职员们也都跟着鼓起掌来。

田阿贵被推上了小舞台也不怯场，他眯眯笑着拉起了韩云云的手。两人一道向台下鞠躬，还同时说了声："谢谢大家！"两人准备下场，但陶二耶和几个小青年还是不饶他们，掌声和喊叫声一浪高过一浪。

"'小野猫'，唱一个，唱一个！"

"'小野猫'和采茶妹子唱一个！"

这一下舒雯雯和杨远帆都慌了。

这田阿贵哪能唱呢！应聘那天唱了四句倒七戏，走腔跑调，把人笑坏了。可这会儿他和韩云云站在台上，怎么下得了台呢？

主持人林媛媛赶紧上台走到他俩面前,问他们能不能唱?

韩云云告诉她,其实,文化馆展老师在韩桥村也辅导过他俩对唱的节目,还编了唱词和对白。这几天她暗地里也和田阿贵做了好几次练唱。林媛媛笑着点点头,当即报起幕来。

林媛媛笑容满面地宣布道:"田阿贵先生确实是茶乡歌女韩云云的男朋友,他是本厅的保安人员,不是演员,导演事先没有安排他演出节目。但今晚在十分喜庆的气氛中,为了满足宾客们临时提出的要求,田阿贵先生和韩云云小姐给大家献上一首茶山民歌,男女声对唱,歌名是《梧桐树上落凤凰》,请欣赏!"

田阿贵紧接着很爽快地说了一句:"我是梧桐。"

"那我就是凤凰了。"韩云云跟着这么很风趣地一说,厅堂的气氛显得更加活跃。随着乐队简单的两句起音,田阿贵大大方方地唱了起来,韩云云配合得更是没话说。

田阿贵唱道:

哥是梧桐靠山长,
妹是山里金凤凰。
凤凰飞来又飞去,
不落我枝头心发慌!

韩云云唱道:

满山梧桐满山长,
苍劲瘦弱不一样。
凤凰单选强枝落,
妹妹早已看端详。

田阿贵唱道:

哥妹同生一山乡,

青梅竹马情谊长。
如今人大心也痴，
日夜都把妹妹想。

韩云云唱道：

哥哥对妹情谊长，
上山砍柴把妹帮。
夜黑行路手搀手，
男情女爱本应当。

田阿贵唱：

月夜晴空飘云朵，
生怕乌云遮月亮。
盼望再逢月圆时，
哥妹携手入洞房。

韩云云唱道：

别性急，莫彷徨，
男儿自应有主张。
婚姻本是终身事，
请容小妹细思量。

韩云云唱得温情委婉，感人肺腑，田阿贵唱得也很棒，太出乎意料了。坐在台下观看的张老骥、李笑梅、花梦婕都频频点头称好。

其实这首对唱，是前年县文化馆的展老师记下当地的民歌谱子，填上新词，在韩桥村拉着手风琴教他们唱的，还编了几句道白插进去，演唱的效果就更精彩了。

那两句道白田阿贵和韩云云都记得。

韩云云唱完最后一句,田阿贵就接着道白:

“还要细思量什么?你喜欢我,我喜欢你,不就成了吗?”

韩云云故意嗔怪他:“谁说我喜欢你啦?”

田阿贵龇着嘴笑道:“可我喜欢你呀!”

韩云云说道:“阿嚏!这么大声嚷嚷,羞不羞啥!”

田阿贵接连说:“不羞,不羞!”

全场哄堂大笑,掌声雷动!

说上几句道白,让这段男女对唱更加出彩,效果好得很。田阿贵牵着韩云云的手,向观众深深地鞠了一躬,走下小舞台,好像是事先安排好的样子,十分自然。

韩云云好高兴哦,没想到她的浑小子田阿贵今天表现得这么好,真有点奇妙。

这也让舒雯雯有个新发现:田阿贵不仅能打斗,也能表演。那天应聘,他唱的是倒七戏,只唱了四句,走音跑调,那是缺少训练的缘故。这几天想必是韩云云暗地里叫他努力练唱了,上台真的出了彩,和韩云云同台演唱还是蛮般配的呢。艺术团办下去,又多了一个难得的好演员,太好了!

舒雯雯对韩云云的个人演唱会抱的希望本也不大,没想到效果这么精彩。她几次注意到了张老骥和宣传部、文化局、广电局来的人,坐在最后一排的圆桌边,时而轻声地说几句,那神色,那微微点头的姿态,还有媒体的……

导演舒雯雯对晚会一直有两手准备。演出分上下两个半场。上半场是韩云云独唱山歌,唱出地域特色,要原汁原味,要达到不一般的效果;接着演下半场,是重头戏!如上半场效果不理想,下半场就不演了。

下半场将要演出的是一个折子戏,是张老骥和杨远帆一老一小两位编剧,着力打造的。他们为了写好这个剧本,用四五天时间一同赶赴穷乡僻壤,观察底层的生活真实,了解当今乡民的梦想。舒雯雯在导演这个戏上也下了功夫。不演,真如同割自己的肉一样难受!

这上半场演得太好了,不用多虑了。

舒雯雯笑眯眯地向林媛媛做了个双手合十的小动作,这是她和林媛媛预约的暗语,请她当即报幕。

林媛媛立即兴奋不已地向宾客们报幕:"下面是我们寻梦歌舞厅开业以来的一场压轴戏,黄梅戏折子戏《月夜私奔》,演出开始!"

三

绛红色的幕布缓缓闭合,顷刻,又向两边缓缓拉开。背景屏幕上映出的是"原创黄梅戏折子戏《月夜私奔》"这行金黄色隶书体大字,给宾客们带来了一阵惊喜。

林媛媛像一个多月前主持开业盛典一样喜气洋洋,手持话筒,带着迷人的微笑,漫步走到台前,说:

"女士们,先生们!接下来,将要奉献给大家的是我们寻梦歌舞厅原创的黄梅戏折子戏《月夜私奔》。编剧为本厅业务经理杨远帆,导演是本厅总经理舒雯雯,主演是本厅歌手韩云云,指导本剧编创和排演的老师有:知名老剧作家张千里、越剧著名花旦花梦婕,还有舞蹈老师李笑梅科长。在此,一并向关心、扶持我们的诸位老师和朋友们致以诚挚的感谢!"

舞厅里爆发出掌声,片刻后安静下来。

演出开始。

傍晚时分,绚丽的彩霞给苍翠的远山和近处的茶林染上一层金黄,鸟鸣花香,景致宜人。

韩云云领众茶女边歌边舞,上场,唱道:

春风吹绿茶山乡,
春雨滋润溢芬芳。
天晴忙把新茶采,
欢声笑语满山岗。

众茶女唱道：

采茶忙，采茶忙。
忍苦受累抢时光。
清明谷雨茶一季，
雨前新茶嫩又香。

韩云云唱道：

采茶苦，采茶忙。
采茶苦，采茶忙。
苦中作乐把歌唱。
十二三岁上茶山，
如今长成大姑娘。

众茶女开始嬉闹了，缠着韩云云唱道：

雨前茶，嫩又香。
姐姐快嫁男儿郎。
莫待青春空流逝，
茶枝老了烧炉膛。

韩云云追打众茶女，众茶女躲闪。这一段舞蹈动作简单，节奏感很强，借鉴了侗族山寨的民间舞蹈，是李笑梅教她们的。李笑梅科长原来是学舞蹈出身，腰扭伤了，才改做群艺工作的。

一会儿，田阿贵和韩云云的妹妹韩月月上场了。

追打了一会儿，一茶女叫道："云云姐姐，你饶了我们，饶了我们吧！"

"好，就饶你们这一回吧！"韩云云停下追打，转身喊月月，"小妹，我们回家去吧！"

韩月月急切地说："姐姐，不能回家，不能回家！"

韩云云问道："我采茶下工了，怎么不能回家呢？"

韩月月说："家里来了好多人，说是——"

韩云云问："说什么啦？"

田阿贵急不可待地插话："云云，听说你哥哥要把你嫁人了，是真的吗？"

韩云云愣住了，问道："你听谁说的？"

田阿贵说："村上人风言风语都在说呗。"

韩云云说："不会的，别听人家瞎说。"

田阿贵着急地说："说你家来了好几个大汉呢！"

韩云云背起茶篓欲下，说："常有人来提亲，别大惊小怪的。"

韩月月急忙拦阻，说："姐姐，姐姐，你不能回家！哥哥赌博输了许多钱，把你抵债嫁给人家了！债主老黄牙带几个人来了，要接你过门呢！"

韩云云这才大惊失色，呼喊道："啊，天啦，哥哥怎么做出这种事啊？！"

韩月月说："你不能回去呀，你一回去，他们会把你抢走的。"

韩云云说："是不能回家了，可、可我上哪儿去呢？"

韩月月说："姐，在村上哪家暂时躲几天吧。"

韩云云说："小妹，你真是我贴心的小妹呀！我不回家了！"

韩老大和韩大嫂匆匆上场。田阿贵和韩月月从侧边下。

韩老大喊道："云云，你怎么还不回家？"

韩云云问道："哥，你真的把我抵债嫁人了吗？"

韩老大低下头，羞愧难言地哼了一声。

韩云云伤心地喊道："哥，你说，你说呀！"

韩云云双手抓住韩老大的双臂摇晃。

韩大嫂插上说："云云，不用说了，你回家去吧！"

韩云云已明白确有其事了，悲愤地摇晃着韩老大，说："不，我要你说，你说呀，哥哥！"

韩老大愧疚地道白："我说，我说，云云呀！"

他接着唱道：

心中欲说我口难启，
只怪哥哥不争气。
穷日子过得发了急，
赌博窝里闯运气。

韩云云说：“想摆脱贫穷日子，靠赌博碰运气就行了吗？我们早就晓得你赌博，好说歹说你就是不听！”

韩老大说：“是我错，是我错。我也晓得赌博是件大坏事，可一沾上，玩一两次，就上瘾了，再怎么输钱也收不了手！”

他接着唱：

一月输了六万三，
几天又输了三万七。
债主乘机起歹意，
逼我嫁妹把债抵。
限期三日今已到，
我何处能将巨款借？
云云呀，
只有你能搭救我，
妹妹的恩情哥牢记！

韩云云道白：“那债主是哪个？”

韩老大说道：“后山的老黄牙。”

韩云云咬牙切齿地道白：“果真如此……哥哥呀！”

她接着唱道：

猛听说哥哥把我嫁，
以身抵债许配老黄牙。
好似晴空惊雷炸，
天旋地转我眼发花！

韩云云跌跌撞撞，韩大嫂上前将她扶住。

韩大嫂喊了一声："云云妹子，你怎么啦？"

韩云云让大嫂松开她，深情地继续唱道：

哥嫂啊！
兄妹姑嫂是一家，
云云和月月两朵花。
饥时同食一锅粥，
渴时同饮一壶茶。
照应小妹恩情永不忘，
有朝一日应报答。

韩云云转气愤地道白："可你们……你们怎能将我……"

她接唱：

谁人不识老黄牙，
活脱脱一只癞蛤蟆！
婚姻大事非儿戏，
云云我宁死也不嫁！

韩老大失望地叹息："唉，这……"

韩老大转身对韩大嫂说："你、你说两句吧。云云听你的！"

韩大嫂两难地说道："我、我说什么好呢？"

愣了一会儿，她唱道：

云云月月好妹妮，
姑嫂相伴有情谊。
怎忍心你嫁老黄牙，
一枝鲜花送进粪坑里！

韩云云扑到嫂嫂的怀里,激动地说道:“嫂嫂!我的亲嫂嫂!”

韩老大哭丧着脸道:“可老黄牙在家里等着呢……”

韩大嫂犹豫地推开韩云云,唱道:

老黄牙他不讲理,
上门逼债太火急。
心狠手辣气势凶,
不还钱他就动真的。
云云呀,
姑娘迟早要出嫁,
世上男人都是一样的!
帮助哥嫂渡难关,
你的恩情永牢记!

韩云云失望了,道白:“嫂子,这么说,你也是想让我嫁给老黄牙了?”

韩大嫂说:“我、我……我是个没主意的可怜人喽。我不说了,我不说了……”

韩云云说:“看样子,不给钱就非嫁人不可了?”

韩老大说:“不给钱,又不把你嫁过去,我哪顶得住呢?”

韩云云思索片刻,下狠心决断,说:“大哥大嫂,事已至此,没有办法了,你俩先回去一步,好酒待客,我到村里各家借钱。把钱凑齐了,还钱;还不了钱,嫁人!”

韩老大和韩大嫂同声说:“云云,你真是我的好妹子,我们先回去了。”

韩老大和韩大嫂同下。

韩云云从另一侧进村。下场。

转场。村委会刘书记家门口。

村民数人上场,七嘴八舌地对刘支书说:“刘书记,刘书记,村上出事啦!”

刘书记把手甩甩说:“都回去,都回去!”

村民说:“我们是来找你去管一管的,你不去,不行!”

刘支书说："你们来说什么事，我晓得。村上很多人在说这事，我听到了。不过，这是人家的私事，不管，不管！"

刘书记五十多岁，韩桥村土生土长，二十二岁参军，在部队入的党，在天安门前站过岗。复员后担任村党支部书记。每次换届选举，连选连任二十几年了。刘书记文化不高，但做事通情达理，村上党员和村民都服他。从来都是关心村民群众的刘书记，今天怎么啦？大家急了，都义愤填膺地说起来：

"刘书记！村里发生这样大的事，你怎么能不管呢？"

"现在是新社会，当年恶霸地主黄世仁逼债抢喜儿的时代早过去了！"

"喜儿和她爹那时候拼不过黄世仁，是她村里没有党。现在韩云云拼不过老黄牙，刘书记应该去管一管！"

刘书记反问道："怎么管？"

一个村民说："那老黄牙带几个汉子肯定是来抢亲的，我们应该去他们家，保护韩云云！"

刘书记问道："老黄牙把韩云云抢走了吗？"

村民说："没抢走，还在韩老大家喝酒呢！"

刘书记说："既然韩家宴请他们喝酒，谈婚论嫁，怎么叫抢亲呢？老黄牙和韩云云相比，年岁的差距很大，相貌上也不般配，这是我们的感觉。但是婚姻是他们自己的事，尽管其中有金钱的因素，外人也不便干涉。"

刘书记好像说得有道理，村民们只好把手一摊，无可奈何地说了一句："那就让老黄牙把韩云云接走吗？"

刘书记没有再回答村民们的提问，大伙儿只好散去。

转场。村外，半月弯弯，晚景凄清。

韩云云上场，唱道：

明月悄悄出山坳，
照见弯弯路一条。
云云心中已决断，
单等阿贵定分晓。

田阿贵拎一只小包和韩月月同上。

田阿贵喊道:“云云!”

韩云云喊了声:“阿贵哥!”

两人扑到一起。抽泣。

田阿贵说:“我跑遍全村,凑在一起,才借到五千块钱呢!”

韩云云说:“我也跑了好几家,答应借的,暂时也没现金。”

韩月月说:“姐,只有五千块钱,离十万块钱还差得远呢!”

“是呀!”韩云云故作无奈地说,“阿贵,那我只好嫁给老黄牙了……接亲的人在我家等着呢!”

田阿贵发疯地说:“不,不,不行!我不能没有你!”

田阿贵上前搂住韩云云。月月看了又急又害羞,侧过身去。

韩云云深情而无可奈何地说:“没有钱,就得嫁给老黄牙,我实在没有法子呀……”

田阿贵说:“没法子,想法子!云云,我和他们拼了,也不让你落到老黄牙手里!”

韩云云说:“老黄牙是我们山里的土豪,有钱有势,他们有好几个人,你拼不过他们的。”

田阿贵焦急地道:“拼不过?拼不过……”

韩云云问:“拼不过有什么法子呢?”

田阿贵自问道:“有什么法子呢?……”

田阿贵猛醒地叫起来:“拼不过我们就跑!云云,我们跑!”

韩云云故意追问:“跑?往哪儿跑?”

田阿贵说:“跑出这山沟沟!跑到城里去打工!村里走的人多呢!他老黄牙怎么也找不到你云云了!”

韩月月说:“姐,阿贵哥这个主意好!你们走吧!”

韩云云问道:“小妹,你舍得姐姐走吗?”

韩月月说:“姐,我舍不得你走。可你不走没活路呀!老黄牙我刚才见到了,又凶又丑,好怕人喽!”

韩云云说:“阿贵哥,你真决心带我走吗?”

田阿贵说:“我决心带你走!”

韩云云说:“阿贵,我们想到一起啦,走!”

韩月月说:“姐,你们就快点走吧!”

韩云云和月月紧紧抱住,二人都潸然泪下。云云为月月擦拭泪水,恋恋不舍地分开。

韩云云、田阿贵两人奔下。

韩月月哭泣,呼喊着:“云云姐姐! 快点走啊!”

山间回响着月月的呼唤声……

幕后一阵杂乱的喊叫声:

“抓住云云! 抓住云云! 别让她跑啦!”

老黄牙带领几个抢亲人奔上。

老黄牙说:“韩云云呢? 跑啦? 噢,月月在这儿! 姐姐跑了,就把韩云云的小妹妹带走!”

几个抢亲的汉子抓住了月月,月月吓得痛哭起来。

韩老大手持篾刀,韩大嫂哭喊着跑上场。

韩老大大声说:“啊,老黄牙,云云跑了,你就要抢月月? 我跟你们拼啦! 她还是个孩子,还不到十六岁呀!”

老黄牙凶残地笑着,说:“不到十六岁? 哈哈哈哈! 五月的杏子,熟啦! 带走!”

两大汉扛起韩月月,跑下场。大灯暗。

一束光圈亮,照着韩大嫂和韩老大。

韩大嫂拼命地揪着韩老大,说道:“你赌吧! 赌吧!”

韩大嫂扑通一声跪下,抱住韩老大的双腿,痛哭道:“你还我两个好妹妹,还我两个好妹妹!”

韩老大极度震惊,有气无力地说道:“完啦,完啦! 还赌? 还赌吗? 就是这一双手,赌,赌,赌!”

韩老大右手执篾刀,猛地扎向左手心。伴着一声凄厉的惨叫,鲜红的血从高举的左手心向下流淌……

舞台上的光圈灭了。

灯亮。田阿贵和韩云云月下私奔了，从右边下场，从左边再出场。

一阵紧似一阵的锣鼓点子敲响起来，张老骥老师所说的舞台紧张气氛被推到了极致。

这就是剧作家张老骥说的耐看、感人的戏剧！剧作者的功力就要体现在让情节出乎意料。

但在不在情理之中呢？来源于生活就在情理之中。

张老骥带着杨远帆赶往离江城偏远的事发地，得到第一手素材，连急急火火离开村子的田阿贵和韩云云都不知道的后续情节。真实的情节是最出彩的，是最激动人心的。

青年作者一定要学习老一辈作家，走深入生活的路子，是杨远帆这次的亲身感受。

转场。村委会。

事情变化得太突然，让所有关心这件事的人几乎无法应对。只有刘书记能应对，不愧是从部队回来的老共产党员！

不过十来分钟，焦急万分的一伙村民再次来到刘书记家门口时，没见到刘书记，他老伴也是心焦如焚地说："老刘到村委会去了，叫你们赶快过去！"

一伙人跑到村委会，大门开着，电灯亮着。

刘书记正在打电话，只听到他最后说："我在村委会，你马上过来！好，好！"

一村民喊了一声："刘书记！"

刘书记又是甩甩手，但没叫他们回去。

刘书记说："等等再说。我打电话给韩营长了，他马上就到。"

民兵营长韩耀先跑步上场。

刘书记劈头就问："田阿贵带着韩云云走了吗？"

韩营长答道："走了，我到田阿贵家问了，他俩肯定走了！"

刘书记问众人："我听说老黄牙没追上韩云云，就将她妹妹韩月月抢走了，你们谁看见了？"

几个人抢着说:“是将月月抢走了,我们亲眼看见了!”

一个女村民说:“我们听到了,小姑娘哭得好惨哦!”

“韩营长,”刘书记问道,“月月是你的堂妹,你应该知道她的实足年龄是多大?”

韩耀先回答道:“实足年龄还不到十六岁呢!”

刘书记思考了一下,然后义正词严地说:“老黄牙践踏了法律的底线,我们作为基层党组织和村委会,就不得不动手了!韩营长,为保护未成年人的人身安全,你立刻带一个班的民兵去把月月追回来!如有意外,我立即打110,向公安局报警!”

韩耀先应答道:“是!”

几个年轻人说:“我们都是民兵,我们跟韩营长一起去追!”

韩营长带了众人快速离开村委会。

老黄牙带几个抢亲人,扛着小月月,从另一侧上。

锣鼓点子越敲越紧,越敲越急。

双方正面相遇之时,必然是老黄牙束手就擒之时!

几个民兵紧跟着韩营长冲上前,从两个汉子手中,夺过了韩月月!

一阵胜利的锣鼓和音乐声,之后戛然而止。

林媛媛站在台角,手持话筒说道:“黄梅戏《月夜私奔》演出到此结束!谢谢大家!”

厅堂里爆发出热烈的掌声和欢呼声!

而韩云云忍不住号啕大哭。

舒雯雯、林媛媛、张老骥、花梦婕、李笑梅都在抹眼泪。令舒雯雯想不到的是,她的爸爸和妈妈也来了,都同样地高兴和激动,只不过,他俩没有坐在一起……

往台下看,好些宾客也跟着洒下了激动的泪水!今晚不仅演得好,寻梦歌舞厅“结业”了,还有一种难舍之情!

几位电视台记者转动着摄像机,录下这无比感人的珍贵场面,那是江城几代戏剧人创业的见证、追寻的见证!

省卫视的台长也来了,他很高兴地说:“非常好!我们将录像带回去,通过审批程序，尽快播出。”

他还当众对韩云云说：“采茶姑娘，你唱得太好啦，真的成歌星啦！我们正在省城筹办大型音乐会，央视要来人的。我们一定邀请你去参加演唱！”

韩云云听了无比兴奋，但心里更多涌出的是胆怯。她羞怯地问道：“我去省城，那我唱什么呢？”

台长说：“你就唱茶山民歌，《调情歌》《打野猫》《想情郎》，还有《梧桐树上落凤凰》，都好，都好！”

这位台长其实是舒亦展请来的。父亲一直在支持女儿的事业，雯雯会铭记在心中的……

四

在骤然响起的音乐声中，绛红色的幕布再次向两边缓缓拉开了，小舞台的视频背景上映出光彩夺目的一行大字：“寻梦歌舞厅结业暨追寻艺术团成立盛典”。

台上没有座席，也没有人。

更令人没想到的是，两项典礼只用了不到十分钟！

舒雯雯微笑着登上小舞台，音乐声止。舒雯雯说道：

“各位来宾，朋友们，首先请我们寻梦歌舞厅和即将成立的追寻艺术团的两位恩师——江城的老剧作家张千里老师、文化局群艺科科长李笑梅老师上台！”

在热烈的掌声中，两位老师上了舞台。

待他们站定之后，舒雯雯说的第一句话是：“我宣布，寻梦歌舞厅圆满结业！”

圆满结业？

三个月的寻梦歌舞厅，办得红红火火，很受宾客们欢迎，突然结束了，圆满吗？

台下毫无动静，好像都愣住了。

李笑梅科长微微一笑，不急不慌地跟上说道：“我在市文化局做群艺方面的工作。经联系商定，本社区文化站另择厅堂，将寻梦歌舞厅这个民间娱乐场所，继续办下去。有公益文化的部分，也有经营业务的部分，欢迎大家多多光顾。”

台下不再安静了，响起了热烈的掌声。

舒雯雯第二句话是：“我宣布，经报市文化局批准，追寻艺术团今天正式成立，我是团长兼导演。希望为大家编创排演更好的戏剧和音乐舞蹈节目，供更多的城镇和乡村百姓欣赏，丰富广大群众的文化娱乐生活！”

张老骥只说了一句话：“老骥伏枥，志在千里。能为青年人的戏剧事业，助一臂之力，我将一直做下去！”

舒雯雯带着演职员们鼓掌之后，李笑梅科长又笑容满面地说：“追寻艺术团正式成立了，我表示热烈祝贺。经文化局研究，在戏剧歌舞的创作和演出方面，将追寻艺术团和市里的艺术剧院的表演团体同样看待，同样扶持。希望你们抓紧拿出高水平的原创剧目，文化局邀请你们在刚落成的江城大剧院首场献演！文化局还将为你们配置演出车一辆，既可装运人员和器材，车厢铺展开来也是一个小型舞台，便于艺术团到各县和郊区，上山下乡为群众演出！”

台上台下响起一片掌声，淹没了所有的泪水，欢快的、凄楚的，都抹掉了！

第十四章　永怀念　热泪颂海鸥

一

舒雯雯他们的连续几场演出，在江城文艺界引起不小的轰动。特别是茶山歌女韩云云个人演唱会和黄梅戏《月夜私奔》，反响十分强烈，江城电视台和省卫视都在第二天播放了演出实况，在家看电视的观众评价也很高。

在追寻艺术团成立大会上，李笑梅科长代表市文化局到会祝贺，还表示在戏剧歌舞的创作和演出方面，文化局将对追寻艺术团进行扶持。他们当务之急是要抓紧拿出高水平的原创剧目，在刚落成的江城大剧院，首场献演！

到大剧院的设施现代化的大舞台献演，和在歌舞厅的小剧场演出，完全是两码事啰！舒雯雯他们一帮人，谁不欣喜若狂、跃跃欲试呢！张老骥反倒很沉着，很平静。

歌舞厅租期只剩半个月了，半个月还能排出一场戏吗？

排什么戏呢？

而且要排自己编创的剧本，时间太紧，谈何容易！

首先是，杨远帆敢接这个任务吗？当然，如果老剧作家张老骥也能参与就好了！

艺委会今天要开碰头会，团长舒雯雯确实像个当代青年，有一种勇于担当的精神。其实她苦苦思索好几天了，大家一坐定，她就首先发言了。

舒雯雯说："要把到大剧院的戏演好，首先，一定要有个好本子！一个有思想深度的剧本，演出来不是让大家看了笑一笑，乐一乐，而是要让大家觉得有所感悟，受到启迪。也就是说，这次编剧拿出的本子，一定要跟上形势！"

张老骥和杨远帆听了都默默地点头。

张老骥心里有点乐，为这最后一场戏他也苦思冥想好几天了，思路和舒雯雯团长所说的完全一致。

舒雯雯继续说："我想将反法西斯和爱国主义题材编成戏剧搬上舞台，今天提到艺委会的议事桌上，和大家商量。"

碰头会只开了半个小时，大家一致赞同舒雯雯的意见，并且选定了，写一部歌颂抗日英雄戴安澜将军的八场大型戏曲。要求每一场都可以单独演出，也就是折子戏，便于上山下乡，在敞篷车小舞台上，为各地村民演出。

张老骥当即夸赞道："好，好，这个选题太好了！"

可谁来编写呢？

杨远帆年轻，平时很少积累这方面的资料，很难动笔。这个歌颂英雄的编剧，非老剧作家张老骥莫属了。舒雯雯和大伙儿的眼睛都朝他望。

张老骥只说了一句话，六个字："我写，每天一场。"

舒雯雯团长立即表态："行，请各位做好准备，从明天起排练！十天后，先在这里的小舞台上立起来！"

张老骥从来敢说敢做敢担当，牛也敢吹。牛吹过了就要兑现，他日夜苦战连命都不要。他就是这种人。

二

张老骥回到家躲进他那小小的电脑房里，立即开始写剧本，连手机响了都不接。接电话得讲礼貌，无关紧要的事也得让人把话说完，最耽误时间。等到吃饭的时候，他边吃边看看手机上的记录，有选择地回一两个就行了。

张老骥不仅在时间上抓紧，他敢于吹这个牛，在剧本的创作上也是有底气的。

二十多年前，张老骥给市越剧团写八场古装推理剧《洞房血案》只用了八天就完成交稿，导演、演员抓到本子一读都满意。戏一开场，新郎官喜笑颜开与美貌绝伦的新娘子牵着红绸带拜天地，将新娘送入洞房后，却突然被人杀了，酿成同房血案。谁是凶手？县大老爷带着捕快前来破案，一波未平，一波又起。剧情扑朔迷离，非常好看。

除夕，江城电视台全剧播出，算作本市的春晚吧。当年这个剧在省里的艺术节上演出数场，获得了优秀演出大奖，另加导演、演员、舞美共六项奖。高万全团长笑得合不拢嘴。

那次艺术节只发奖状，不发奖金，讲精神鼓励，获大奖的演员都提了干，但是唯独没有给编剧张老骥发一张纸。高团长真不错，他觉得没有好剧本怎么能获得优秀演出大奖？但他又不能写一张奖状发给张老骥，就给张老骥塞了两百块钱稿费。那时张老骥每个月只拿六七十元工资，这就相当于天上掉下三个月工资的馅饼，和老婆孩子吃起来好快活。时光穿越到二十多年后的网络时代，土豆网还有这个戏早年的全本录像。

这歌颂抗日将军的八场现代戏剧本，也能八天完成吗？

写作可以抢时间，电脑上打剧本可以开夜车，必需的资料从哪儿来？

好在张老骥二十多年来一直在搜集戴将军的资料，前些年写了多篇纪念戴安澜将军的文稿，书房里的小资料柜里翻翻就是。

那就写吧！

张老骥写好一场戏，就从电脑上给舒雯雯、杨远帆传过去。两人看了，都说："好，写得好！"

又写好一场戏，再传过去。

舒雯雯立刻将演员的角色分派好。

杨远帆将一场一场的剧本打印出来，发给演员，开始排演。

张老骥说话算话，一天一场，八天八场，请看场次目录：

八场现代黄梅戏《海鸥颂》

第一场　激战昆仑关

第二场　热血洒南疆

第三场　远征赴缅甸

第四场　誓死守同古

第五场　秉烛写家书

第六场　野林苦难行

第七场　殉国于异域

第八场　忠魂归故里

演员们在歌舞厅的小舞台上日夜排练，李笑梅科长多次前来查看指导，最后与舒雯雯、张老骥商定，先选择其中的一场，作为折子戏，在江城大剧院首演。

三

在近两千名观众的欢快掌声中，舞台的大幕缓缓拉开……

身着雪青色旗袍的女报幕员从侧面走到台前。她向观众致礼后，以刚劲有力的声音报幕："今天是江城大剧院建成后首场演出，今天也正是抗日战争胜利的纪念日！本剧院给诸位献演的是，歌颂为国捐躯的抗日英雄戴安澜将军的黄梅戏折子戏《海鸥颂》。演出单位，我市民营追寻艺术团，编剧是著名剧作家张伏枥，导演是舒雯雯。请观赏！"

幕启。在激烈的枪炮声中，背后大型电子显示屏：一批又一批日军战机飞越而过，狂轰滥炸。一辆接一辆满载国民革命军第200师官兵的军车，向缅甸北部的野林和山寨挺进。画面上叠印文字，并有中年男声画外音朗诵：

海鸥将军千古

外侮需人御，将军赋采薇。

师称机械化，勇夺虎罴威。

浴血东瓜守，驱倭棠吉归。

沙场竟殒命，壮志也无违。

——毛泽东

画外音：这位被毛泽东称为“海鸥将军”的，就是著名的抗日将领——铁血将军戴安澜！

舞台左侧有一帐篷，帐篷内有一条桌，桌上蜡烛的火光在摇曳。戴安澜在伏案写家书。

画外音：抗日战争进入相持阶段，国民革命军200师远征缅甸，取得同古保卫战胜利之后，奉命撤离回国，进入了原始森林。在异国他乡，戴将军特别思念自己的亲人。他写的抗战家书，读了催人泪下！

戴安澜边写边读。电子显示屏上同时显示家书的内容。

戴安澜放下笔，将家书折好，放入信封，站起身来，显现出他高大魁梧的身材。

戴安澜喊道：“小勤务！”

小勤务跑上。他是一个不满十六岁的少年兵。

小勤务向戴安澜敬礼，说：“师长，小勤务到！”

戴安澜说：“小勤务，快将我这封家书交给通信兵，邮寄回国。”

小勤务接过信，说：“家书？不就是封信吗？”

戴安澜说：“对，给家里人写信，就叫家书。在抗日战场上给家里人写的信，就叫抗战家书！”

小勤务说：“师长，是给您夫人的抗战家书？”

戴安澜说：“是的。”

小勤务说：“我马上就送去！”

小勤务转身旁白：“师长肯定是想念夫人了……”

小勤务调皮地跑下。戴安澜的夫人王荷馨从另一侧悄然上场。

王荷馨轻声、温柔地喊道：“安澜，安澜！”

戴安澜问道：“荷馨，你怎么来啦？我刚给你写了封信呢！”

王荷馨说：“你在前线写的信我都收到了，看了你写的每一封抗战家书，不仅让我落泪，更增添了我对你的担忧和思念……”

戴安澜道白:“荷馨妹妹啊!”

他接着唱道:

你嫁给我革命军人做糟糠,
含辛茹苦,无福可享。
我南征北战奔四方,
担忧和思念,日夜缠在你心头上!

王荷馨道白:“安澜哥哥,我心甘情愿!心甘情愿!”

她接着唱道:

我俩夫妻恩爱十五年时光,
离多聚少,你一心为国去打仗。
杀尽万恶的鬼子兵,
只望夫君,早日凯旋回故乡!

王荷馨唱完,然后就转身消失了。

戴安澜追了几步,喊道:“荷馨!荷馨!”

王荷馨已不见踪影,戴安澜方知这仅是由于对荷馨深深的思念出现的幻觉!

陈副官和小勤务上,送来饭菜。

小勤务说:“师长,请用餐。”

戴安澜说:“小勤务也文绉绉起来啦?还说个什么请用餐?”

小勤务说:“我们进野树林好多天了,吃饭就该叫野餐。”

戴安澜说:“你在家读过几年书?”

小勤务说:“我们无为老家穷,上了一年私塾,就放牛了。”

戴安澜说:“你是因为家里穷,才来当兵的吗?”

陈副官说:“是我那次回老家无为,把他带出来的。他父母被鬼子枪杀了。他父亲留下遗言,一定要将这毛伢子送到前线,跟戴将军打鬼子,报仇雪恨!”

戴安澜深情地问:“小勤务,是吗?”

小勤务说:“是的,戴师长!还有我的爷爷奶奶和几个姐妹也都被日本鬼子杀了!”

他接着唱:

日本鬼子打进了无为州,
烧杀淫掠,无恶不作!
全城百姓四方逃难,找不到藏身处,
杀我全家,只逃出我一个。
父亲临死亲口嘱咐我,
他咬牙切齿把泪流:
“毛伢子,你快快投奔戴将军,
痛杀日寇,为全家三代报世仇!”

陈副官说:“我将他带来之后,看他年岁小,不能上前线,就放在后勤处,跟着干点活,给师长端饭送水的。”

戴安澜说:“好,陈副官你做得好。毛伢子,你怎不早跟我说呢!你原来是我和陈副官的小老乡啊!”

他接着唱:

我的故乡,生我养我的无为州,
正在被日寇蹂躏,真叫我痛心疾首!
更有祖国的大半河山,
亿万百姓也在遭日寇的毒手!
为我中华民族的生存,
抗战抗战,为死难同胞报世仇!

戴安澜把饭盒递给小勤务,说道:“毛伢子,我不饿,这饭你拿去吃了吧!”

小勤务缩缩头颈,说:“师长,我、我,早吃饱了。”

戴安澜看出小勤务在撒谎,说:“吃饱了也得吃。这是命令!”

小勤务接过饭盒,走到不远处,狼吞虎咽地吃起来。

画外音:大部队行军途中,断粮几天了。有不少士兵在挖草根、剥树皮、摘野果充饥。有的士兵吃了有毒的植物,当即倒下。

陈副官说:“师长,有的饿倒了,还有的吃了有毒的植物,被毒死了。”

戴安澜说:“陈副官,传令各团,野外草根树果,一定要请军医处鉴定后,才能食用!”

陈副官说:“师长,之前已传令过了,可他们饥不择食……”

小勤务拖着无力的步子来到戴安澜身边说:“师长,没有了,什么也没有了。这是一点米汤,是我们昨天省下的。”

正在说话间,小勤务站着站着就晕倒了。

戴安澜说:“快,快喊军医!”

军医白美惠闻声赶来,一手搂起小勤务上身,一手捏着他的人中。小勤务醒过来了。戴安澜转身拾起饭盒,即向小勤务嘴里倒进剩下的米汤。

小勤务轻声地说:“师长,这一点米汤是留给您的……”

戴安澜将饭盒递给女军医,说:“给他喂下去,这是命令!”

女军医望望威严的戴安澜,只好将饭盒里剩的米汤慢慢喂进小勤务的嘴里……

戴安澜说:“伤员还有食物吗?”

白美惠摇摇头说:“没有了。”

戴安澜说:“陈副官,把我的马拉去宰了吧!把马肉全部分给伤员!”

陈副官说:“师长,那怎么行,您没有坐骑,还有那么远的路程要走!”

戴安澜说:“和大家一样步行!别说废话,把马拉去宰了!”

陈副官答道:“是!”

陈副官下场,顷刻又转回来,说:“师长,我找了好几个兵,都说不会宰马,就留下吧。”

戴安澜猜出了陈副官的用心,便说:“都不会宰马?好,就把我那匹枣红马留下吧!”

陈副官笑了。小勤务和白美惠也都高兴地笑了。

戴安澜说:“陈副官,把我那匹马牵过来,我要骑着它去遛遛。”

陈副官笑着下场。片刻,陈副官上场。马嘶鸣一声。戴安澜拔出手枪,朝边幕连击两枪,那马应声倒下……

戴安澜说:“快把这马拖下去,烧好先尽伤员们吃。”

陈副官等三人不禁泪流,同声呼喊道:“师长!”

剧场里的观众看到此处,也被戴安澜将军爱护伤员的无私行为所感动,唏嘘不已。这是这出戏的一个小高潮。紧接着,大起大落的无比感人的情节来了。

一名士兵上场,说:“报告师长,前面发现一个寨子。”

戴安澜问:“是缅人的寨子吗?”

一名士兵说:“不是缅人,是苗族人。寨子里还有街市。”

陈副官说:“师长,这一下能解决粮食问题了!”

戴安澜说:“是的,我们可以用银圆买他们的粮食。”

陈副官说:“但据我所知,这里的苗族人不喜欢金币、银圆。”

戴安澜说:“那他们喜欢什么?”

陈副官说:“他们喜欢枪支弹药。他们保卫寨子需要这些。”

戴安澜说:“枪支弹药也行,给他们一些。不换一点粮食,几千人恐怕走不出这原始大森林了!你去找一下高副师长和郑团,请他们布置各营、连长,做好以枪换粮食的事,但有一条纪律要强调,严禁官兵私入民宅,强抢财物粮食!传我的命令,无论何人,违者处决!”

陈副官说:“是!我一定传达师长的命令。”

陈副官急忙下场传达戴安澜将军的命令。

画外音:尽管师部严令,部分官兵还是如狼似虎般地拥进了苗家山寨的街市。苗民们望风而逃。

几个士兵扭着一个军官模样的人上场。

一士兵向戴将军报告:“报告师长,我们抓到两个窜入苗民家抢粮食的官兵。”

戴安澜气愤地问:“确有其事吗?”

陈副官紧急地上场,认出了那个军官。

陈副官惊讶地问道:“翻译官,是你?”

翻译官支支吾吾地说:“我、我……”

戴安澜反而很平静地问道:“翻译官,你抢了苗家的粮食?”

翻译官恳求地说:“师长,我实在饿得没法子了。只是……”

戴安澜转过来问士兵们:“他确实抢了苗家的粮食吗?”

几个士兵不由分说地拉开翻译官的上衣和裤子口袋,从中洒出大米来。翻译官低头不语了。

许多苗民也跟着跑过来,围观的民众和士兵越来越多。他们都望着戴安澜,等着看师长如何处置了。

戴安澜严肃地说:“万里征途,而纪律不振,其贻祸之深,岂可言喻!早在远征军入缅的第一天,我就在干部会上宣布,对严重违纪者,不论是官是兵,一律重处!今天路过苗寨,刚刚下的命令,强抢财物粮食,无论何人,违者处决,居然有本师人员敢于严重违纪!按军法处置!”

翻译官大声哀求道:“师长,饶了我吧,我实在是饿的!”

陈副官也帮着求情说:“翻译官是上级派来的,师长,能不能饶他一回?”

戴安澜截住陈副官的话头,说:“如果乱了军纪,200 师就全完了,况且,身在异国,损了中华国威,事就更大了!”

陈副官同意地点点头。几个士兵愣着,望了望师长。

戴安澜果断地命令道:“就地枪决!”

几个士兵立即将翻译官拖下。

可没料到的是,翻译官被士兵们边拖边喊着:

“师长!小勤务和我一道抢了粮食。小勤务说是为你,是为戴师长抢的粮食!看你怎么处置!”

戴安澜听到翻译官最后的呼喊,如雷轰顶!

戴安澜说道:“啊?小勤务?小勤务也抢了粮食?而且是为我抢的粮食?这……”

戴安澜睁大双眼向远处争吵的人群中望去,果然,几个士兵揪着的正是他非常喜爱的小老乡——小勤务！

戴安澜正在心潮骤涌、踌躇不决之时，远处一声枪响，伴着翻译官的哀鸣，在空中回荡……翻译官被击毙了。

小勤务如何处置？剧场近两千名观众的心全部悬起来了！戏也十分自然地进入高潮。

戴安澜唱道：

翻译官抢粮食，按军法处置，
整军纪扬国威，我心无后悔！
乍听说小勤务，也参与其事，
他是我小老乡，一个毛伢子。
只听得枪声响，处决翻译官，
官与兵同违纪，本应同处理！
小勤务啊毛伢子……
这叫我心潮涌，踌躇不决，
殊不知如何发落他，
才能够既讲军法又善待众人意……

小勤务被几个士兵揪到了戴安澜面前。

小勤务扑通一声跪下，泪流如注。他凄惨地喊道："师长！……"

戴安澜心疼地问道："毛伢子，你也抢了苗家的粮食？"

小勤务点点头，说："是，是的，我抢了苗家的粮食。"

戴安澜说："有人说，你是为了我，才去抢苗家粮食的，是吗？"

小勤务说："是，是的。我心里是这么想……"

小勤务这么好的少年，不到十六岁就参军打鬼子，他怎么会抢当地苗家的粮食呢？观众的心里也梗着。千万不能冤枉了这孩子哦！戴将军执行军法严厉，但他爱兵如子，是官兵上下都认同的。听小勤务有什么说法。

小勤务接着唱：

我在后勤处，完全知底细，
粮油柴草，所剩已无几。
干饭煮成烂糍粑，
一锅稀饭放不了几把米！
我饿着肚子勒紧裤腰带。
可将军您，一日三餐吃不饱，
还要挺起胸膛带兵打鬼子！
我看在眼里，泪流在心里。
可我没……没和翻译官说一句……

戴安澜说："那……那翻译官怎么说你……"

小勤务说："是、是翻译官拉我一道……翻译官说，他要我给师长也弄点粮食……"

陈副官说："师长，这算是明白翻译官的意思了，他拉小勤务一道抢苗家的粮食，是想给他自己张开一把保护伞！"

尽管陈副官说得有道理，戴安澜将军还是没有轻易放过。他继续问小勤务："不管翻译官怎么说，小勤务，你确实跟着他抢苗家的粮食了？"

小勤务诚实地答道："是的，我跟着抢了。"

戴安澜更加心疼地问道："毛伢子，你很诚实。那你为什么要跪下？你怕了？你是想求我饶了你，是吗？你站起来说。"

小勤务站起身来，摇摇头，说："不，我不是求您饶我。师长，我参军才几个月，也不知道军法是怎么回事。所以，我抢了苗家的粮食，糊里糊涂地犯了军法。刚才枪决了翻译官，我才知道，犯了军法是要杀头的。"

事情问清楚了，小勤务确实抢了粮食，观众听出，戴安澜将军对小勤务是很有感情的，这是要饶了小勤务吗？小勤务能免去一死了吗？观众的心更悬了！这就是戏的感人之处、精彩之处，而且合情又合理。不得不说编剧张老骥是高手！

戴安澜深情地说："小勤务，不管是军官，还是士兵，犯了军法，是非杀头不可的。"

小勤务点点头，凄切地说：“我明白了，翻译官已经被枪毙了，您杀了我是应该的。”

小勤务接着唱起来。一个将被军法处死的少年，会唱出他心里怎样的悲伤呢？听吧！

小勤务唱道：

我父亲遭日寇，屠杀身亡，
我敬重，戴师长，如父亲一样，
违军法，处置我，理所应当。
先跪下，再叩首，且把话讲，
我死了，也还是，深爱戴师长！
变成鬼，也跟着你，奔走四方！
给你送水喝，给你送饭吃，
跟随你一道回中国，回故乡……

戴安澜听着流泪了。在场官兵、苗民无不痛哭流涕。

现场的观众里，也有很多人在流泪，甚至还有哭声……

戴安澜拭着泪，扶起了小勤务，说道：“毛伢子，我认你做儿子了。可是，我儿子跟我当兵，犯了军法，也是要处置的……”

戴将军这句话是一个决断，毫无希望了！小勤务再次流泪了，但没有跪下来，而是立正，向师长敬了个军礼。几个士兵站到小勤务身旁，只等师长下令……

观众里面擦眼泪的越来越多了。

突然，在场的苗民和士兵，全部跪了下来！众苗民哭着求情道：“师长，饶了他吧！他还是个孩子，饶了他吧！”

陈副官立即跟着说：“师座，杀了他，我也不忍。”

戴安澜痛心疾首，万般矛盾。他呼喊了一声：“毛伢子！”

他接着唱道：

我儿子犯军法也要处置，

但你终究不是我的儿子，
你是一个苦难农民家的好后代，
还未成年……
该当怎么处置你呢？

众苗民哭着再求情，齐声说："师长，饶了他吧！饶了他吧！"

戴安澜思索片刻，终于说出："我决定对你从宽发落！"

跪下的苗民和士兵一听，如自身得救般高兴地起立。

戴安澜问苗民："苗民弟兄们，你们愿意收下这个孩子吗？"

众苗民频频点头。

一个苗寨头人站出来说："我们收，我们收！"

戴安澜严肃地宣布："小勤务，你违反军纪本应严惩，念你是个未成年人，从宽发落，开除出军，留交本地苗民处置，不准随军回国！"

戴安澜说完转身离去。苗民甚喜，掌声四起。而小勤务却声嘶力竭地跟着戴安澜后面边跑边呼喊："戴师长！我死也要跟你回国！……"

画外音：第200师终于走出了原始森林，渡过瑞丽江，就要回国了。但在通过细泡至摩谷公路这一关时，遭遇日军突袭，戴安澜将军不幸中弹受伤。因缺医少药，戴将军于1942年5月26日，在缅北茅邦村壮烈殉国。

电子显示屏显示：辽阔的海面上，一群海鸥在翱翔。

幕后合唱：

噢，海鸥，海鸥！你时而贴着海面，
时而高高飞翔。
为振兴中华，勇敢搏击，
不畏风暴，不惧雨狂！
我们的民族英雄戴安澜，
永远是中华儿女爱国主义的光辉榜样！

幕闭。剧终。

剧场被掌声淹没，很多的观众在流泪。这是多少年来江城戏剧演出极其少见的现象！

四

追寻艺术团的全体人员，为这一场演出忙得不可开交，纹丝不动的只有一位——张老骥。

晚上演出前，张老骥来了。

团长舒雯雯笑嘻嘻地对他说，请他坐前面的贵宾席，陪市委宣传部和文化局的领导观看演出。他只摇摇头，没说什么。

舒雯雯立即掏出两张入场券，第六排，座位挺好的，那意思就是让他别上台去忙乎了，陪老伴看演出吧，这十几天他太累了！

张老骥只收了一张，还是没说什么。

舒雯雯好像意识到了点什么。

她只知道张老骥是有名的剧作家，通过他这回创作剧本，她也确实敬佩他的编剧能力，可对他的个人情况却一无所知……

也难怪，张老骥遭遇坎坷曲折的中年时期，舒雯雯还没来到这个世上呢。要不是她父亲舒亦展力荐，他们相识也难哦。

从开演到闭幕，张老骥一直坐在第六排观众席右侧的过道边的座位上没动，也没有和邻座讲一句话。他脸上没有表情。平日里常带着的微笑没有了，有些木然。

其实张老骥在流泪，簌簌地流……

他是和许多观众一样因剧情的跌宕起伏而流泪吗？按说不会，情节是他编的，毛伢子将被如何处置对他没什么悬念。那是为什么而流泪呢？……

他自己也说不清。

这场戏的成功演出，说明舒雯雯这一群可爱的艺术青年的追寻之路初获成功。他们的路还很长，他们会继续追寻下去吗？

这可能是张老骥目前最关切的一件事情，因为这个老人非常爱他们！

还有什么呢？当然是他自己。

张老骥一辈子在戏剧事业上追寻，感慨良多，不知不觉，已到耄耋之年。他记得小时候跟奶奶在江城大花园娱乐场看戏，门外边有个卖梨膏糖的。奶奶每次都带他买两块梨膏糖，让他依偎在自己身边吃，不要乱跑。奶奶自己好安心看戏。

那卖梨膏糖的是一个唱倒七戏的戏班子里耍滑稽的丑生，艺名叫“小八利”。现在人老了，不能唱戏了，卖糖赚点钱糊口，但艺人们还叫他“小八利”。他站在一条凳子上，敲着竹板子数快板，数的是“人老了，人老了，人从哪儿老”的段子。

过路的都围过来听。听着好玩，就买他的梨膏糖。

怎么六十多年过去了，这一段既没有什么思想性，也没有什么艺术性的小快板，张老骥还忘记不掉呢？

“小八利”的快板是这样数的：

人老了，
人老了，
人从哪儿老？
人从头上老。
白头发多，
黑头发少。

人老了，
人老了，
人从哪儿老？
人从腰上老。
弯的时候多，
直的时候少……

五六岁时听“小八利”数这段快板也不太懂，这会儿张老骥想想有点好笑，怎么全让“小八利”说对了呢？

哦,那会儿"小八利"已经老了,有切身体会。而六十多年后轮到张老骥自己了。

五

一个民营小剧团,能将黄梅戏《海鸥颂》演得这么好,不仅给观众以美的享受,而且发挥了对广大群众进行爱国主义思想教育的良好作用。戏剧舞台是为人民服务、为社会主义服务绝不可以丢失的重要阵地!

江城的广大观众和演艺界一致叫好!

江城市委宣传部、市文化局给他们嘉奖,并立即给予了经济扶持,在江城大剧院接连加演数场。

省、市电视台多次播放演出的录像。

另外还有好消息,这个戏引起了省委宣传部、省文化厅、省文联的高度重视,他们对文本和录像做了评审后,都将黄梅戏《海鸥颂》这个折子戏,定为年度重点扶持项目。艺术团的全体人员无不兴高采烈,张老骥也终于开了笑脸。

我们常说,剧本是一剧之本,这话是对的。剧作家张老骥这次也同样获得了省、市的多项奖励。

张老骥和看演出时一样,领到奖励时,悄悄地抹起了眼泪,把难言的激动埋在心里。他追寻了一辈子的戏剧人生,终于有了这一天!

杨远帆注意到了,舒雯雯也注意到了。他俩都在想:我们青年要追寻,张老师这么大年纪了还要追寻吗?如今歌舞厅在社区文化站开起来了,艺术团正在为送戏下乡做各项准备,张老师也会乘上大篷车,和我们一道送戏去山村吗?

张老骥擦了眼泪,露出了微微的笑容。他心里想的是,我要去,我要和他们一起去送戏,去山村,赴远乡……